남자 없는 여름

The Summer Without Men

남자 없는 여름

mujintree
뮤진트리

프랜시스 코언에게

루시 (아이린 듄) : 정신 하나도 없지, 그렇지?

제리 (캐리 그랜트) : 어…어. 당신은 안 그래?

루시 : 전혀.

제리 : 뭐, 그래야지. 다르기 때문에 다른 걸 당신이 다르게 받아들이고 있잖아. 상황이 다르다는 것만 제외하면 좀 다르긴 하지. 당신은 그대로인데 나는 바보 같았어. 하지만 지금의 난 그렇지 않아. 그러니까, 내가 달라지기만 하면 모든 게 예전과 똑같아질 것 같지 않아? 아주 조금만 달라진다면.

ㅡ〈이혼 소동The Awful Truth〉(1937)

　감독 : 레오 매커리

　각본 : 바이나 델마

보리스가 *일시정지*라는 말을 하고 며칠 지나지 않아, 나는 미쳐서 병원에 들어갔다. 그는 *다시는 당신 꼴도 보기 싫어*라거나 *이제 끝났어*라고는 말하지 않았다. 그러나 30년간의 결혼 생활을 *일시정지*시키겠다는 말은 나를 미치게 하고도 남았다. 내 머릿속에 온갖 생각들이 폭발해서 사방으로 튀어 다녔다. 마치 전자레인지용 봉투에 담긴 팝콘 알갱이들 같았다. 나는 사우스워드 정신병동의 침대에 누워 이 험한 꼴을 겪었다. 할돌Haldol(정신분열증 치료제—옮긴이)을 복용해서 등짝이 침대에 들러붙은 듯 꼼짝도 할 수 없는 상태로. 규칙적으로 들려오던 끔찍한 말소리가 점차 약해지기는 했지만 여전히 귓전을 맴돌았다. 눈을 감으면 만화 속 주인공들이 분홍빛 언덕을 가로질러 파란 숲 속으로 사라지는 장면이 보였다. 마침내 P 박사는 나를 '일과성 정신착란증' 환자로 진단했다. '단기 반응성 정신병'이라고도 알려진 이 병은 진짜로 미친 것은 맞지만 오래가지는 않는다. 정신병 증상이 1일에서 1개월까지 지속된다. 증세가 한 달 이상 가면 다른 단계의 조치가 필요하다. 분명한 것은 이런 특수한 정신착란에는 발발 요인, 즉 정신의학 용어로 '스트레스 요인'이 존재한다는 사실이다. 내 경우에는 보리스, 정확히 말하자면 보리스가 없다는 사실이 스트레스 요인일 것이다. 보리스는 현재 일시정지를 즐기고 있는 중이다. 의사들은 나를 열흘쯤 가둬놨다가 풀어주었다. 나는 한동안 외래 진료를 받으면서 S 박사를 만나게 되었다. S 박사는 나지막하고 감미로운 목소리에 차분한 미소, 그리고 좋은 시를 알아보는 능력의 소유자였다. 그녀는 나를 지지해주었고, 아직도 나의 든든한 버팀목이다.

나는 그 미친 여자를 떠올리기 싫다. 그녀는 나를 부끄럽게 했다. 나는 그 미친 여자가 정신병동에 입원해 있는 기간에 노트에 적어놓은 글을 볼 마음이 나지 않았다. 전혀 내 글씨 같지 않은 필체로 표지에 갈겨 쓴 글자가 무엇인지 나는 안다. *뇌의 파편들*. 그 노트를 그러나 나는 열어보고 싶지 않았다. 그 미친 여자가 두려웠던 것이다. 딸 데이지가 찾아왔을 때 그 애는 애써 걱정하는 티를 내지 않았다. 데이지가 그때 무슨 생각을 했는지 지금도 잘 모르겠다. 추측해볼 수는 있다. 음식이 넘어가지 않아 수척해진 채 아직도 정신착란에 빠진 여자, 약

기운으로 몸이 뻣뻣해 딸의 말에 제대로 대꾸도 못하고, 제 자식을 안 아주지도 않는 인간. 나는 그 애가 병실 문을 나서며 간호사에게 중얼거리는 소리를 들었다. 목메어 흐느끼는 듯한 소리였다. "우리 엄마가 아닌 것 같아요." 그때 나는 정신줄을 놓고 있던 상태였지만, 지금 그 애가 한 말을 떠올리니 가슴을 칼로 도려내는 듯하다. 나는 나를 결코 용서 못한다.

일시정지의 원인이자 주인공은 힘없이 흐늘거리는, 그러나 윤기 흐르는 갈색 머릿결을 지닌 프랑스 여자였다. 커다랗고 멋진 자연산 가슴에, 네모난 안경을 쓴 탁월한 두뇌의 소유자. 물론 젊은 여자였고, 나보다 스무 살은 어렸다. 물증은 없지만 보리스가 그 일시정지의 커다란 가슴으로 돌진하기 전부터도 언젠가는 그가 주변 동료에게 욕망을 품으리라는 심증은 있었다. 나는 그 장면을 끊임없이 그려보곤 했다. 보리스가 눈처럼 흰 머리카락을 이마에 늘어뜨린 채 일시정지의 가슴을 움켜쥔다. 유전자 조작 실험을 하는 생쥐 우리 옆에서. 연구실에서 늘 그랬을 거라고 상상해보지만, 실제로 그 정도는 아니었을 거다. 연구실에는 그들 둘만 있을 때가 거의 없었고, 다른 '팀원'들이 연구하는 와중에 둘이 엉켜 뒹구는 기적이 있었다면 금세 알아챘을 것이다. 아마 그 둘은 화장실로 피신했을테고, 나의 사랑스러운 보리스는 그 동료 과학자를 마구 누르며 사정하기 직전, 눈알이 튀어나올 정도로 눈을 치켜떴을 것이다. 나는 그런 장면에는 훤하다. 그가 눈을 치켜뜨는 것을 수천 번도 더 봤으니까. 이 진부한 이야기는 매일 지겹도록 되풀이되었다. *지겨운 일상*이 *지속*되어서는 안 된다는 것을 갑자기 혹은 시나브로 깨달은 남자들이 남편과 아이들을 위해 오랫동안 희생하고 살아온 나이든 아내에게서 벗어나려고 흔히들 이런 짓을 해댄다는 얘기를 귀에 못이 박이도록 듣는다고 해서, 버림받은 여자들이 겪는 고통과 질투, 모멸감이 줄어드는 것은 아니다. 여자들은 거부했다. 나는 주먹으로 벽을 두드리고 울부짖으며 악을 썼다. 보리스는 기겁했다. 그는 평화를 원했다. 자신이 꿈꾸던 고상하고 점잖은 신경학자의 길을 가기 위해 혼자 있고 싶어했다. 그리고 그는 과거도, 공포와 고통도, 슬픔과 갈등도 없는 그런 여자와 함께하기를 꿈꾸었다. 그는 아직도 *정지*가 아니라 *일시정지*라는 단어를 사용하고 있다. 자신의 마음이 바뀔 때를 대비해, 생각해볼 여지를 두려고 말을 맺지 않는 것이다. 잔인하게 부서진 희망. 보리스, 그 단단한 내면의 벽. 보리스, 그는 결코 큰 소리를 내지 않는 사람이었다. 소파에 앉아 혼란스러운 표정으로 고개를 가로젓고 있는 보리스. 1979년에 시인과 결혼한 생쥐인간rat man(프로이트가 자신의 강박신경증 환자에게 붙인 별명—옮긴이) 보리스. 보리스, 당신은 대체 왜 나를 떠났을까?

나는 아파트를 떠나야만 했다. 거기 있으면 가슴이 아팠기 때문이다. 함께했던 공간과 가구들, 거리에서 들려오는 낯익은 소음들, 서재로 비쳐 드는 불빛, 욕실 선반에 있는 칫솔들, 손잡이가 떨어져 나간 침실의 붙박이장. 하나하나 아프고 시린 뼈마디처럼, 공유했던 기억들이 해부학적으로 연결된 관절이 되고 갈비뼈가 되고 척추가 되었다. 익숙한 사물마다 시간의 의미가 켜켜이 쌓여 있어 내 몸을 짓누르는 것 같았다. 그 고통을 견뎌낼 자신이 없다는 것을 나는 알았다. 그래서 나는 그 여름 브루클린을 떠나 고향으로 갔다. 미네소타주에 있는 그 도시는 예전에는 초원지대였는데, 어른이 된 후로는 그곳을 떠나 있었다. S 박사도 내가 떠나는 것에 반대하지 않았다. 우리는 그녀가 휴가를 떠난 8월을 제외하고는 일주일에 한 번 전화 통화를 했다. 대학 당국은 나의 신경쇠약을 '이해하고' 있었기에 잠시 학교를 쉬고 9월부터 시작되는 강의에 복귀하도록 해주었다. 이제부터는 *미친 겨울*과 *미치지 않은 가을* 사이에 놓인, 그 하품 나도록 따분한 틈새 시간을 하릴없이 시로 채워야 한다. 나는 엄마와 함께 시간을 보내며 아빠의 묘지에 꽃다발도 가져다놓을 것이다. 여동생 베아트리스와 나의 사랑하는 딸 데이지가 찾아오기로 되어 있었다. 나는 그 동네의 지역예술협회에서 운영하는 아동 시 창작 수업 강사로 채용되었다. "수상 경력이 있는 고향 출신 시인이 시를 가르치다"란 머리기사가 〈본든 뉴스〉에 실렸다. 시인에게 주는 도리스 P. 짐머 상은 어디선가 내 머리에 둘러 씌워진 이름 없는 상으로, '실험적인 시'를 쓰는 여성 시인만이 받는다. 나는 이 모호한 상과, 그에 영광스럽게 뒤따르는 부상으로 상금을 받았다. 내심 의아해하면서도 *어떤* 상이든 없는 것보다는 좋다는 것을 알게 되었다. 시를 전혀 모르는 사람들만 있는 세계에서는 순전히 장식적인 칭호라 할지라도 '수상'이란 용어는 유용한 것이다. 존 애시베리가 언젠가 이렇게 말했다. "유명한 시인이 된다고 해서 유명해지는 것은 아니다." 그리고 나는 유명한 시인이 아니다.

나는 엄마가 있는 롤링 메도스 이스트 양로원에서 그리 멀지 않은 외곽의 작은 집을 임대했다. 엄마는 양로원 내의 독립 주거지역에 있는 아파트에서 혼자 살았다. 관절염과 때로 위험 수치까지 치솟는 혈압을 비롯해 다른 아픈 곳도 많았지만, 87세의 엄마는 놀라우리만치 활기가 있고 머리가 맑았다. 그 단지에는 눈에 띄는 구역이 두 군데 있었다. 건물 끝줄에 있는, 도움이 필요한 사람들을 위한 '지원센터'와 '요양센터'. 아빠는 그곳에서 6년 전에 돌아가셨다. 한번은 그곳을 다시 둘러보고 싶은 마음에 입구까지 갔다가 그냥 돌아서서 아빠의 환영을 떨쳐버리기는 했지만.

"나는 여기 있는 누구한테도 네가 병원에 있었다고 말하지 않았다." 엄마가 눈에 힘을 주어 나를 주시하며 걱정스러운 목소리로 말했다. "아무도 알아서는 안 돼."

나는 쏟아지는 슬픔을 잊어야 하네

지금 나를 태우고 있는 슬픔 – 나를 지금 태우고 있는 슬픔!

구원에 이르는 에밀리 디킨슨의 309번 시. 주소 : 애머스트.(19세기 미국의 여성 은둔시인인 디킨슨은 매사추세츠 애머스트 출신으로 1,775편의 시를 남겼으며, 이 소설의 주인공과 같은 나이인 55세에, 정확히 55년 5개월 5일 되는 날 생애를 마쳤다.—옮긴이)

시의 구절과 문장들이 여름 내내 나의 머릿속에서 날아다녔다. 윌프레드 비온(영국의 정신과 의사—옮긴이)이 말했다. "만약에 생각하는 사람이 없는데도 생각이 찾아온다면, 그건 아마도 '길 잃은 생각'이거나, 혹은 소유자의 이름과 주소를 가진 생각일 수도 있으며, 또는 '길들여지지 않은 생각'일 수도 있다. 문제는 그런 생각이 찾아온다면 그 생각으로 무엇을 할 것인가 하는 점이다."

내가 빌린 집이 위치한 신개발 주택단지의 양쪽에는 다른 집들이 있었지만, 뒤쪽 창문으로는 시야를 가리는 것이 없었다. 작은 뒷마당에는 아이들 놀이기구가 있었고, 그 뒤로 옥수수밭, 그 너머에 알팔파 목초지가 펼쳐져 있었다. 저 멀리 한 무더기 잡목림, 헛간 하나와 곡식 저장고의 윤곽이 보였다. 그리고 그 위를 거대하고 따분한 하늘이 덮고 있었다. 전망은 좋았지만, 실내장식을 보면 마음이 심란했다. 딱히 보기 싫은 것은 없었지만, 전에 살던 집주인의 살림살이가 빽빽이 들어앉아 있었기 때문이다. 집주인은 두 아이를 둔 젊은 교수 부부였는데, 그 여름에 무슨 연구기금인지를 받아 제네바로 날아갔다. 나는 책이 담긴 상자들과 가방을 내려놓고 주위를 둘러보았다. 세상에, 이 공간에 내가 어찌 적응할 수 있을까 싶었다. 가족사진들, 알 수 없는 동양의 어느 나라에서 건너온 쿠션들, 정부기관과 국제사법재판소 및 외교 관련 서적들, 장난감 상자들, 그리고 희미하게 남아 있는 고양이 냄새. 지금 고양이가 살고 있지 않은 게 그나마 다행이랄까. 이 집 안에는 나와 내 물건들을 위한 공간이 거의 없다는 생각, 그리고 지금까지 나는 다른 일을 하면서 잠깐씩 글을 써온 작가에 불과하다는 우울한 자각이 떠올랐다. 예전의 나는 주방 식탁에서 일을 하다가 데이지가 낮잠에서 깨면 돌보러 달려가곤 했다. 강의와 학생들의 습작시—그 긴 박감 떨어지는, '문자 그대로' 온갖 수사들을 다 동원한 시—들이 끊임없이 나의 시간을 가로채 갔다. 하지만 그때 나는 나 자신을 위해 싸우지 않았다. 아니 제대로 싸우지 않았다는 말이 더 적당하겠다. 누구는 원하기만 하면 자기가 필요한 공간을 차지하고 앉아서, 여분의 공간을 쓰겠다고 들어오는 불청객을 잘도 팔꿈치로 밀어내던데. 보리스는 손가락 하나 까딱하지 않고서도 그렇게 할 수 있었다. 그는 단지 '생쥐처럼 조용히' 있기만 하면 되었다. 나는 시끄러운 생쥐였다. 벽을 긁어대고 야단법석을 떠는 수많은 생쥐들 중 한 마리에 지나지 않았다. 어쨌든 그런 건 중요하지 않다. 권위, 돈, 페니스가 부리는 마법 앞에서는.

나는 액자에 들어 있는 집주인의 사진들을 조심스럽게 상자에 담으면서, 그것들이 놓여 있던 자리를 표시하는 조그만 쪽지를 붙여나갔다. 여러 개의 카펫과 러그는 돌돌 말아서 쓸데없이 넘쳐나는 스무 개의 쿠션과 아이들 장난감과 함께 보관해두었다. 그리고 차근차근 집안을 청소하기 시작했다. 먼지덩이들 속에서 클립, 다 타버린 성냥개비, 고양이용 깔개 위의 사료 찌꺼기, 으깨진 M&M 초콜릿 부스러기, 그리고 정체를 알아볼 수 없게 엉겨 붙은 쓰레기들을 발굴하는 쾌거를 올렸다. 세 개의 싱크대, 두 개의 변기, 욕조와 샤워기도 소독을 마쳤다. 주방 바닥을 박박 문질러 광택을 내고, 천장 조명등에 눌러 앉은 먼지 더께도 말끔히 털어내고 닦았다. 이틀에 걸쳐 행해진 대대적인 청소 작업으로 팔다리에 통증을 느끼고, 양손 곳곳에 베인 자국이 남았지만, 치열한 노동의 대가는 눈부셨다. 냄새 나고 형체가 불분명했던 사물들이 하나같이 또렷한 모양을 갖추게 되니 기분이 좋았다. 적어도 그 순간만큼은 그랬다. 가져온 내 책들을 꺼내 정리하고, 남편의 서재처럼 보이게(힌트: 파이프 담배용 소품들) 꾸민 다음 자리에 앉아서 글을 쓰기 시작했다.

상실.
알고 있는 부재不在.
그대가 그것을 모른다면,
그건 하찮은 것이리,
부재는 다른 무엇이지, 아무렴,
또 다른 하찮은 것,
따끔하게 불쾌한 물집 하나가,
심장과 폐가 있는 가슴속에서는,
격심한 고통이 되듯,
공허한 이름으로 남은 : 당신.

엄마와 엄마 친구들은 과부였다. 남편들은 모두 몇 년 전에 세상을 떠났지만 엄마 친구들은 지금까지 살아 있으며, 살아오는 동안 남편과 함께했던 시간을 잊어버린 적이 없다. 그렇다고 해서 고인이 된 남편과의 추억만을 끌어안고 사는 것 같지는 않았다. 사실인즉, 시간이 흐를수록 늙은 숙녀들께서는 오히려 노익장을 과시하고 있다. 나는 그들을 애정을 담아 '다섯 마리 백조Five Swans'라고 부른다. 롤링 메도스 이스트 양로원에서 엘리트의 지위를 획득한 여인들. 오래 살았다는 이유, 혹은 육체적인 결함(그들은 한 군데 이상 아픈 곳이 있다) 때문이 아니라, 다섯 마리 백조 모두 강인한 정신력을 지녔으며 스스로 결정할 수 있는 독립적인 상태 덕분에 이런 지위를 얻었다. 모두 부러워하는 자유의 너울을 두르고 있으니 왜 아니겠는가. 가장 나이가 많은 조지(조지아나) 는 백조들이 운이 좋다는 것을 알고 있었다. "우리 모두 지금까지는 정신줄을 놓지 않고 잘 지켜온 셈이지." 조지가 재치 있게 표현했다. "물론 넌 절대 알 수 없겠지만, 우린 언제든 무슨 일이 생길지 모른다는 얘기를 늘 한단다." 조지가 보행 보조기구에서 오른손을 들어 올리더니 손가락을 튕겨서 '딱' 소리를 냈다. 하지만 힘이 약해서 소리는 거의 들리지 않았다. 얼굴을 찡그리며 입술 한끝으로만 미소를 짓는 걸 보니 조지도 그걸 눈치 챈 것 같았다.

조지에게는 내가 정신줄을 잃어버려 분실물 보관소에 있었다는 이야기를 하지 않았는데, 그걸 잃어버렸다는 사실이 어리석을 정도로 무섭게 느껴졌거나, 아니면 내가 길게 이어지는 복도에 서서 조지와 이야기를 나누던 바로 그때 또 한 명의 다른 조지, 게오르크 트라클Georg Trakl의 시가 떠올랐기 때문일 것이다. *In kühlen Zimmern ohne Sinn.*(20세기 초반에 요절한 오스트리아의 시인 트라클이 쓴 〈림보Vorhoelle〉의 한 구절로, '서늘한 방에서는 의미도 없이 집기들이 썩어가고'라는 뜻—옮긴이주) 서늘한 방에선 의미도 없이, 의미도 없는 서늘한 방.

"내가 몇 살인지 아니?" 조지가 계속 말했다.

"백 하고도 두 살이란다."

그녀는 한 세기를 온전히 소유했었군.

"근데 미아, 넌 몇 살인 게냐?"

"쉰다섯인데요."

"애송이로구나."

내가 아직 애송이란다.

다섯 마리 백조 중에는 88세인 레지나도 있다. 본든에서 자랐지만 미네소타 주를 떠나 외교관과 결혼했다. 여러 나라를 돌아다니며 살아서 그런지 말투가 좀 동떨어진 느낌을 준다. 아마도 지나치게 또박또박 발음해서 그런 것 같다. 아무튼 원인이야 어떻든지 간에 나라를 바꿔가며 계속 이국적인 환경에서 생활했기 때문이지 싶다. 추측컨대, 자의식 과잉의 성품과 가식적인 면모가 나이를 먹고 늙어가면서 입술이나 혀와 이에서 분리될 수 없는 것이 된 것 같다. 레지나에게서는 상처받기 쉬운 연약함과 미묘한 매력이 극적으로 뒤섞여 흘러나왔다. 첫남편이 죽은 뒤로 두 번 더 결혼했는데, 그 두 명의 남편 모두 무덤에 누워 있다. 그 이후로도 여러 명의 남자들과 얽히고설킨 복잡한 관계를 설정한 경력이 있으며, 여기에는 늠름하고 멋진 10세 연하의 영국인도 포함되어 있다는 사실. 레지나는 우리 엄마를 상담 친구 겸 콘서트나 전시회, 그리고 가끔은 연극을 함께 즐기는 감상용 친구로 의지하고 따랐다. 멤버 중에는 84세의 페기도 있다. 그녀는 본든보다 더 작은 동네인 리에서 나고 자랐으며 남편도 같은 고등학교 출신이었다. 남편과의 사이에서 여섯 명의 자녀를 두고 수많은 손자손녀를 봤는데, 그들을 모두 꼼꼼하게 챙겼다. 놀라울 정도로 신경계통이 건강하다는 징표였다. 그리고 이제 소개할 다섯 마리 백조의 마지막 멤버는, 올해 94세인 애비게일이다. 예전엔 키가 컸는데, 골다공증으로 등이 몹시 굽어 버렸다. 귀가 안 들려서 거의 귀머거리 수준인데도, 그래도 그녀를 처음 본 순간 감탄하지 않을 수 없었다. 애비게일은 손수 짠 니트 팬츠와 스웨터를 입고 있었는데, 거기에는 사과와, 말 그리고 아이들의 춤추는 모습이 아플리케 혹은 자수로 새겨져 있었다. 그녀의 남편은 오래전에 사라졌는데, 어떤 이는 죽었다고 하고 다른 이는 이혼했다고 믿었다. 어느 쪽 이야기가 맞든지 간에, 애비게일의 남편이었던 프라이빗 가드너Private Gardener는 제2차 세계대전 중 혹은 종전 직후에 사라졌다. 그리고 그의 미망인 혹은 이혼한 전 부인인 애비게일은 교육학 학위를 취득하고 초등학교 미술 교사가 되었다. "등이 굽고 귀는 먹었어도 벙어리는 아니란다." 처음 만난 자리에서 애비게일이 내게 힘주어 말했다. "언제든 놀러 오렴. 난 사람들이랑 어울리는 게 좋아. 3204호실이다. 따라 외워봐, 3204호."

다섯 마리 백조는 모두 같은 북클럽 회원이었고, 몇 명의 다른 여자들과 함께 한 달에 한 번씩 모임을 가졌다. 내가 여러 경로를 통해 알게 된 바에 의하면, 이 북클럽은 나름대로 상당히 경쟁력 있는 모임인 것 같았다. 엄마가 롤링 메도스에 사는 동안 엄마의 인생극장 무대에 매일 출연하던 등장인물들 가운데 많은 사람들이 '요양'을 하러 무대를 떠나서는 다시 돌아오지 않았다. 일단 떠난 사람은 '블랙 홀'로 사라진다고 엄마는 솔직하게 말했다. 슬픔은 거의 느껴지지 않았다. 다섯 마리 백조는 지금 여기, 현재를 질풍노도처럼 살고있다. 앞으로 살아갈 날이 창창한 젊은이들이 말년을 멀리서 철학적으로 음미하는 것과는 달리, 그녀들은 죽음이 관념적인 문제가 아니라 현실이란 걸 알았다.

　나의 가정이 볼썽사납게 해체되었다는 사실을 엄마에게 비밀로 해두는 것이 가능했다면, 나는 그렇게 했을 것이다. 그러나 가족 구성원 중 하나가 강제로 정신병원에 처박히게 된다면, 나머지 가족들이 우르르 몰려들어 걱정하고 연민에 휩싸이기 마련이다. 엄마에게 절대로 숨기고 싶었던 것을 나는 여동생 베아트리스에게는 거리낌 없이 보여줄 수 있었다. 베아(베아트리스의 애칭─옮긴이)는 내 소식을 듣고, 내가 사우스워드 정신병원에 들어간 지 이틀 만에 뉴욕으로 오는 비행기를 탔다. 베아가 병원에 들어올 때 다른 사람들이 그녀를 위해 유리문을 붙잡아주는 장면을 나는 보지 못했다. 동생이 도착하기를 학수고대하고 있었으면서도, 아마 그때 내가 잠시 한눈을 팔았던 모양이다. 생각해보니 동생은 곧바로 나를 발견한 것 같았다. 또각또각 울리는 하이힐 소리가 들려서 고개를 들었더니, 동생이 내게 곧장 다가와 휴게실의 반질반질한 소파에 앉으며 나를 꼭 끌어안았다. 나의 팔을 붙잡는 베아의 손길이 느껴지는 순간, 고치처럼 둘러싸고 있는 항정신성 약물의 힘으로 버티고 있던 숨 막힐 것 같은 비정함이 산산이 부서졌다. 난 큰 소리로 흐느껴 울었다. 베아는 나를 안고 달래면서 한 손으로 내 머리를 쓰다듬어주었다. 언니, 우리 미아 언니, 동생이 내게 속삭였다. 두 번째로 면회 온 사람은 딸 데이지였는데, 그때는 제정신이 돌아와 있었다. 파괴된 부분이 어느 정도 복구가 되어 데이지 앞에서는 울부짖지 않았다.

이유 없이 울거나 소리 지르고 웃는 모습은 이 병동에서는 전혀 별난 행동이 아니었고 대개는 눈에 띄지 않고 지나갔다. 정신이상은 자기 자신에게 심각하게 열중하는 상태이다. 자신의 궤도를 계속 유지하는 데만도 엄청난 노력이 요구된다. 건전한 상태로의 전환은 외부 세계의 사람이나 사물이 문을 통과해 들어오는 그 순간을 단편적으로나마 인지하기 시작하면서 이루어지는데, 나의 경우에는 베아가 바로 그런 순간이었다. 베아의 얼굴, 내 동생의 얼굴.

내가 망가지는 바람에 베아도 힘들어했지만, 그보다는 이 일로 인한 충격으로 엄마가 돌아가시는 게 아닌지 두려웠다. 다행히 그런 일은 일어나지 않았다.

작은 아파트에서 엄마와 마주 앉아 있으면서, 나는 엄마의 존재가 내게는 엄마일 뿐만 아니라 집 그 자체라는 생각을 했다. 부모님은 문스트리트 모퉁이에 있는 빅토리아 양식의 이층집에서 40년 넘게 살았는데, 아빠가 돌아가시고 나서 팔았다. 그 집은 거실이 넓고 이층에 침실들이 있었다. 그 집 앞을 지날 때면 그 집이 이제는 우리 것이 아니라는 생각에 마음이 아팠다. 나는 아직도 자신이 살던 옛 보금자리에 다른 사람이 들어와 사는 것을 도저히 이해할 수 없는 아이의 눈으로 그 집을 보고 있나 보다. 하지만 내가 돌아온 집은 바로 우리 엄마였다. 대지에 발을 딛지 않고는 살 수가 없다. 여기에는 물리적인 장소뿐 아니라 심리적인 의미에서의 내적 공간도 포함된다. 현재로서는 나의 정신이상은 집행유예 중. 갑자기 보리스가 몸을 거둬 가고 그의 목소리조차 들을 수 없게 되자, 갈 곳 모르는 나의 정신이 둥둥 떠다니기 시작했다. 어느 날, 그가 *일시정지*를 향한 갈망을 누설하는 것으로 모든 것이 끝났다. 보리스는 물론 심각하게 고민하고 떠나기로 결정했겠지만, 나는 그 결정 과정에 아무런 역할도 못해보고 결판이 난 것이다. 담배를 사러 나갔다가 그대로 영영 돌아오지 않는 남자도 있다. 마누라에게 저녁 먹기 전에 잠시 산책하러 간다하고 나간 뒤 두 번 다시 집에 나타나지 않는 남편도 있다. 그 남자는 어느 겨울 날 갑자기 그냥 일어나서 떠나가버렸다고 한다. 보리스는 자신이 불행하다는 기색을 내비치지도 않았으며, 나를 좋아하지 않는다는 말은 한 번도 한 적이 없다. 그냥 어느 날 갑자기 그에게 그런 일이 일어났다. 이런 남자들은 대체 뭐하는 사람들인가? 나는 '전문가의 도움'을 받아 조각난 마음의 파편들을 얼기설기 이어 붙인 후에, 나이 지긋하며 더 신뢰할 수

24

있는 영역인 '엄마의 대지'로 돌아왔다.

엄마의 영토가 축소되면서, 그와 더불어 엄마도 축소된 게 틀림없었다. 내 눈에는 엄마가 너무 적게 먹는 것 같았다. 엄마는 혼자 집에 있을 때면 큰 접시에 당근, 피망, 오이를 담고 작은 생선이나 햄, 아니면 치즈 한 조각을 곁들여 식사를 했다. 엄마는 오랜 세월 가족을 위해 요리하고 빵을 구웠다. 군부대 하나를 먹여 살리고도 남을 만큼. 그리고 지하 저장실의 대형 냉장고에 식재료를 쟁여두고 살았다. 우리들 옷도 직접 만들어 입혔다. 양말을 깁고, 놋쇠와 구리로 된 식기들은 반짝거릴 때까지 닦았다. 파티에 쓸 버터를 대팻밥처럼 얇게 썰고, 꽃꽂이를 했다. 침대 시트를 빨아서 밖에 널어 말린 후엔 다림질을 했다. 그 시트 위에 누우면 마치 깔끔한 햇빛 냄새가 나는 것 같았다. 우리를 위해 밤마다 자장가를 불러주고, 유익한 읽을거리를 골라주고, 우리가 볼 영화를 선별하고, 납득할 수 없는 교사의 행동에 대해서는 우리를 편들어 변호해주었다. 우리가 아프면 자신의 손길이 닿는 곳에 자리를 만들어 우리를 쉬게 하면서 집안일을 하는 틈틈이 간호를 했다. 몸이 아파도 엄마가 옆에 있으면서 보살펴주면 행복했다. 구토를 하거나 괴로울 때는 물론이고, 엄마의 간호로 병세가 호전되는 과정과 회복 상태에 이르는 순간도 좋았다. 엄마가 만들어준 간호용 특제 침대에 누워, 땀에 젖은 내 머리카락을 쓸어 올리며 체온을 점검해보는 엄마의 손길이 주는 느낌을 사랑했다. 내 옆에서 왔다갔다 움직이는 엄마의 다리를 바라보며, 아픈 나를 어르는 엄마의 감미로운 목소리를 듣는 게 얼마나 행복했는지, 이대로 계속 아팠으면 좋겠다는 생각이 들 정도였다. 창백하고 낭만적이며 연민의 정을 자아내는 모습으로, 나 자신의 반쪽은 나, 다른 반쪽은 의식을 잃고 누워 있는 연기를 하는 여배우처럼 느끼면서 그 작은 침대에 영원히 누워 있고 싶었다. 하지만 그때마다 엄마는 늘 나를 완벽하게 정상으로 회복시켜놓았다.

이제 엄마는 가끔씩 주방에서 일을 하다가 갑자기 접시나 수저를 바닥에 떨어뜨리곤 한다. 엄마는 여전히 우아하고 옷차림도 흠 잡을 데 없이 깔끔하지만, 옷에 얼룩이나 구김이 생기는 걸 질색하고, 구두는 부자연스러울 정도로 윤이 난다. 내가 어렸을 때의 기억에는 없던 일이다. 반짝반짝 빛나는 집은 사라지고 그 자리를 빛나는 의상이 차지하고 있는 것 같다. 엄마는 기억이 때때로 깜빡깜빡하지만, 그건 최근의 사건이나 방금 입 밖에 낸 말에 한해서만 그렇다. 젊은 날의 엄마에게는 거의 초자연적인 통찰력이 있었다. 나이가 들면서 엄마는 점점 그런 능력이 줄어들고 나는 점점 강해졌지만, 이러한 변화가 우리의 친밀한 관계에 영향을 주지는 않았다. 지칠 줄 모르는 살림의 여왕은 사라졌지만, 아픈 아이들을 위해 자신의 옆에 작은 침대를 마련하고 보살펴주던 그 여인은 사라지지 않고 지금도 내 앞에 마주 앉아 있다.

"난 늘 네가 지나치게 감수성이 풍부하다고 생각했다." 엄마가 해묵은 가족 타령을 시작했다. "그래 넌 너무 예민했지. 침대 속 완두콩 한 개도 놓치지 않는 공주처럼. 그리고 지금은 보리스 때문에 또…." 엄마의 말투가 강경해졌다. "네 남편이 어떻게 그럴 수 있니? 나이가 예순

이야. 미쳤지…" 엄마는 나를 힐끗 쳐다보고는 아차 싶었던지 손으로 입을 가렸다.

나는 웃었다.

"넌 아직도 예뻐." 엄마가 말했다.

"고마워, 엄마." 내가 대답했다. 엄마가 지금 한 말은 보나마나 보리스더러 들으라고 한 이야기일 것이다. *아직도 이렇게 예쁜데* 어떻게 버리고 떠날 수 있나? "엄마한테 알려주고 싶어." 묻지도 않는 말에 나는 대답했다. "의사들이 정말로 그랬단 말이야, 난 이제 괜찮다고. 이런 일은 있을 수 있는 일이고, 다시는 이런 일이 없을 거라고. 그 사람들은 이제 내가 정상으로 돌아왔다고 믿고 있어. 흔한 신경과민 있잖아. 그 이상은 아니래."

"어린애들을 가르치는 게 너한테 도움이 될 거야. 어쨌든 기대되지 않니?" 엄마의 잠긴 목소리에 걱정과 기대가 뒤섞인 착잡한 심정이 묻어났다.

"응. 아이들을 가르쳐본 경험은 없지만."

엄마는 잠시 뜸을 들이다 물었다. "보리스가 그걸 잘 처리할 것 같니?"

'그것'은 '그 여자'일 터. 어쨌든 엄마의 재치 있는 말솜씨가 고마웠다. 그것에게 이름 따위를 붙이는 일은 우리 사전에 없을 것이다. "몰라. 무슨 생각인지 모르겠어. 보리스의 속셈을 눈치 챘던 적은 한 번도 없었던 거 같아." 내가 대답했다.

엄마는 안됐다는 듯 고개를 끄덕였다. 다 알고 있다는 듯이. 위험 국면에 접어든 나의 결혼 생활이 엄마에게는 오래전에 봤던 세상만사 드라마의 각본 가운데 한 대목인 듯했다. 엄마, 무불통지자無不通知者(무슨 일이든지 환히 통하여 모르는 것이 없는 사람—옮긴이). 젊은 날의 엄마가 지녔던 통찰의 순간이 나이 들고 여린 엄마의 몸에 잔잔한 여운처럼 다녀갔다. 엄마의 초자연적인 통찰력은 아직 그대로였다.

롤링 메도스 이스트의 복도를 걸어 내려오면서 나는 나도 모르게 콧노래를 흥얼거리다가 다음 순간 작은 목소리로 노래를 부르고 있었다.

펄럭, 펄럭, 작은 박쥐!
신기하게 난다네!
저 하늘 높은 곳에서,
쟁반처럼 펄럭 펄럭.
(《이상한 나라의 앨리스》에서 모자 장수가 부르는 노래로, 제인 테일러의 시 〈작은 별〉
을 패러디함—옮긴이)

이사 온 첫 주는 오전에는 책상에 앉아 조용히 일하며 두어 시간 책을 읽고, 오후가 되면 엄마한테 가서 길고 긴 수다를 떨며 그럭저럭 보냈다. 엄마는 보스턴에서 살았던 시절과 조부모님, 그리고 중산층 어린이로 자라날 때의 목가적인 일상에 대해 이야기했다. 과격하진 않았지만 장난꾸러기였던 해리 외삼촌 이야기도 중간 중간 나왔다. 해

28

리 외삼촌은 열두 살에 소아마비로 사망했는데, 그때 엄마는 아홉 살이었으며 그로 인해 엄마의 세계가 어떻게 바뀌었는지도 알게 되었다. 엄마는 12월의 그날 해리 외삼촌에 대해 기억하고 있던 모든 것을 적어놓기로 결심하고 몇 달에 걸쳐 그 일을 끝냈다고 한다. "해리 오빠는 한시도 발을 가만히 둘 수가 없었지. 아침 식사를 할 때면 발을 의자 다리에 대고 계속 흔들어댔어." "오빠는 팔꿈치에 반점이 있었는데 조그만 생쥐처럼 보였단다." "한번은 오빠가 옷장 속에 숨어서 울고 있는데 볼 수 없었던 게 생각나는구나."

저녁 식사는 엄마 집이나 우리 집에서 내가 대부분 요리를 했는데, 고기와 감자 그리고 파스타를 푸짐하게 만들어드렸다. 그리고 이슬 맺힌 잔디밭을 걸어서 혼자만의 분노를 음미하는 나의 셋집으로 돌아왔다. 질풍노도Sturm und Drang. 그게 누구의 작품이었더라? 프리드리히 폰 클링거Klinger. 빵! 스트레스에 거칠게 반항하는 나, 미아 프레드릭센. 질풍노도. 눈물. 베개 치기. 여자 프랑켄슈타인이 공중에서 폭발하고 산산이 부서진 파편들이 작은 동네 본든을 뒤덮는다. 고통받는 미아 프레드릭센의 대극장에 관객은 없고 벽이 가로막고 있다. 미아의 벽은 아니고, 보리스 이즈코비치도 아니고, 배신자, 너무너무 소름끼치게 싫은 사람, 가장 사랑한 사람. 그는 아니야. 보리스 이즈코비치는 아니야. 약 기운이 떨어지면 못 자고, 약을 먹으면 곯아떨어짐.

"밤이 되면 힘들어요. 결혼 생활에 대한 생각만 떠올라요." 내가 말했다.

S 박사가 숨 고르는 소리가 들렸다. "어떤 생각인가요?"

"분노, 증오, 그리고 사랑."

"간단명료하군요." 그녀가 말했다.

나는 S 박사가 소리 없이 웃고 있을 거라 상상하면서도 이렇게 말했다. "그가 미워요. 이메일을 하나 받았는데, '안녕, 미아? 보리스'라고 적었더군요. 답장으로 침을 잔뜩 뱉어주고 싶었어요."

"보리스는 틀림없이 죄책감을 느끼고, 걱정하고 있을 거예요, 그렇게 생각되지 않나요? 혼란스러워 할 거란 짐작도 드네요. 당신이 내게 한 얘기로 봐서는 데이지가 아빠한테 몹시 분개하는 거 같은데, 틀림없이 그것 때문에 아주 큰 상처를 받았을 거예요. 보리스가 무슨 문제가 생길 때 잘 대처하는 사람이 아니라는 것은 분명해요. 이유를 한번 생각해봐요, 미아. 보리스의 가족, 형제에 대해서. 그의 동생 슈테판이 자살했을 때 어땠는지를."

나는 그 말에 대답하지 않았다. 슈테판이 죽은 것을 발견했다고 전화를 건 보리스의 힘없는 목소리가 떠올랐다. 그 전화를 받고 있던 주방 벽에 붙어 있는 '배관공을 부를 것'이라고 적은 노란색 포스트잇 쪽지와 그 쪽지에 쓰인 글자가 마치 영어가 아니라 외계인이 휘갈겨놓은 것처럼 생소하게 느껴졌던 것도 기억 났다. 말도 안 되는 얘기 같지만, 머릿속에서 들리는 목소리는 실제의 일처럼 생생했다. *경찰에 연락하고, 지금 슈테판에게 와줘야겠어.* 혼란도 공포도 없었지만 끔찍한 일이 벌어졌다는 것, 어려운 상황에 처했다는 것은 알 수 있었다. 일은 이미 벌어졌다. 그것은 확실했다. 지금 당장 움직여야만 한다. 택시 차창에 빗방울이 떨어지는가 싶더니 갑자기 가는 물줄기로 변했다. 수증기가 서린 차창으로 시내 중심가의 빌딩들이 보이고 이어서 노스 무어 스트리트임을 알리는 표지판이 보였다. 너무 평범해서 낯익은 모습들. 차가워 보이는 회색빛 벽면의 엘리베이터. 3층에 도착했음을 알리는 낮은 신호음. 슈테판은 목을 맸다. *이건 아니야. 이럴 수는 없어.* 보리스는 욕실에서 토하고 있었다. 나는 그의 어깨를 단단히 붙잡고 등을 두드려주었다. 그는 울지 않았다. 내 팔에 안겨 상처 입은 짐승처럼 울부짖었다.

"끔찍한 일이었어요." 기운 없는 목소리로 내가 말했다.

"그랬겠지요."

"내가 그의 수발을 들었어요. 그가 기운을 차리도록 돌봐줬어요. 나라는 존재가 없었다면 그가 뭘 할 수 있었겠어요? 어떻게 그런 일들을 그가 기억하지 못할 수가 있나요? 그는 목석이 되어버렸어요. 난 그에게 밥을 떠먹여줬어요. 그에게 말을 걸었어요. 그가 한 마디도 하지 않았지만 견뎌냈지요. 그는 나의 모든 노력을 거부했어요. 연구실로 출근해서 실험에 매달리다 집에 돌아오면 다시 돌덩어리로 돌아갔어요. 가끔씩 분노로 내가 활활 타버릴 거라는 두려움에 떨었어요. 나는 폭발할 것 같고 다시 부서지려고 해요."

"폭발하는 건 부서지는 것과 달라요. 전에도 얘기했죠. 부서지는 것도 다 그 목적이 있고 의미가 있는 거예요. 당신은 지금까지 스스로 잘 통제해왔어요. 견뎌내기 어려운 위기도 삶의 일부로 받아들이고 이렇게 살아남았잖아요. 이 모든 걸 당신이 해냈어요. 당신은 이제 자신의 상태에 대해 그렇게 두려워할 필요가 없는 것 같네요."

"S 박사님, 사랑해요."

"듣던 중 반가운 소리군요."

아이의 목소리가 들려서 보니 여자애가 있었다. 덤불숲 뒤에서 들려오는 작은 목소리. "내가 너를 정원에 심을 거야. 그래, 바로 이거야. 너는 바보, 멍청이, 거지가 아니야… 절대 아니야! 풍덩, 여기, 여기. 그래, 여기 좀 봐. 언덕이 있네. 민들레…. 바람이 조금 불어. 좋아, 사람들이랑 집도 있어."

정원 의자에 누워 책을 읽고 있는데, 짤막한 맨 종아리가 보이더니 그 종아리가 두 걸음 걸어와서는 바닥에 무릎을 꿇었다. 아이의 모습은 일부만 보였는데, 녹색 플라스틱 양동이를 들고 있었다. 아이가 양동이에 들어 있는 것을 잔디밭에 부려 놓았다. 분홍색 인형의 집, 그리고 크기가 다양한 인형과 봉제완구들이 보였고, 곧이어 소녀의 머리가 나타났다. 소녀가 너무도 기괴한 모습이어서 깜짝 놀랐다. 가까스로 그 애가 번개머리 가발을 쓰고 있다는 사실을 깨달았다. 광대들이나 쓸 법한 머리털이 곤두선 가발을 쓰고 있었는데, 꼬불꼬불하게 볶은 은백색의 머리카락에는 여러 가지 색이 섞여 있었다. 하포 막스(미국의 유명 코미디언인 '막스 브러더스'의 일원—옮긴이)가 감전 사고를 당하면 저런 모습일 것 같다는 생각이 들었다. 소녀가 다시 말하기 시작했다. "들어와도 좋아, 생쥐야. 아가 곰, 너도. 있지, 서로 사이좋게 이야기해야 해. 접시가 있어야겠다." 문 밖으로 뛰어나갔다가 얼른 돌아와 작은 컵과 접시들을 잔디밭에 쏟기. 부산하게 상 차리는 소리, 씹는 소리, 입맛 다시는 소리, 트림 흉내. "식탁에서 트림을 하는 건 예의가 아니란다. 누가 오는지 보렴, 기린이구나. 여기 들어올 수 있겠니? 저기 끼어 앉아." 기린이 잘 들어가지 않자, 소꿉장난하던 소녀는 기린의 머리와 목을 뉘어 인형의 집 안으로 들어오게 하고 몸뚱이는 밖에 그대로 두었다.

읽고 있던 책으로 다시 눈을 돌렸지만, 아이가 작은 목소리로 감탄하거나 큰 소리로 웅얼거리는 소리에 이따금씩 그쪽으로 주의가 끌렸다. 잠깐 잠잠하더니 갑자기 짜증 내는 소리가 들렸다. "너무 싫어! 난 인형이 아니라서 이 쪼그만 집에 들어가 살 수가 없잖아!"

나는 환상의 세계로 들어가는 문턱을 거의 넘을 것 같았던, 소망이 현실로 다가오려던 바로 그 순간을 떠올리고, 또 떠올렸다. 나의 인형들이 밤에 깨어나는 것이 현실이라면? 숟가락이 스스로 조금 움직였다면? 내 소망이 그것들에게 정말로 생명을 불어넣었다면? 거울 쌍둥이(거울에 비친 모습처럼 서로의 오른편과 왼편이 일치하는 쌍둥이—옮긴이)처럼 현실과 상상은 서로 닮고 가까이 붙어 있으며 함께 살아 숨 쉰다. 두려움 역시 그러하다. 베아는 이렇게 말했다. 언니는 잠 속에서 꾸던 꿈들이 백주 대낮에 실제로 일어났다는 것을 알게 됐기 때문에 불안감을 느끼고 있겠지만, 그냥 넘어가야 해. 천장이 바닥이 되기를 바라는 건 아니지? 우리가 그렇게 할 수 없다는 거 알잖아….

소녀가 내게서 다섯 발짝 떨어진 거리에 서서 나를 뚫어져라 쳐다보고 있었다. 토실토실하고 튼튼하게 생긴 서너 살 정도의 여자애로 둥근 얼굴에 커다란 눈, 그리고 웃긴 가발을 쓰고 있었다. 한 손으로 기린 인형의 목을 쥐고 있었는데, 그 인형은 입원 치료라도 받아야 할 것처럼 상처투성이였다.

"안녕! 이름이 뭐니?" 내가 물었다.

소녀는 머리를 세차게 흔들고 두 뺨을 불룩 내밀더니 갑자기 돌아서서 달려가버렸다.

내가 인형이면 얼마나 좋을까, 나는 생각했다.

사춘기 소녀 일곱 명을 대상으로 하는 시 창작 수업을 앞두고 웃기지도 않게 한바탕 신경과민 증세를 겪었다. 그리고 아직도 가슴이 죄어드는 것 같고 숨소리도 거칠게 느껴진다. 불안 증세가 살짝 나타난 것이다. 나는 속으로 단단히 일렀다. 너는 몇 년 동안 대학원 학생들의 글쓰기도 가르친 사람이야. 그런데 지금은 고작 아이들이잖아. 그리고 본든에서는 자긍심 있는 남자애들은 시 창작 수업 따위에는 등록하지 않는다는 것, 즉 이 시골 언저리에서 시라는 것에 관심을 가진

이는 노약자, 여자애들, 미망인 뿐이라는 사실을 명심해. 무슨 근거로 시 창작에 대해 감상적이고 쓸데없는 환상을 품고 여학생이 몇 명 씩이나 흥미를 보일 것이라고 기대해? 어쨌거나 네가 누구니? 도리스상 수상자인 데다가 컬럼비아 대학교에서 비교문학 박사 학위를 받고 거기서 가르치고 있잖아, 이 부러워할 만한 간판들은 내가 완전히 실패한 사람은 아니란 증거가 되는 셈이야. 나의 문제는 내적인 것이 외적인 것과 닿아 있는 것이었다. 산산이 부서지고 난 후, 중심을 잡을 수 없는 내 마음은 갈 곳을 잃고 저 명쾌한 자신감을 분실한 채 40대 후반 언젠가 내게 닥쳤던 상황을 재현하고 있었다. 다른 사람이 나를 무시하거나 말거나, 방대한 분량의 책을 흡입한 덕에 합성 기계가 되어버린 내 뇌에서 철학과 과학과 문학을 숨도 쉬지 않고 끄집어내어 상대의 기선을 제압했던 것이다. 나는 정신병을 앓았던 시인들(정도의 차이는 있지만)의 목록을 주워섬기는 것으로 나 자신을 격려했다. 토르콰토 타소, 존 클레어, 크리스토퍼 스마트, 프리드리히 횔덜린, 앙토냉 아르토, 파울 첼란, 랜들 자렐, 에드나 세인트 빈센트 밀레이, 에즈라 파운드, 로버트 퍼거슨, 벨레미르 흘레브니코프, 게오르크 트라클, 구스타프 프뢰딩, 휴 맥더미드, 제라르 드 네르발, 에드거 앨런 포, 번스 싱어, 앤 섹스턴, 로버트 로웰, 시어도어 로스케, 로라 라이딩, 사라 티즈데일, 바첼 린지, 존 베리먼, 제임스 스카일러, 실비아 플라스, 델모어 슈워츠… 시인으로서 나의 동료라고 할 수 있는 이처럼 많은 미치광이, 우울증 환자, 환청 환자들이 유명한 인물들이었다는 사실에 기분이 좋아진 나는 본든의 일곱 송이 꽃 같은 시의 천재들을 만나려고 자전거에 올라탔다.

책상에 앉아 있는 학생들을 보니 마음이 차분히 가라앉았다. 그야말로 아이들이었다. 가까이에서 보니 소녀들이 처한 터무니없지만 가슴 아픈 현실이 곧바로 드러났다. 그들이 애처로워 보여서 숨이 막힐 지경이었다. 나보다 10센티미터 이상 키가 커 보이는 페이턴 버그는 무척이나 야위고 절벽가슴인 데다 마치 외계인이 사지를 흔드는 것처럼 끊임없이 팔다리를 움직였다. 제시카 로카트는 자그마한 체격이지만 몸매는 성숙한 아가씨 같았다. 하지만 옹알거리는 아기 같은 목소리를 들어보면 그 아이에게서 풍기는 여성스러운 분위기는 과장된 것일 뿐 귀여운 어린아이에 불과하다는 사실을 저절로 알게 된다. 윤이 나는 갈색 머리에 눈이 약간 튀어나온 애슐리 라슨은 이제 막 성에 눈을 뜨게 된 아이들이 그러하듯, 타인의 시선을 지나치게 의식하는 티를 내면서 걸어와 자리에 앉았다. 애슐리는 커지고 있는 젖몽오리를 과시라도 하듯 가슴을 내밀고 있었다. 엠마 하틀리는 수줍게 웃으며 금발 머리로 얼굴을 가렸다. 니키 보러드와 조앤 카바첵은 둘 다 통통하고 목소리가 굵은 데다가, 한 쌍의 자전거 바퀴처럼 나란히 움직여서 마치 동일한 사람이 낄낄거리거나 고상을 떠는 것처럼 보였다. 예쁜 얼굴에 치아 교정기를 끼고 있는 앨리스 라이트는 내가 들어갈 때 책을 읽고 있었는데, 수업이 시작될 때까지 말없이 책만 읽었다. 앨리스가 책장을 덮을 때 나는 그것이 《제인 에어》라는 것을 알았다. 나는 순간적으로 질투심을 느꼈다. 새로운 세계를 접하는 즐거움을 누리는 것에 대한 부러움.

그들 중에 적어도 한 명은 향수를 뿌리고 있는 것 같았다. 따뜻한 6월의 강의실 먼지와 뒤섞인 향수 냄새 때문에 나는 두 번이나 재채기를 했다. 제시카, 애슐리, 니키와 조앤은 시 창작 수업에 참석하는 학생의 차림이 아니었다. 귀고리를 늘어뜨리고 립글로스에 아이섀도까지 바르고, 글자가 박힌 배꼽티를 입고 있어 다양한 모양과 크기의 배꼽을 드러내고 있었다. 그 아이들은 그냥 걷는 게 아니라 뽐내듯 강의실로 걸어 들어왔다. 조폭 4인방이란 단어가 떠올랐다. 집단이 주는 안전함과 안락함.

"규칙은 없어요." 내가 입을 열었다. "6주 동안 일주일에 3일씩 우리는 춤을 출 거예요. 단어들과 춤추는 거예요. 금지된 건 아무것도 없어요. 생각이나 주제에 아무 제한이 없어요. 말도 안 되는 것, 바보 같은 것, 어리석음 같은 모든 걸 허용합니다. 문법, 철자, 아무것도 중요하지 않아요. 적어도 처음에는 그렇게 시작할 거예요. 다른 시들도 읽을 건데, 여러분이 쓰는 시가 앞으로 우리가 읽게 될 시와 같지 않아도 돼요."

일곱 명은 말이 없었다.

"선생님 말씀은 우리가 *아무거나* 써도 된다는 거네요. 더러운 것도요." 니키가 불쑥 내뱉었다.

"그게 여러분이 쓰고 싶은 거라면. 그럼 첫 수업을 *더러운 것*을 가지고 해볼까요?"

자동기술에 대해 짧게 설명한 후 나는 학생들에게 *더러운*에 대한 반응을 쓰게 했다. 10분 동안 아무거나 마음속에 떠오르는 생각을 적으면 된다고 일러주었다. **똥, 오줌, 코딱지, 토사물**이라고 몇몇 학생이 곧바로 적는 게 보였다. 조앤이 '생리혈'이란 단어를 추가하자 여기저기서 헉! 하는 소리와 낄낄대는 웃음소리가 들렸다. 나는 그들 중 몇 명이나 시 창작의 관문을 넘을 수 있을까 궁금했다. 페이턴은 소똥에 대해서 썼다. 엠마에게는 이 일이 어려웠는지, 열중한 자세로 곰팡이가 핀 오렌지와 레몬을 놓고 씨름하고 있었다. 확실히 구제불능의 책벌레임이 분명한 앨리스는 과연 "내 여린 살을 베고 있는 칼처럼 날카롭고, 잔인하고, 뾰족한"이라고 적었는데, 그걸 니키가 곁눈질로 쳐다본 후 조앤에게 확인의 눈길을 보내고 곧바로 비웃는 표정을 지었다.

조앤과 니키가 경멸의 눈길을 교환하는 모습이 뾰족한 바늘로 콕 찌르듯 내 가슴에 들어와 박혔다. 나는 큰 소리로 말했다. *더러운*에는 싫어한다는 단어보다 더 많은 뜻이 담겨 있으며, 세상에는 더러운 말, 더러운 생각, 더러운 사람들이 있다고. 여기까지는 거칠 것 없이 지나갔다. 몇 마디 더 수업을 하고, 이어 황당하다고 낄낄대는 웃음과 질문들이 이어졌다. 자신이 쓴 시를 노트에 잘 적어두고, 집에서 *차가운*이라는 주제로 빨리 글을 써보는 연습을 하라는 숙제를 내준 다음 수업을 마쳤다.

조폭 4인방은 페이턴과 엠마까지 거느리고 잽싸게 교실을 빠져나갔다. 앨리스는 다른 사람의 시선을 의식해서인지 캔버스 가방에 조심스럽게 책을 넣으며 책상 주위에서 어정거렸다. 그때 애슐리가 밝고 높은 음성으로 앨리스를 부르는 소리가 들렸다. "앨리스, 같이 가지 않을래Alice, aren't you coming with?"(with는 미네소타에서는 명사나 대명사를 동반하지 않고 쓸 수 있는 전치사다.) 나는 앨리스를 지켜보고 있었기 때문에 그 표정이 변하는 것을 놓치지 않았다. 앨리스는 잠깐 미소를 짓더니 책상에서 노트를 챙겨 들고는 다른 아이들 쪽으로 열심히 달려갔다. 애슐리의 말투와 앨리스의 감출 수 없는 행복감은 단 한 시간 동안에 두 번이나 나의 아픈 곳을 건드렸다. 마음보다는 몸이 더 아팠다. 예전의 미성숙하며 어리석을 정도로 끝없이 진지하기만 했던 내 모습으로 다시 돌아간 것 같았다. 빈정거리는 성격과는 거리가 멀고, 제 감정을 숨기는 데 탁월한 재능이 있는 소녀. 너는 너무 민감해. 소녀들 사이에서 일어난 아주 사소한 두 사건이 내 마음속에 숨어 있던 예전의 짜증나는 멜로디, 결코 다시는 듣고 싶지 않았던 그 멜로디처럼 그날 저녁 내내 머릿속을 맴돌았다.

그 소녀들, 아름답게 피어나는 그들의 육체를 본 것이 바로 그날 밤 내가 모종의 프로젝트를 시작하게 된 계기가 되었는지도 모른다. 그 프로젝트는 매일 밤 보리스라는 이름으로 출몰해 길고 짧은 칼을 휘두르는 악령들을 물리치는 데 조직적으로 대처할 수 있게 해주었다. 내가 그 사람과 반평생을 보냈다고 해서 보리스 이전Before Boris(앞으로는

B.B.라고 부른다)의 인생이 없었다는 의미는 아니다. 그 잃어버린 오랜 기간에 섹스도 했고, 관능적이고, 더럽고, 달콤하고 슬프기도 했다. 나는 나의 육체적인 모험과 불운한 사고들을 새로운 노트에 적어 나가기로 마음먹었다. 노트의 페이지를 내가 경험한 포르노의 역사로 더럽히고, 남편 없는 삶을 살아갈 수 있도록 최선을 다하기로 마음먹었다. 나는 *한 사람*에게만 집착하고 있는 내 마음을 다른 사람들이 흔들어주기를 기대했다.

～

기록 #1. 내가 여섯 살이었나 일곱 살이었나? 여섯 살이었던 것 같은데 분명하지는 않다. 타이디빌에 있는 백부님 댁. 사촌 오빠 루퍼스가 소파 위에 누워 늘어져 있음. 내가 여섯 살이었다면 그는 열두 살이었다. 다른 가족들은 주위에서 방을 들락날락거리고 있었던 것으로 기억된다. 여름이었다. 창문으로 비쳐 들어온 햇살에 먼지들이 형체를 드러내고, 방의 한 구석에서 선풍기가 돌고 있었다. 내가 소파를 지날 때 루퍼스가 나를 끌어당겨 무릎에 앉혔다. 평소와 다름없었다. 우리는 *사촌 간*이었으니까. 그는 나를 어루만지기 시작했다, 라기보다는 마치 내가 밀가루 반죽이라도 되는 양 나의 두 다리 사이를 주물렀다. 이상하게 따뜻한 느낌이 들었다. 뭐라고 딱 꼬집어 말할 수는 없었지만 그다지 옳은 일이 아니란 느낌과 함께 어렴풋한 흥분이 일었다. 나는 손으로 그의 무릎을 밀어서 바닥으로 빠져나와 멀찌감치 떨어졌다. 손으로 더듬고 주물러서 깨어난 이 욕망이 나의 첫 번째 성적 경험임이 틀림없다. 나는 그때의 일을 한 번도 잊은 적이 없다. 마음의 상처 같은 건 남지 않았지만, 어쨌든 새롭고 신기한, 나의 기억에 또렷한 호기심을 남긴 사건이었다. 그 사건에 대한 내 생각은 보리스를 제외하고는 아무에게도 말하지 않았던, 확실히 프로이트(그보다는 제임스 스트래치)가 '유예된 행동'이라고 부르는 것과 딱 들어맞았다. 바로 사람이 나이를 먹으면서 다른 의미를 지니게 되는 이전의 기억들. 내가 그렇게 빨리 벗어나지 않았다면, 내가 내 의지로 감각을 통제할 수 없었다면, 루퍼스의 성추행은 나에게 상처를 남겼을 것이다. 요즘에는 이런 짓이 범죄로 간주되므로 발각되면 루퍼스 같은 소년은 감옥에 가거나 성범죄자 취급을 받을 것이다. 루퍼스는 나중에 임플란트를 전문으로 하는 치과 의사가 되었다. 내가 루퍼스를 마지막으로 보았을 때, 그는 '치아이식학'이란 학술지를 들고 있었다.

기록 #2. 루시 펌퍼가 스쿨버스에서 큰 소리로 나에게 말하고 있다. "사람들이 아이를 가지려면 그걸 *해야만* 한다는 거 나 안다. 그런데 옷을 *몽땅* 벗고 해야 되는 거니?" 루시는 가톨릭, 곧 이국적인 분위기를 대변하는 종교—향, 제의복, 십자가상, 묵주(모두 탐나는 것들)—신자였고 여덟 명의 형제자매가 있었다. 나는 루시의 탁월한 지성미에 경의를 표할 수밖에 없었다. 반면, 나는 루시라는 유리를 통해 들여

다봤지만 아무것도 보이지 않는 어둠뿐이어서 뭐라 할 말이 없었다. 나는 그때 아홉 살이었으므로, 어떤 것을 오랫동안 집중해서 보면 그림자 정도는 발견할 수 있다는 걸 알았다. 그러나 뚫어지게 앞을 응시해봐도 내가 보고 있는 것이 무엇인지 알 수 없었다. 옷을 *다* 벗어야 한다고?

부가 기록 : 나는 다시는 그러지 않겠다고 약속했지만, 어쩔 수가 없었다. 그의 머리카락은 그때 짙은 색이었다. 거의 검은색에 가까운. 그리고 턱 선이 단단하면서도 매끄러웠다. 그는 헝가리언 패스트리숍(뉴욕 컬럼비아 대학 근처의 카페 이름. 학생과 교수들뿐 아니라 작가들이 많이 드나든다.—옮긴이) 테이블에 나와 마주 보고 앉아서 자신이 연구하고 있는 것에 대해 천천히 명쾌하게 설명했다. 그는 볼펜으로 냅킨 위에 모형을 그렸다. 나는 몸을 앞으로 기울여 그것을 바라보며, 손가락으로 그가 그려놓은 선을 따라가며 어루만지다가 그를 올려다보았다. 두 사람의 눈에서 불꽃 점화. 그가 내 손 위에 자기 손을 올려놓더니 내 손가락을 테이블 위에 대고 눌렀다. 그런데 느낌이 온 것은 내 다리 사이였다. 턱 근육의 긴장이 풀리면서 나도 모르게 입술이 벌어졌다. 엄청나게 흥분되는. 내 사랑, 그렇지? 음, 그렇지 않았어?

나는 비명을 지르고 있다. 수많은 세월을 보내는 동안 내겐 당신이 우선이었어! 당신이 최고였지, 난 아무것도 아니었단 말이야! 청소하고, 몇 시간이나 걸려서 집안일을 하고, 걸어서 장 보러 간 사람이 누구였지? 당신이 했어? 내 왕국을 지배했던 빌어먹을 주인 장! 학회에나 들락거리던 위대한 남근 나리. 의식적 자각과 신경망의 상관관계! 그런 건 역겨워!

당신은 왜 늘 그렇게 화를 냈지? 유머 감각은 어디로 간 거야? 당신이 왜 우리의 인생을 고쳐 쓰는데? 이유가 뭐야?

생각난다. 파편들, 조각들,

앉을 의자가 하나도 없는 방,

난무하는 시구詩句, 비명, 흐릿한 장면,

측두엽의 발작

데이비드 흄,

나처럼 창백하고 야위고 유령 같은 그를

떠올리게 한다.

✤ ✤ ✤

사랑하는 엄마,

난 날마다 엄마 생각을 하고 있어. 할머니는 어떠셔? 공연은 8월에 끝나. 그러면 엄마한테 가서 일주일 내내 있을 거야. 난 뮤리엘 역을 하는 게 좋아. 그녀는 화룡점정이야. 멋진 역할. 그리고 결론은 코미디! 웃음이 엄청 났어. 난 프레디에게 대본이 끔찍하다고 얘기했는데도 그가 계속 나에게 여자를 무시무시하게 고문하고 죽이는 이런 영화에 나가라고 했어. 윽! 극장 측에서는 수입을 늘리려고 애쓰고 있어. 그치만 그게 여기 변두리 삼류 극장가에서는 쉽지 않지. 제이슨은 나의 살인적인 일정을 아주 싫어하는 것 빼고는 좋아. 나 점심때 아빠 봤어. 근데 그리 좋지 않았어. 엄마, 난 정말 엄마 걱정 엄청 하고 있어. 아무 일 없지? 엄마 많이 많이 사랑해.

사랑하는 엄마 딸 데이지가

나는 데이지가 안심할 수 있는 내용으로 답장을 보냈다.

"그 사람, 결혼 생활 함께하기가 쉬운 남자는 아니었다, 네 아빠 말이다." 엄마가 말했다.

"쉽지 않지." 내가 말했다. "내가 보기에도 그랬어."

엄마는 두 팔로 여읜 무릎을 끌어안고 의자 위에 앉아 있었다. 나는 속으로 생각했다. 나이가 엄마를 쪼그라들게 했지만 강하게 변모시킨 점도 있다고. 남겨진 시간이 별로 없다는 사실이 마치 육체와 정신 양

44

쪽의 쓸모없는 지방을 흡입하는 효과라도 있는 것 같았다.

"골프, 소송, 십자말풀이, 마티니."

"그 순서대로 말이지?" 나는 엄마를 보고 싱긋 웃었다.

"그랬을걸." 엄마는 한숨을 내쉬더니 옆에 있는 테이블 위에 놓인 화분에서 마른 꽃나무 잎을 따려고 손을 뻗었다. "내가 너한테는 이런 얘기 한 번도 한 적이 없을 거야. 그렇지만 네가 아직 어린아이였을 때, 난 네 아빠가 다른 사람하고 사랑에 빠졌을지도 모른다고 생각했어."

나는 흠칫했다. "아빠가 바람이라도 피웠단 말이야?"

엄마는 고개를 흔들었다. "아니, 섹스는 하지 않았을 게다. 아빠는 행동거지가 아주 반듯한 사람이었으니까. 하지만 느낌이란 게 있잖니."

"아빠가 말해줬어?"

"아니. 짐작이야."

결혼 생활에는 이렇게 먼 길을 돌아가야 하는 경우도 생긴다. 적어도 우리 부모님 사이에서는 그렇게 나타났다. 어떤 형태로든, 직접적인 충돌은 극히 드물었다. "아빠도 그 사실을 인정했고?"

"아니, 긍정도 부정도 하지 않았어." 엄마는 입술을 앙다물었다. "아빠는 알고 있었어. 너도 알다시피, 내게 고통을 안겨주는 얘기는 그 어떤 것도 말하기가 쉽지 않다는 거 말이야. 그저 '제발, 난 안 돼. 못해.'라는 말만 되풀이하더구나."

엄마가 이야기를 하는 동안, 머릿속에 아빠의 모습이 불현듯 떠올랐다. 앉아서 조용히 불꽃을 바라보고 있는 아빠의 뒷모습, 발치께에는 말풀이 책이 있었다. 그 다음에는 병원 침대에 누워 있는 아빠가 보였다. 앙상하게 뼈만 남은 모습으로 모르핀에 취해 의식이 없는 아빠. 엄마가 아빠 얼굴을 만지던 일도 기억났다. 엄마가 처음에는 손가락 하나만으로 말없이 누워있는 아빠의 윤곽과 표정을 아빠의 몸에 직접 그리듯 움직였다. 그러다가 다음에는 손바닥을 아빠의 이마, 뺨, 눈, 코에 바짝 대보고 피부도 세게 눌러보았다. 앞 못 보는 여인이 그 얼굴을 기억하려고 필사적인 노력을 하는 것처럼 보였다. 엄마는 건조하고 완고한 성격이었는데, 아빠의 어깨와 두 팔, 그리고 가슴을 만질 때쯤에는 절박한 심정으로 두 입술은 꽉 다문채 두 눈을 크게 뜨고 있었다. 나는 한 남자에 대한 내밀한 소유권 주장, 그리고 함께 보낸 시간에 대한 소유권 선언 장면을 뒤로하고 그 방을 떠났다. 다시 방으로 돌아와 보니 아빠는 이미 돌아가신 후였다. 죽음을 맞이한 아빠의 모습은 더 젊고 평온하고 신비로워 보였다. 엄마는 어둠 속에서 손을 무릎에 포개고 앉아 있었다. 블라인드 사이를 비집고 들어온 가느다란 빛줄기들이 엄마의 이마와 뺨에 줄무늬를 그렸다. 나는 경외감에 휩싸였다. 그 순간에 떠오른 것은 오로지 경외감뿐.

내가 말이 없자 엄마는 말했다. "내가 이제야 너한테 이 얘기를 하는구나." 엄마는 말을 이었다. "그동안 가끔 네 아빠가 위험한 짓을 감행했더라면, 그녀의 품으로 달려가버렸다면 얼마나 좋았을까 생각했기 때문이란다. 물론 아빠가 그 여자와 함께 줄행랑을 칠 수도 있었겠지. 그러곤 결국엔 아빠가 싫증을 낼 수도 있었을 거고…" 엄마는 큰 한숨을 내쉬었다. 길게, 몸서리치듯. "아빠는 내게로 되돌아왔어, 감정적으로는. 내 말은, 어느 정도는 내게 마음이 돌아왔다는 뜻이야. 그 상태로 한 몇 년 가더라, 그 거리감이. 그러고 나서야 네 아빠가 이제 더 이상은 그 여자를 생각하지 않는다는 생각이 들었어. 만약 그가 생각했다 해도, 그 여자는 이미 아무것도 아닌 존재가 되었던 거지."

"알아." 내가 말했다. 나는 정말 잘 알고 있었다. *일시정지* 때문에. 나는 소네트 129번(셰익스피어 소네트 129번—옮긴이)을 기억하려고 갖은 애를 썼다. 그 소네트는 '수치스러운 낭비로 인한 정신의 소모'로 시작된다. 그러고는 음욕에 대한 그 행, '음욕을 행하는 것은'. 어딘가에는 이런 말들도 나온다. '살인, 잔인, 오욕……'

향락이 끝나면 곧 경멸이요

뭐지, 뭐지… 그 다음은.

추구하는 동안도 광증이요, 얻은 뒤로도 광증이라
행한 뒤도, 행하고 있는 것도, 행하려는 그것도 다 극단이라
경험 중에는 축복이요, 경험 뒤에는 비애라
그전에는 환희요, 그 이후에는 악몽이라.
이 모든 것을 세상은 알지만 잘 아는 이는 없어라.
지옥으로 사람을 이끄는 그 천국을 피할 줄은.

"그 여자는 누구였어, 엄마?"

"그런 게 중요하니?"

"아니, 그런 건 아니고." 나는 거짓말을 했다.

"죽었다." 엄마가 말했다. "그 여자가 죽은 지 12년 됐구나."

그날 저녁, 문을 열려고 자물쇠에 열쇠를 넣고 돌리는데 문 저쪽에 뭔가 있는 것이 느껴졌다. 무거운, 위협하고 있는, 감지할 수 있는, 살아 있는, 저기, 나처럼 서 있는, 그 손이 올라갔다. 나의 거칠어진 숨소리가 계단 위에 울려 퍼졌다. 맨 팔뚝에 차가운 밤공기가 느껴졌다. 멀지 않은 곳에서 자동차 한 대의 시동 거는 소리가 쓸쓸하게 들렸다. 하지만 나는 움직이지 않았다. 그것도 움직이지 않았다. 바보같이 눈물이 솟았다. 몇 년 전에도 우리 집 계단 아래에서 지금과 똑같은 크기의 몸체로 나를 기다리고 있던 메아리를 느꼈던 적이 있다. 나는 스물까지 세었다. 다시 한 번 스물을 세고 나서 힘껏 문을 밀어 연 다음 전등 스위치를 켰다. 그리고 당연한 일이지만, 텅 비어 있는 어두운 실내를 발견했다. 그것은 사라지고 없었다. 이건 미신이나 막연하게 떠오른 생각이 아니라 확실하게 온 몸의 감각기관으로 느꼈던 일이다. 그것이 왜 돌아왔을까? 망령들, 악마들, 망령과 악마의 혼합체들. 나를 기다리고 있던 존재, 모습은 보이지 않았지만 그 크기를 느낄 수 있었던 유령에 대해 보리스에게 얘기했던 일이 기억난다. 보리스의 눈이 호기심으로 빛났다. 유령은 보리스가 아직 나를 좋아하고 있을 때 다시 찾아왔다. 보리스의 눈에 따분함이 가득해지기 전, 그리고 슈테판이 죽기 전이었다. 보리스의 착한 동생 슈테판은 목을 매고 받침대에서 뛰어내려 죽었다, 아주 멋졌는데. 오, 맙소사. 프린스턴에서 사람들을 사로잡고 놀라게 만들었던 젊은 철학자, 형 보리스가 아니라 형수인 내게 이야기하기를 좋아했던 시동생, 내 시를 읽었던 사람, 내 손을 잡았던 사람, 내가 입원하기 전에 죽어서 병문안도 못 온 사람, 내가 입원했던 병원은 슈테판이 먼저 거쳐 갔던 곳이다. 그는 천국으로 날아가다 지옥으로 떨어져 그 병원에 내려앉았던 것이다. 나는 당신이 한 일 때문에 당신을 원망해, 슈테판. 당신은 보리스가 당신을 발견할 거라는 걸 알았어. 그리고 보리스가 나에게 전화를 할 거고, 내가 보리스가 있는 곳으로 갈 거라는 걸 틀림없이 알고 있었을 거야. 그로부터 얼마 지나지 않아 나는 묽은 배설물로 어지러운 방바닥을 보게 되었지. 오, 안 돼!

그 일은 그만 생각해야지. 더 이상 생각하지 마. 유령 이야기로 다시 돌아가자.

보리스는 나에게 유령에 대한 이야기를 해줬다. 멋진 철학자 카를 야스퍼스는 그 현상을 '인간의 형태를 띤 인식'이라고 했으며, 다른 어떤 프랑스인은 의심의 여지없이 '남편의 환영'이라고 말했다. 내가 소녀 때 미쳤는데도? 1년 동안 박쥐들에게 시달렸는데도? 아니지. 1년 내내 그랬던 건 아니야. 몇 달. 끔찍했던 몇 달 동안 나는 '그것'이 계단 바닥에서 기다리고 있는 것을 느꼈다. "그런 정도의 일로 당신이 미쳤다고 볼 수는 없지." 보리스는 시가를 많이 피워 걸걸해진 목소리로 말하고는 빙그레 웃었다. 유령은 정신병원에 있는 환자나 신경계통에 이상이 있는 환자들뿐만 아니라 아주 평범한 사람들도 많이 본다고 그는 말했지. 그렇다, 친애하는 독자, 바로 당신처럼 병이 없는 수많은 사람들, 즉 정신이 오락가락하거나 혼란하거나 완전히 분열된 게 아니라 단지 약간 이상한 사람들 말이다.

나는 소파에 누워서, 유령이 아직 등장하지 않았던 그 시절을 기억해내려고 무진 애를 썼다. 사람들이 TV나 나쁜 책에서 말하는 것처럼, 아득한 그 옛날 6학년 시절의 끔찍했던 기억을 "냉정하고 객관적으로" 밝혀내기 위해서였다. 그 시절의 기억에는 여자애들이 혹하기 쉬운 과장된 사연들이 몇 가지 있다. 하지만 가해자들의 나이, 음모를 꾸며낸 장소 같은 것들이 정말 중요한가? 운동장이든 로얄 패밀리가 사는 왕궁이든, 사람 사는 곳은 어디나 다 그렇지 않나?

그게 어떻게 시작되었던가? 밤샘 파티. 단편적인 기억들. 확실하게 기억나는 게 하나 있다. 나는 기절할 때까지 숨을 내쉬지 않으려고 했다. 매트리스 바닥에 납작 엎드려 앞으로 기어가면서 계속 입으로 공기를 꿀꺽꿀꺽 마시면서 말이다. 그선 미련한 짓이었다. 게다가 친구인 루시 펌퍼의 얼굴이 하얗게 질리는 바람에 내가 더 놀랐다.

"겁먹지 마, 미아. 계속해. 얼른." 짜증을 내면서도 나를 부추기던 공모자들.

싫어. 나 그거 안 할래. 뭣 때문에 다른 사람이 기절하기를 바라는 거니? 나는 너무도 무력함을 느꼈다. 나는 현기증을 느끼고 싶지 않았다.

그 여자애들이 가까이서 속삭이고 있다. 그렇다. 그런데 소리가 들리기는 하지만 내용이 이해되지 않는다. 내 슬리핑백은 체크무늬 안감을 댄 파랑색이었다. 그것만큼은 아주 분명히 기억하고 있다. 나는 지치고 아주 지쳐 있다. 여자아이들이 어떤 목표AIM에 대해 이야기하고 있다, 누군가를 목표로, 다음은 칼을 목표로. 속뜻을 감춘 아리송한 농담.

나는 그들과 함께 웃는다, 혼자 왕따가 되고 싶지 않아서. 그러자 그 여자애들은 더 크게 웃는다. 내 친구 줄리아가 그중에서도 가장 크게 웃는다. 나는 그 뒤에 잠든다. 어찌할 바를 몰라 갈팡질팡하던, 아무것도 모르는 작은 여자아이.

수업 중 떠돌아다니던 쪽지. "AIM, 더러운 손톱과 반질반질한 빨강 머리. 씻어라, 새끼 돼지." 나는 그것이 내 이름을 거꾸로 쓴 것임을 바로 알아보았다. Mia를 Aim으로 표기한.

"내 손톱은 깨끗해. 내 머리도 그렇고."

웃음바다. 패거리들로부터 불어온 우르르 낄낄거리는 거센 바람은 나를 한 방에 깔끔하게 구덩이에 처박았다. 아무 말도 하지 마. 넌 아무것도 못 듣고 아무것도 못 본 척해.

계단에서 꼬집기.

"꼬집지 마."

무표정한 줄리아의 얼굴. "뭐 잘못 먹은 거 아냐? 난 너 건드리지도 않았는데. 너 미쳤구나."

은밀하게 슬쩍슬쩍 몰래 꼬집기는 계속되었고, 패거리들은 그것이 내 '상상'의 산물이라고 했다.

화장실에서 흘리는 눈물들.

그때부터 나는 거의 존재하지 않는 존재로 취급되었다.

거부, 배제, 무시, 제명, 추방, 밀어내기. 냉대. 묵살. 영어圖圖. 게임 끝!

아테네에서, 시민들은 도자기 '파편'이란 뜻의 오스트라콘ostrakon에 근거해서 지나치게 큰 힘을 축적한 것으로 의심되는 사람을 국외로 추방하는 도편추방제ostracism를 마련했다. 시민들은 도자기 조각에 위험 인물들의 이름을 적었다. *말言의 파편*. 파키스탄의 파탄족은 배신자들을 추방해 먼지만 날리는 어딘가로 보낸다. 아파치족은 미망인을 무시한다. 그들은 슬픔이 폭발하는 것을 두려워해 슬픔으로 고통 받는 사람들이 짐짓 존재하지 않는 척한다. 침팬지, 사자, 늑대 모두 도편추방 형태를 가지고 있다. 무리 중 하나가 너무 약하거나 너무 난폭해서 용인하기 어려우면 강제로 내쫓는 것이다. 과학자들은 이를 두고 사회를 굴러가게 하는 '타고난 적응' 방식이라고 말한다. 레스터라는 이름의 침팬지는 서열을 뛰어넘는 힘에 유혹되어 자기 무리 밖의 암컷들과 짝 짓기를 하려 했다. 주제 파악을 못하고 본분을 지키지 않은 그 침팬지는 결국 추방되었다. 혼자 버려진 침팬지는 굶어 죽었고, 연구자들이 어떤 나무 밑에 있던 그 깡마른 침팬지의 몸뚱이를 발견했다. 아미시 교도들은 이걸 *마이둥Meidung*('기피'란 뜻의 독일어—옮긴이)이라고 부른다. 구성원이 법을 어기면 그 남자나 여자는 따돌림을 당하며 즉각 상호 교류가 중단된다. 그러면 사람들이 등을 돌린 그 사람은 궁핍하거나 그보다 더 나쁜 상태로 전락하게 된다. 한 남자가 아픈 아이를 병원에 데리고 가려고 차를 샀다. 그러나 아미시 교도는 차를 운전하는 것이 금지되어 있어서, 교단의 실세인 원로들이 그에게 파문을 선언했다. 아무도 그를 인정하지 않았다. 옛 친구들과 이웃들은 그를 보고도 지나쳤다. 그는 더 이상 그들 사이에 존재하지 않았다. 그 결과, 그는 자기 자신을 잃었다. 사람들의 텅 비어 있는 듯한 무표정한 얼굴을 대하고 위축될 수밖에 없었다. 자세도 달라졌다. 구부정해진 것이다. 그는 식욕을 잃었고, 눈의 초점도 흐려졌다. 어느 날, 아들에게 말하면서 자신이 속삭이듯 작은 소리로 이야기하고 있다는 사실을 깨달은 그는 변호사를 찾아가 원로들을 고소했다. 얼마 지나지 않아 그의 아들은 죽었다. 한 달 후 그도 죽었다. *마이둥*은 '서서히 오는 죽음'으로도 알려져 있다. 마이둥을 인가한 원로 두 명도 죽었다. 무대 위에 시체들이 널려 있었다.

그때 나는 악마의 주술에 빠져 있었던 것 같은데, 그 근거는 댈 수 없고 단지 그렇다고 추측만 할 뿐이다. 그 사건들은 범죄라 하기에는 사소한, 그리고 대부분 드러나지 않게 일어났기 때문이다. 나를 꼬집은 사람은 아무도 없었으며, 상처를 안겨준 가슴 아픈 쪽지는 그 누구도 쓰지 않았다. "너는 순 사기꾼이야." 내 영어 답안지를 교묘하게 망치기, 책상 위에 놓아둔 내 그림에는 온통 낙서가 되어 있고, 야유와 조롱, 귓속말, 익명의 전화, 내 말에 대꾸하지 않고 침묵하기. 우리는 다른 사람의 얼굴에서 우리 자신을 발견한다. 그런 식으로 한동안은 거울을 볼 때마다 한 명의 이방인, 삶의 의미가 깡그리 무시되는 한 명의 국외자가 비쳤다. 미아. 나는 다시 온통 뒤죽박죽이 된 것 같다. 나는. 나는 노트에 그것을 쓰고 또 썼다. 나는. 나는 미아. 엄마의 책들 중에서 시 선집 한 권을 발견했다. 그 속에 있는 존 클레어의 시 〈나는 I Am〉.

나는 : 아직 지금 나를 아무도 좋아하지 않고 아무도 모른다

　　　친구들이 나를 구해준다, 잃어버린 기억이나 되듯

나는 내 고통을 혼자 끌어안고 있다—

　　　고통이 무심한 내 안에서 일어나고 스러진다,

쥐어짜다 사그라지는 사랑의 아픔 속에서 그림자처럼—

그리고 아직, 나는 피어오른 수증기 같다, 그리고 그리 산다—

허무한 경멸과 소란… 속으로 사라지는

나는 '내 고통을 혼자 끌어안고'가 의미하는 바를 이해하지 못했다. 그 의미를 알았다면 도움이 되었을 텐데. 사소한 운명의 장난, 어린아이, 약간의 거리, 약간의 유머, 약간의 무관심. 무관심이 치료제였지만 나는 무관심할 수가 없었다. 실질적인 치료법은 전학이었다. 그렇게 간단한 것을. 엄마가 그걸 해냈다. 전학간 학교는 기숙학교로, 세인트폴

에 있는 세인트 존스 아카데미였다. 그 학교 아이들은 나를 웃음으로 맞아주었고, 내 존재를 인정하고, 친구가 되어주었다. 거기서 나는 리타를 만나 둘이 똑같이 검은 머리를 양 갈래로 땋고, 〈매드Mad〉 잡지를 읽었으며, 엘라(엘라 피츠제럴드), 피아프(에디트 피아프) 그리고 톰 레러의 팬이 되었다. 이층 침대의 자기 자리에 각자 누워서 리타가 좋아하는 톰 레러의 노래 〈공원의 비둘기를 독살하기〉를 더듬거리면서도 모든 소절을 조용히 부드럽게 불렀다.(나는 사실 거기에 나오는 비둘기들이 불쌍하다고 생각했지만, 리타의 따뜻한 동지애는 그 유감스러웠던 꼬집기를 훨씬 능가하는 것이었기에 군말 없이 따라 불렀다.) 리타의 핏기 없는 갈색 다리. 주근깨 같은 점이 몇 개 있는 나의 하얀 다리. 나의 형편없는 시詩들. 리타가 그린 재미있는 만화들.

기숙학교의 첫날, 리타와 나의 방 앞에 서 있었던 엄마가 생각난다. 엄마는 지금보다 아주 젊어서, 나는 그때의 엄마 얼굴이 어땠는지 정확하게 떠올릴 수 없다. 학교에 나를 두고 떠나는 엄마의 눈빛에 걱정이 가득하면서도 희망이 떠올랐던 건 확실히 기억난다. 그때 나는 엄마를 끌어안고 얼굴을 엄마의 재킷 어깨에 묻고 숨을 들이마시며 마음속으로 다짐했다. 난 엄마의 냄새를 계속 간직하고 싶어. 가루분, 겔랑의 샐리마 향수, 그리고 모직 옷의 냄새가 뒤섞인 그 냄새.

우리가 사는 동안에 일어날 일들을 예측하기란 불가능하다. 그것은 형체가 없는, 아직 진행 중인 미완의 말과 행동에 불과하다. 솔직히 말해보자. 우리는 결코 과거를 되돌릴 수 없다. 대부분은 그냥 사라진다.

그럼에도 불구하고 내가 여기 책상에 앉아 그리 오래 지나지 않은 그 여름의 일을 되돌아보려고 노력하는 것은, 운명의 지침 하나하나가 다음 인생의 고비에 전환점이 된다는 것을 알기 때문이다. 그중 일부는 입체지도 위에 솟아오른 언덕처럼 눈에 띈다. 그러나 그 다음 순간에는 그것들을 알아볼 수 없게 된다. 평탄한 삶의 순간이 잇따르게 되면 시야가 좁아져 전환점을 감지할 수 없게 되기 때문이다. 시간은 우리들 외부에 있는 존재가 아니라 우리의 내부에 함께 산다. 우리는 오직 과거, 현재, 미래를 끌어안고 살 뿐이다. 게다가 현재를 경험하기에는 시간이 너무 짧다. 현재는 그대로 계속되다 나중에야 체계적으로 정리되거나 망각의 세계로 흘러간다. 의식은 지연의 산물이다. 6월 초 언젠가, 내가 여기에 머물기 시작한 둘째 주의 어느 날, 전환점이 될 아주 작은 사건이 나도 의식하지 못하는 사이에 일어났다. 생각해보면 그것은 애비게일의 '은밀한 즐거움'을 알게 되면서부터 시작된 것 같다.

애비게일이 내게 자신이 만든 수예품을 구경시켜주려고 자리를 마련했다. 한눈에 보기에도 그녀의 아파트는 우리 엄마의 아파트보다 작아서, 선반에 있는 작은 유리 조각상, 자수 쿠션, '홈 스위트 홈'이라고 쓰인 벽장식 등이 넘쳐흘러 온 집 안을 잠식하고 있는 것처럼 보였다. 색색의 퀼트 제품들은 가구 위에 포개져 있었다. 다양한 예술작품들이 집 안의 모든 벽면과 애비게일의 몸을 덮고 있었다. 그녀는 악어

나 그 비슷한 동물을 수놓은 길고 헐렁한 드레스로 단장한 모습이었다. 장식품들이 온통 집 안을 메우고 있음에도 불구하고 실내가 어찌나 깨끗한지, 지금 막 청소를 끝낸 집 같았다. 내가 롤링 메도스의 다섯 마리 백조에게 기대하고 있었던 바로 그 자부심을 느낄 수 있었다. 애비게일은 이제는 곧바로 설 수 없기 때문에 보행 보조기구에 의지해 몸을 구부린 자세로 돌아다녔다. 그녀는 문을 열고 고개를 옆으로 돌려 나를 쳐다보고 자유로운 손으로 보청기를 가리키며 내 쪽을 주시했다. 그 보청기는 우리 엄마가 사용하는 것과 달랐다. 애비게일의 것은 무척 커서 마치 거무스름하고 커다란 꽃이 귀에서 튀어나온 것 같았다. 거기에 두꺼운 줄이 달려 있었다. 이렇게 생긴 보청기는 그녀처럼 고도의 난청자들을 위한 것이거나 초창기 유물이 아닐까 짐작했다. 그 기묘한 장치는 19세기에 사용된 나팔형 보청기(음향 집음기)를 떠올리게 했다. 그렇게 크지는 않았지만 말이다. 애비게일은 나를 의자로 안내하고 쿠키와 우유 한 잔을 내왔다. 마치 일곱 살짜리 손님을 대접하는 것처럼. 그러고 나서 거두절미하고 내게 보여줄 작품 두 개를 고르더니 내 무릎 위에 포개놓았다. 그녀는 천천히 녹색 소파로 가서 가까스로 자리에 앉았다. 그 모습이 보기에 딱했으나 애비게일의 얼굴에 나타난 숨길 수 없는 즐거운 표정을 보니 불편했던 내 마음이 좀 가라앉았다. 나는 위에 있는 것을 집어 들었다.

"그건 오래된 거지만," 그녀가 말했다. "내겐 전혀 문제가 되지 않아. 그게 내가 해줄 수 있는 최상의 찬사야. 적어도 그건 나를 짜증나게 하지 않거든. 어떤 것들은 작품을 만들어 장식할 위치에 놓고 나서 보면 짜증나는 경우가 있어. 그러면 난 그것들을 치워서 바로 옷장에 처넣지. 음, 어때?"

나는 독서용 돋보기를 꺼내 흔하디흔한 풍경화 같은 장면이 공들여 수놓인 작품을 내려다보았다. 전면에는 펠트를 오려서 만든 통통한 금발 소년이 곰 한 마리와 춤을 추고, 그 배경에는 요란한 꽃무늬가 수놓아져 있었다. 소년의 머리 위에는 노란 태양이 미소 짓는 얼굴을 하고 있었다. **행복한 와피**(닌텐도 DS 게임 'Wappy dog'의 강아지 이름. 또는 블리자드의 게임 'Happy-Wappy Elves in Unicorn Land'에 등장하는 캐릭터 이름―옮긴이) 같다는 생각이 들었다. 냉소적인 표정은 베아를 닮았다. 그렇게 작품을 살피던 중 나는 따분해 보이는 소년 뒤로 나뭇잎 무늬에 거의 가려져 있는 작은 소녀를 발견했다. 소녀는 부드러운 색상으로 수놓아져 있었다. 소녀의 체격에는 버거워 보이는 가위를 벌려서 무기 삼아 들고 낮잠을 자고 있는 고양이를 보며 씩 웃는 모습이었다. 그때 나는 소녀의 위쪽에 엷은 핑크색의 날개 달린 틀니가 있는 것을 발견했다. 자세히 보지 않으면 꽃잎이나 녹회색의 뼈대열쇠로 잘못 볼 수도 있었다. 나는 잎사귀의 모양새를 계속 살피다가 작은 창문 안에 벌거벗은 젖가슴처럼 생긴 것도 찾아냈다. 이어서 작은 글자로 쓴 몇 개의 단어들이 나왔다. 글자가 너무 작아서 그걸 눈에서 멀리 떨어뜨리고 읽어야 했다. **오 내 인생은 바람이라는 걸 기억해요.** 전에 어디선가 읽어본 것 같은데 더 이상 기억해낼 수가 없었다.

작품에서 눈을 떼고 애비게일을 올려다보니 그녀는 미소를 짓고 있었다. "이거 처음 보는 것 같지가 않네요." 내가 그녀 쪽을 보고 소리쳤다. "저 소녀, 그 틀니, 어디서 소재를 따온 건가요?"

"고함치는 건 도움 안돼." 그녀가 큰 소리로 말했다. "안정된 목소리로 크게 말하는 게 더 잘 들려. 그게 아주 성가신 일이지. '오 내 인생은 바람이라는 걸 기억해요. 내 눈은 더 이상 잘 볼 수 없을 거예요.'"

나는 아무 말도 하지 않았다.

"사람들은 제대로 보려고 하지 않아. 너도 알고 있겠지만." 애비게일이 머리를 기울이며 보청기 줄을 만졌다. "사람들 대부분이 그래. 사람들은 자기가 보고 싶은 것만 봐. 이를테면 양념 전체가 아니라 거기든 설탕만. 넌 내 말뜻을 알아듣겠지. 네 엄마도 살면서 차츰 그런 것들에 눈을 뜨게 되었단다. 물론 이런 눈을 지닌 사람들은 주변에 그리 흔치가 않아. 내가 사물을 이렇게 보기 시작한 건… 아, 몇 년 됐지. 자수 클럽에서 나만의 무늬를 만들었는데 그게 곧바로 솔직하게 표현되지 않더구나. 이게 무슨 말인지 너도 알게다. 그래서 나는 **은밀한 즐거움**이라고 부르는 일을 시작했어. 그림 속의 작은 그림, 비밀의 속옷들. 네가 보고 알 수 있다면 말이다. 다음 것을 한번 보렴. 거기에 문이 있단다."

나는 작은 담요를 내 무릎에 올려놓고 자수 장미들을 내려다보았다. 검은 배경에 노란색과 핑크색의 장미 꽃잎과 다양한 녹색 색감의 이파리들이 달려 있었다. 바느질 선은 흠 하나 없었다. 꽃문양 안에는 역시 아주 작은 파스텔 톤의 단추들이 여기저기 꿰매져 있었다. 문은 없었다.

"단추들 가운데 하나는 열 수 있게 되어 있어, 미아." 애비게일이 말했다. 이 말을 할 때 그녀의 목소리가 떨리는 걸 보고 나는 그녀가 흥분했다는 것을 알았다.

내가 단추 몇 개를 더듬거리고 있으려니 애비게일이 일어나는 게 보였다. 애비게일은 보행 보조기구를 잡고, 자리에서 일어나려고 몸을 두 번이나 일으켜 세우려는 노력 끝에 내 쪽으로 천천히 움직여 왔다. 보행 보조기구 탁, 한 발짝, 보조기구 탁, 한 발짝. 일단 내 앞으로 다가온 애비게일은, 거의 내 얼굴에 닿을 듯 고개를 숙이고 노란색 단추를 가리키는 몸짓을 했다. "그거야. 이제 당겨봐."

나는 단추 구멍으로 단추를 밀어 넣고 당겼다. 장미가 수놓인 부분이 사라지고 다른 광경이 펼쳐졌다. 내 무릎에 펼쳐진 이미지는 또 다른 별개의 자수 작품으로, 거대한 청회색 진공청소기였는데 측면에는 일렉트로룩스 제품 상표까지 온전하게 붙어 있었다. 그 청소기는 바닥에 있는 것이 아니라 공중에 떠서 날아다녔고, 청소기의 크기보다 훨씬 작은, 알몸에 하이힐만 신은 어떤 여자가 청소기를 이끌고 있었다. 여자는 청소기의 기다란 호스를 휘두르며 청소기와 나란히 푸른 하늘을 날아가는 중이었다. 그 가전제품은 밑에 있는 미니어처 도시를 열심히 빨아들이고 있었다. 나는 청소기 바닥의 흡입구에서 밖으로 삐져나온 남자의 자그마한 두 다리, 그리고 몸체가 이미 흡입된 채 거꾸로 매달려 머리카락이 허공으로 뻗친 또 다른 남자를 유심히 살펴보았다. 남자의 입이 공포로 벌어져 있었다. 소들, 돼지들, 그리고, 닭들, 교회 하나와 학교 하나가 모두 뿌리채 뽑혀 곧바로 허기진 호스 속으로 빨려 들어갈 참이었다. 애비게일은 흡입 재난 장면에 무척 공을 들였는지, 조그만 동물과 건물 하나하나가 꼼꼼하게 수놓아져 있었다. 나는 작은 간판도 있었다. '진공청소기 주둥이 근처에서 헤매고 있는 본든'이라고 적혀 있었다. 나는 이 작업에 투입되었을 시간을 헤아려보았다. 그리고 이 힘든 일을 계속할 수 있게 애비게일을 끌어당겼을 즐거움, 그 은밀한 즐거움, 분노, 복수 혹은 적어도 대리파괴의 통쾌한 맛이 배인 즐거움을 상상해보았다. 이 비밀의 '속옷'을 만드는 데 많은 날, 아마도 몇 달은 소요됐을 거다.

내 입에서 작은 신음 소리가 흘러나왔다. 하지만 그녀는 듣지 못했으리라. 나는 그녀를 향해 고개를 끄덕이며, 감탄의 의미를 담은 미소를 지어 보였다. 그리고 고함치지 않도록 조심하며 말했다. "이거 정말 대단해요."

애비게일이 천천히 소파로 돌아갔다. 나는 보행 보조기구의 탁탁 소리와 발소리, 두 손으로 보행 보조기구를 잡고 시작하는 몸 낮추기 의식과 의자 쿠션위로 그녀의 몸체가 쿵 떨어지는 마지막 동작까지 마무리되기를 기다렸다. "쉰일곱에 그것을 만들었단다." 에비게일이 말했다. "지금의 내게는 너무 버거운 작업이지. 손가락들이 제대로 안 움직여. 그 일은 아주 꼼꼼해야만 하거든."

"이걸 숨겨야만 했나요?"

그녀는 고개를 끄덕이고 나서 웃음을 지었다. "나는 그때 미친 듯이 화가 나 있는 상태였거든. 그걸 숨겨놓고 나니 화가 풀리더라."

애비게일은 더 자세한 내용은 말하지 않았다. 제삼자가 캐묻는 것은 지나치다는 생각에 나는 입을 다물었다. 우리는 말없이 한동안 함께 앉아 있었다. 나는 이 늙은 백조가 쿠키를 맵시 있게 먹으면서 수놓아진 냅킨으로 아주 조심스럽게 입가에 묻은 부스러기를 눌러 닦는 것을 지켜보았다. 몇 분 후에 나는 가야겠다고 말했다. 애비게일이 보행 보조기구에 손을 뻗으려 해서, 나는 현관까지 배웅 나올 필요가 없다고 말했다. 그러고 나서 몸을 굽혀 존경하는 마음을 담아 애비게일의 뺨에 다정하게 입을 맞췄다.

우리는 정말로 다른 사람들에 대해 무엇을 알고 있는가? 나는 생각했다. 제기랄, 우리가 다른 사람에 대해 알고 있는 게 대체 뭐냐고?

겨우 일주일간의 수업을 했을 뿐인데, 일곱 소녀들은 그들이 걸치고 있던 사춘기의 옷 뒤에서 밖으로 나왔다. 그리고 나도 어느덧 그들에게 흥미를 느끼고 있다는 사실을 깨달았다. 애슐리와 앨리스, 이름이 알파벳 A로 시작되는 이 두 소녀는 친구 사이였다. 둘 다 명랑하고 책을 많이 읽었으며, 몇몇 시인의 작품도 알고 있었다. 그들은 수업 시간에 내 관심을 얻으려고 경쟁했다. 애슐리는 그래도 균형 감각이 잡혀 있는 편인데, 앨리스에게는 그런 면이 좀 부족했다. 앨리스는 내성적이고, 시를 짓는 동안 무의식적으로 코를 몇 번씩이나 후볐다. 그녀는 황야, 거친 눈물, 야만적인 가슴과 같은 과장된 낭만적 이미지에 관심이 쏠려 있었다. 그것은 앨리스가 브론테 자매에게 몰두해 있다는 것을 나타냈는데, 종종 다른 친구들이 어색해서 몸을 비틀 정도로 감정적인 어조와 큰 목소리로 과장된 이미지의 시를 낭독할 때는 웃음거리밖에 되지 않았다. 그러나 그러한 감정의 남용에도 불구하고, 앨리스는 다른 소녀들에 비해 문법이 정확했고 훨씬 더 세련되게 글을 써서 내가 정말 좋아하게 된 시구들을 지어냈다. 바로 *침묵은 훌륭한 이웃이다*와 *나는 토라진 자신이 걸어 나가는 것을 보았다* 등등. 애슐리는 그와 반대로 다른 사람들과 한 배를 타고 가야 한다는 사실을 강하게 의식하는 타입이었다. 그녀는 랩뮤직의 영향으로 시의 운韻을 맞추는 걸 좋아해서, *조바심fret*과 *인터넷internet*, *플레이트plate*와 *조사investigate*를 조화시키는 명민함으로 친구들을 감동시켰다. 이 소녀는 수업 시간의 처세 전략에도 절대음감을 가지고 있어서 친구들에게 좋은 약이 되는 칭찬, 위로, 그리고 예리한 비판을 적절하게 구사했다. 수줍음이 다소 가신 엠마는 얼굴을 가리고 있던 머리카락의 장막을 거두고, 다른 시를 평할 때 유머 감각도 보탤 줄 알았다. "시에다 치장 좀 그만해. 너랑 운韻은 정말 안 어울려. 하지만 *스카프scarf*와 *구토barf*는 괜찮을 거야." 두어 번 수업을 하고 나자 페이턴은 긴장이 풀어졌는지, 남는 의자를 끌어당겨 그 위에 기다란 두 다리를 올려놓았다. 페이턴은 앨리스와 마찬가지로 다른 소녀들에 비해 신체 발육 속도가 더뎠다. 사춘기 호르몬이 아직 페이턴에게 관심을 보이지 않는 것 같았다. 그것 때문에 페이턴은 속을 끓이고 있겠지만, 나는 이 지역이 낙후된 것이 나름 여러 장점이 있다고 생각하지 않을 수 없었다. 그 덕분에 마을 행사 때마다 나는 그녀의 반바지에 풀물이 든 것을 보게 되고, 그녀의 시에 남자보다는 말馬 이야기가 줄기차게 등장하는 것이다. 제시카는 이미 젊은 아가씨처럼 보였다. 그러나 나는 그녀의 내면세계가 지금 치열한 전투를 치르는 중이라는 것을 알았다. 성숙한 몸매가 앞질러 찾아왔음이 분명했다. 그것을 반기는 마음으로 멋을 부리고 섹시한 향기를 풍겼지만, 커지는 가슴을 가리려고 매주 수업 때마다 펑퍼짐한 티셔츠를 입는 것으로 불편한 심기를 드러냈다. 제시카의 내면에서 일어나는 모든 일들은 진부한 표현 속에 꼭꼭 감춰져 있었다. "사람은 자기 자신을 믿어야만 한다" 혹은 "낙심하지 마라"와 같이 지루하고 맹한 문장들이 끊임없이 반복되었다. 나는 곧 이 모든 것이 제시카의 창의적인 노력이 부족해서가 아니라 그녀의 신조가 그렇기 때문이라는 사실을 깨달았다. 그것들을 떨쳐내려면 엄청나게 치열한 노력이 필요하리라. 처음에는 제시카가 애쓰는 모습을 보고서 그 애에게 단어 선택에 대해 다시 생각해보라고 조심스럽게 조언을 해주었다. 그리고 옆에서 제시카의 반응을 지켜보았는데, 늘 "그렇지만 이게 사실인걸요."라는 진지한 대답을 하곤 해서 결국 내가 마음을 비우기로 했다. 그게 뭐 그리 중요한가? 나는 마음속으로 물었다. 아마 자기와의 싸움을 끝내기 위해 이런 슬로건이 필요한 건지도 모르지. 니키와 조앤은 늘 한 세트로 움직였지만, 실상은 니키가 주도적인 역할을 한다는 것을 이제 안다. 어느 날, 이 두 아이가 얼굴에 하얗게 분칠을 하고 눈썹은 숯검댕처럼 짙게 그린 데다 검은 립스틱까지 칠하고 나타났다. 어떻게 하나 보려고 신경 쓰지 않는 척했다. 으시시한 핼러윈 분장을 하고도 그애들은 평소 성격 그대로 여전히 시시덕거렸다. 그들이 배꼽을 잡고 낄낄거리는 것은 방귀 등의 시어를 접할 때였는데, 이럴 때는 둘 사이의 전염성이 더욱 강력하게 작용하는지 대책 없이 즐거워했다. 그들은 내가 문학에 등장하는 배설물에 관련된 짤막한 강의를 해주자 격하게 열렬한 반응을 보였다. 프랑수아 라블레. 조너선 스위프트. 사뮈엘 베케트.

나는 이 일곱 명의 아이들에게 무슨 일이 일어나고 있는지 내가 다 안다고 착각하지는 않았다. 수업이 끝나자 소녀들은 삽시간에 전화기를 꺼내들었다. 나는 그들의 두 엄지손가락이 빛의 속도로 문자를 때리는 것을 바라보았다. 절반 가량의 소녀가 그러고 있었는데, 같은 강의실에 있는 다른 친구들한테 전송하는 것 같았다. 화요일의 수업을 마치고 돌아온 뒤, 나는 애슐리가 보낸 이메일을 받았다.

존경하는 프레드릭센 선생님께
전 선생님의 수업이 정말 대단하다는 말씀을 드려야겠어요. 울 엄마는 내가 이 수업을 좋아하게 될 거라고 말했지만 나는 그 말을 믿지 않았거든요. 엄마가 옳았어요. 선생님은 정말로 다른 선생님들과 달라요. 친구 같아요. 아니 **천사** 같아요. 나는 많은 걸 배우고 있어요. 그리고 또 하나 꼭 말씀드려야 할 것은, 선생님의 머릿결은 짱 멋져요.

열심히 배우려고 노력하는 제자

애슐리 드림

그리고 알 수 없는 주소에서 온 다른 메시지.

나는 당신에 대한 모든 것을 알고 있어. 당신은 제정신이 아니야 미쳤어, 돌았어.

미스터 노바디

따귀를 한 대 맞은 것 같았다. 따귀 맞은 영혼. 내가 입원했던 병동의 작은 도서관 벽면에 걸려 있던 NAMI(미국 정신질환자연맹National Alliance on Mental Illness—옮긴이)의 간판이 기억났다. **정신질환이라는 스티그마와의 싸움.** 스티그마토스Stigmatos, 날카로운 도구로 새겨진 상처의 표시. 후대에 와서, 아마 15세기였던가, 그것은 불명예의 표시라는 의미를 갖게 되었다. 예수의 상처들, 그리고 손과 발에서 피를 흘린, 성자와 히스테리 환자들. 스티그마타Stigmata. 누가 이렇게 익명으로, 그리고 무슨 목적으로 나를 괴롭히고 싶어하는 걸까. 몇 명쯤은 아마 내가 입원했었다는 걸 알고 있을 거다. 그러나 누가 이런 편지를 나에게 보내고 싫어하는지 짐작도 가지 않았다. 내가 이메일 주소를 다른 환자에게 알려주었던가를 기억해내려고 노력했다. 혹시 로리라면 내 이메일 주소를 알고 있을지도 모른다. 가엾고 불쌍한 로리. 가슴에 일기장을 꼭 껴안고 중얼거리면서 슬리퍼를 질질 끌고 돌아다니던 로리. 가능한 일이긴 한데, 그랬을 것 같지는 않다.

나는 그날 밤도 평소처럼 혼란한 마음을 안고 침대에 들었다. 슈테판의 메모 : 너무 힘들다. 연구실에서 나랑 악수하며 미소 짓는 **일시정지**, 침대에 누워 곯아떨어진 보리스의 모습, 떠나기로 마음을 굳힌 보리스의 그 무표정한 얼굴, 그리고 데이지, 눈물을 뚝뚝 흘리며, 두려움에 떨며 코를 훌쩍이던 소리. 그 애는 아빠가 엄마를 떠나는 것을 보고 흐느끼고 있다. 아무리 해도 이해할 수 없었던, 다른 여자에 대한 친정 아빠의 열정이 어떤 것이었을까 짐작해보기도 했다. **정신이상**이란 단어가 튀어나오기에 얼른 멀찌감치 밀쳐냈다. 그러자 애슐리가 이메일에 대문자로 쓴 천사ANGEL라는 단어가 잠깐 나의 닫힌 눈꺼풀 안에서 떠올랐다. 나는 블레이크의 천사, 전설적인 인물이었던 릴케의 초자연적인 재능, 릴케의 작품 **두이노의 비가** 첫마디를 생각했다. 그러자 사우스워드 정신병동에 함께 입원했던 환자 레너드가 기억났다. 그는 자기가 **무無의 예언자**라고 공공연히 떠들었다. 그는 거들먹거리며 장광설을 늘어놓았고, 낮고 우렁찬 자신의 목소리를 노골적으로 자랑스러워했다. 근처에 누가 가까이 오기만 하면 붙잡고 떠들어댔다. 그러나 아무도 그에게 귀를 기울이지 않았다. 동료 환자들도 귀담아듣지 않았고 의료진도 들으려 하지 않았다. 내가 창문으로 언뜻 봤더니, 담당 정신과 의사는 면담하느라 마주 앉아 있을 때조차도 레너드를 백안시했다. 그러나 그는 나의 관심을 끌기에 충분한 인물이었다. 그의 당당한 호소력은 정말로 뛰어났다. 퇴원하는 날 아침, 휴게실에서 나는 그의 옆에 앉아 있었다. 대머리 주변에 있는 희끗희끗한 곱슬머리를 어깨 가까이까지 늘어뜨리고 있어, 마치 레너드가 그 머리카락의 일부인 것처럼 보였다. 그는 나에게 몸을 돌리더니 예언을 늘어놓기 시작했다. 그는 나에게 마이스터 에크하르트(13~14세기 독일 도미니크파의 신학자이자 설교가─옮긴이)에 대해 이야기했다. 에크하르트는 무無의 전령으로서 셸링, 헤겔과 하이데거에게 영향을 주었다는 것이다. 그는 이어서 키르케고르의 **불안**은 무와 만나는 것이며, 우리는 현실화된 무의 시간에 살고 있으며, 이것이 본질이고 불가사의한 일이라고 말했다. "무가 이 세상의 기본 바탕이라는 진실을 깨닫고 받아들이는 일에 실수가 있어서는 안 되는 거지." 레너드는 절대로 안 된다는 것을 강조하듯 집게손가락을 흔들어가며 이야기했다. 레너드는 미쳤을 수도 있다. 그러나 병원 당국자들이 생각하고 있는 것처럼 그의 생각이 온통 무질서와 혼란으로 엉켜있는 것으로만 치부할 일은 아니었다. 레너드는 이 모든 것이 불교와 깊이 관련돼 있다고 계속해서 설명했다. 나는 데이지 쪽으로 걸어갔다. 데이지가 나를 집으로 데리고 가려고 들어오고 있었다. 레너드는 괴테의 **파우스트**, 그리고 괴테가 영원한 여성성을 탐구하고자 모성의 영역에 들어간 것, 무와 조화를 이루게 된 괴테에 대해 계속 얘기하고 있었다. 그것은 내가 들은 그의 마지막 말이었다.

외로운 남자. 그가 미스터 노바디는 아닐 것이다. 그렇지 않은가? 나는 그 병원을 떠나고 나서야, 내가 그의 비약적인 논리를 어느 정도는 이해한다고 확실하게 말해주지 않은 게 후회되었다. 그러나 그때 내 머릿속에는 딸의 얼굴밖에 없었다. 내게 중요한 모든 것의 총합은 데이지였다.

나를 회고한다,

계란처럼 하얀 방

의자에 앉아 흔들리는 그녀.

현絃의 지하 −

심장이라 불렸던

이 격렬한 현들은

내 억울한 입에는

더 이상 담아 둘 수 없다.

그는 '혼란'이라고 했다.

아니, 그건 매듭이다.

이것도 이것들도 아닌.

내 기억에도

그녀는 달랐다, 그녀를

시렁에 얹고… 가두었다.

죽어버린 것.

그녀를 가두어

스스로 흔들리게 했다.

보리스가 보내온 글. "미아에게, 우리 둘 사이에 무슨 일이 있었든, 당신이 잘 지내고 있는지를 아는 게 내게는 무척 중요해. 데이지를 위해서도, 우리는 의사소통을 하고 지내야 해. 이 글을 받으면 제발 답장해줘." 아주 논리 정연하군, 나는 생각했다, 뻣뻣한 문장 좀 보라지. 의사소통? 나는 뭔가를 물어뜯고 싶은 충동이 일었다. 보리스는 분명히 나를 걱정하고 있었다. 그는 내가 병원에 입원한 다음 날 나를 보러 왔다. 그때 나는 *극심한* 망상과 환각 증세를 수반하는 *일과성 정신착란증 환자*였다. 나는 그가 우리 아파트의 명의를 이전하고 나를 거리로 내몰 것이라고 확신하고 있었다. 보리스가 *일지정지*와 그 연구소의 다른 연구원들과 함께 음모를 꾸밀 것이라고 믿었다. 보리스가 P 박사의 방에서 내 건너편에 앉아 있을 때 내 귀에 환청이 들렸다. "당연히 그는 당신을 미워하지. 다른 사람들도 당신을 모두 싫어하고 있을걸. 당신은 함께 살기 힘든 사람이거든." 그러곤 "당신은 결국 슈테판처럼 되고 말거야." 나는 비명을 질렀다. "아냐!" 그리고 남자 간호사가 나를 끌어내고 할돌을 더 주사했다. 그래서 나는 그때 *유령*들이 존재한다는 것을 알았다.

그의 남동생과 그의 아내. 불쌍한 보리스, 나는 유령들이 말하는 소리를 들을 수 있었다. 주변에 온통 미친 사람들만 있으니 보리스가 불쌍해. 청소를 하러 온 여자에게 내가 중얼거리고, 샤워 커튼을 잡아뜯으며 난리 친 일이 기억난다. 보리스의 음모에 대해 설명하며 고래고래 소리를 질렀던 것도 기억난다. 나는 이 모든 일을 완벽하게 기억하고 있다. 그러나 지금은 마치 내가 나 아닌 다른 사람이었던 것 같고, 아주 멀리서 나 자신을 바라보고 있는 것 같다. 그런 행동들은 베아가 온 다음에 모두 없어졌다. 그러나 베아보다 먼저 나를 보러 왔던 보리스는 기겁을 했다. 그가 왔을 때 내가 병동에서 난리를 쳤기 때문이다. 병원 측에서는 그가 다시 방문하는 것을 원치 않았다. 나는 한참 동안 보리스의 이메일을 멍하니 바라보다가 답장을 썼다. "나는 더 이상 미치지 않았어. 내 마음이 아파." 그 말은 진심인 것처럼 보였다. 내용을 더 자세히 적으려고 하다가 더 이상 다른 이야기를 쓰는 게 군더더기처럼 느껴졌다. 의사소통을 할 게 뭐가 있다고? 그리고 보리스가 이제 와서야 의사소통을 바란다는 아이러니를 받아들이기에는 내가 너무 힘든 상태다.

그 이야기라면 하고 싶지 않아. 나는 이제 일어났어. 차 좀 제대로 마시게 내버려둬. 다음에 이야기하자. 나는 도저히 말 못 하겠어. 우리 이야기를 천 번은 한 것 같은데. 그는 이런 이야기들을 얼마나 많이 했던가? 반복. 확인이 아니라 반복. 똑같이 반복되는 것은 없는 법이다, 단어라도 바꾸어 말하게 되니까. 말하는 사람도, 듣는 사람에게도 상황

71

에 따라 약간은 달라지는 부분이 있겠지. 일단 말하고 나서 다시, 그리고 또다시 동일한 내용을 말할 때는 반복 그 자체라 해도 사용하는 어휘는 달라질 수 있다. 나는 똑같은 층을 왔다 갔다 걷고 있다. 나는 똑같은 노래를 부르고 있다. 나는 똑같은 사람과 결혼 생활을 하고 있다. 아니, 엄밀히 말하자면 아주 똑같은 건 아닐지도 모른다. 그는 한밤중에 얼마나 많이 슈테판의 전화를 받았던가? 몇 년 그리고 또 몇 년 동안의 전화와 응급구조, 그리고 의사들. 철학의 판도를 영원히 바꾸려고 했던 슈테판의 논문. 이어지는 침묵. 슈테판이 없는 삶이 10년간 이어졌다. 슈테판은 마흔일곱 살에 죽었다. 보리스는 그보다 다섯 살 위였다. 그리고 한 번, 단 한 번 나에게 속삭이듯 들려준 말이 있다. 슈테판의 형님이신 보리스께서 스카치위스키를 마시고 나서 말이다. 슈테판의 죽음이 그에게 위안이 되었다는 끔찍한 얘기였다. 자기가 가장 사랑하는 동생이 자살한 것이 안도감을 주었다니! 그 후 그의 어머니, 화려한 걸 좋아하고 이해하기 힘든 성격에다 자기연민에 빠진 나의 시어머니 도라마저 세상을 떠나자 보리스는 홀로 살아남은 자의 외로움을 겪어야 했다. 그의 아버지는 보리스가 아직 어렸을 때 심장병으로 돌아가셨다. 보리스는 비통함을 눈에 보이는 방식으로 표현하지는 않았다. 그 대신에 뒤로 물러났다. 우리 친정 아빠는 뭐라고 말했더라? "난 안 돼. 못해." 나는 오랫동안 이 두 남자가 어떤 사람들인지를 진정 알고 싶어하지 않았던가? 나의 아빠와 나의 남편 두 사람은 불법행위나 유전자에 대해서 긴 논문을 쓰곤 했지만 자기 자신의 고통에 대해서는 입을 다문 사람들이다. "당신 아버지와 당신 남편은 몇 가지 공통된 특성이 있네요."라고 S 박사가 말했었다. 과거 시제가 닮았다. 나는 *내 마음이 아파*라고 쓴 부분을 쳐다보았다. 보리스 역시 상처를 받았던 거야. 그래서 나는 거기에 "당신을 사랑해. 미아"라고 덧붙였다.

나의 기록, 섹스 다이어리는 기대했던 만큼의 해방감을 주지 못하고 있었다. 기록의 초반부는 은밀하고 자기도취적인, 어느 날 갑자기 알게 된 *올라갈 가치가 있는 산*에 오르는 여정에 관한 내용이었다. M.B.와 진하게 키스하면서 하도 혀를 물고 빨아서 아침에 일어났더니 입술이 화끈거렸다. 나나 그 젊은 남자 둘 다 하반신 지역은 감히 탐험하지 못했기 때문이다. 그 다음에 사귄 J.Q.가 피정복자의 저항, 시간이 지나면서 저항력은 확실히 줄었지만, 그 저항에도 불구하고 계속 힘을 가하며 브라 아래와 진 바지 속으로 전진을 감행한 결과, 욕망이 누적되어 더 이상 저항하기가 어려움을 깨달았다. 나는 생각했다. 누가 알겠어? 그럼에도 불구하고 왜 성숙한 여자들은 자신의 과거를 돌아볼 때 그 어린 소녀를 그렇게 냉담하게, 일말의 동정심도 없이 바라보게 되는 걸까? 나는 가쁜 숨을 몰아쉬며 간절히 바라고 흥분으로 흠뻑 젖어 있지 않았는가 말이다. 나는 잔뜩 달아오른 상태에서 전혀 갈피를 잡지 못하고 우왕좌왕하는 사이에 처녀성을 잃지 않았던가? 그러나 나는 M.B. 그리고 J.Q.와 모험을 즐겼음에도 불구하고 그때 제대로 일을 치른 것인지 정확히 알지 못했다. 2층으로 올라가는 나무 계단, 그리고 둘둘 뭉쳐 있던 시트와 담요의 형체는 기억하지만 무슨 색깔이었는지, 그 밖의 다른 세부적인 사항들은 생각나지 않는다. 창문에서 희미한 빛이 비치고 있었고, 창밖의 나뭇가지들이 흔들리고 그 나뭇가지의 움직임에 따라 빛의 방향이 바뀌었던 것은 기억난다. 약간 통증은 있었으나 피가 비치거나 오르가슴은 없었다.

두 번째 메시지는 간단했다.

괴짜.

미스터 섬바디

동요되기는 했지만 걱정하지 않기로 마음먹었다. 이런 편지들은 보낸 사람에게도 유치한 기억으로 남을 텐데, 이것이 정말 실제로 어떤 해를 입힐까? 답장이 없으면 보낸 사람은 지쳐서 그가 떠나 온 성운으로 돌아갈 것이다. 그는 문 뒤에 있는 유령, 오로지 느낌으로만 알 수 있는 존재보다 결코 무섭지 않았다.

내가 사는 집의 왼쪽 집에 사는 이웃은 가끔씩 큰 소리로 싸웠다.

그들은 나의 작은 잔디밭에 나타났던, 하포 막스 스타일 가발의 주인 공인 서너 살짜리 소녀의 부모였다. 부부 싸움의 내용은 대부분 알아들을 수가 없었다. 우리 집 주소로 배달된 것은 노여움뿐. 이웃집 여자의 날카로운 목소리는 갑자기 흐느껴 울 때는 깨지는 듯한 소리로 음역이 달라졌다. 그리고 남편의 목소리는 테너 가수처럼 멋지게 울렸는데, 두 사람의 목소리는 뭔가 와장창 부서지는 소리에 가끔씩 끊기곤 했다. 시끄러운 소리에 놀라서 나도 모르게 그 집과 식구들을 주의 깊게 살펴보게 되었다. 어리고 건강해 보이는 땅딸막한 커플이었다. 그 집 남편과는 거의 마주친 적이 없다. 그는 아침에 도요타를 몰고 일하러 나가는데, 며칠씩 집에 돌아오지 않는 날이 많았다. 일하러 여기저기 돌아다녀야만 하는 모양이었다. 그의 부인은 하포 막스를 닮은 딸과 겨우 생후 6주밖에 안 된 아기와 함께 집에 있었다. 아기는 아직 말랑말랑하고, 눈에 보이는 자극마다 황홀한 듯 반응하고, 뭐든지 입으로 가져가서 맛을 보고, 손발을 바둥거리고, 목에서는 갸르릉거리는 소리를 내며 오만상을 찌푸리는 영아기를 즐기는 중이었다. 저렇게 어린 시절의 데이지를 나는 얼마나 사랑했던가. 어느 날 오후, 마당에서 독서용 지정석처럼 되어버린 낡아빠진 긴 의자에 앉아 있는데 덤불 사이의 틈새로 그 젊은 엄마가 보였다. 그녀는 발버둥 치며 울고 있는 아기를 팔로 안은 채, 가발 문제로 격렬하게 저항하고 있는 세 살짜리에게 몸을 숙이고 달래느라 여념이 없었다. "계속 그걸 쓰고 있으면 안 돼. 이마에 땀 나. 네 머리가 어때서 그래? 엄마는 이제 네 머리가 어떻게 생겼는지도 기억이 안 나." "그거 땀 안 나! 그거 땀 안 난다고!" 나는 읽고 있던 책 《반복》을 내려놓았다. 그 책을 나는 여섯 번째 읽고 있는 중이었다. 나는 그들을 도와줄까 싶어 몇 발짝 가서 주위를 어슬렁거렸다.

나는 어린아이가 계속 머리에 쓰고 있는 도깨비 같은 가발 문제에 장차 개입해볼 참이었다. 그 젊은 엄마의 이름은 롤라였고, 내 멋대로 하포 막스란 별명을 붙였던 여자아이의 진짜 이름은 플로라, 그리고 기저귀를 차고 있는 아기는 사이먼이었다. 아기와 우르르 까꿍 놀이를 하는 건 너무도 즐겁고 행복한 일이란 걸 새삼 깨달았다. 우리 넷은 마당에서 레모네이드를 마시면서 안면을 텄다. 그리고 나는 롤라가 스웨덴보리 대학에서 미술을 전공하고 장신구를 만들어 팔고 있다는 사실을 알게 되었다. 그녀의 남편 피트는 미니애폴리스에 있는 한 회사에서 일하고 있는데, 그 회사가 계속 감원 정책을 펴고 있어서 롤라는 남편이 일자리를 잃을까 봐 두려워하고 있었다. 피트의 출장이 너무 잦아서 그것 때문에 롤라는 지친 것 같았다. 그녀가 자기 입으로 힘들다고 말한 건 아니었지만, 스물여섯의 보들보들하고 동그란 그녀의 얼굴은 '기진맥진'으로 온통 도배되어 있었다. 함께 이야기를 나누는 동안 롤라는 몸에 익은 편안한 자세로 사이먼에게 젖을 물리면서, 플로라가 아기를 돌봐주는 척 하며 둘 사이에 끼어드는 것을 막았다. 나는 플로라에게 이것저것 질문을 던지며 주의를 돌리려 애썼다. 그 애는 처음에는 내 질문에 답하지 않았다. 나는 그 애에게 다시 말을 걸고 가발에 대해 물었지만, 여러 차례 대답을 재촉하고 나서야 플로라의 태도가 바뀌었다. 그때부터는 내가 관객의 입장이 되어 플로라의 수다와 춤, 노래를 구경했다. "내 발을 잘 봐! 내가 뛰는 것 좀 봐. 사이먼은 뛰지 못해. 봐, 엄마. 나를 봐, 엄마!" 롤라는 희미한 미소를 머금고 쳐다보았고, 까까머리 아기는 눈을 떴다 감았다 하면서 짤막한 팔을 뻗어 허공을 잡으려는 듯 움직였다. 그러더니 이내 엄마의 젖무덤에 코를 박고 잠들었다.

보리스가 다시 메일을 보냈다.

답장해줘서 고마워, 미아. 난 7월에 시드니에서 학술회의가 있어. 계속 날마다 편지할게.

보리스

그의 글에는 사랑한다는 말이 빠져 있었다. 나는 사랑한다고 써서 보냈는데. 나는 그가 사랑하는 딸을 위해 나와 예의 바른 관계를 형성하되 거리를 두고 싶어하는구나 생각했다. 나는 내가 연구실에 있는 그와 *일시정지*에게 갑자기 달려들어 경악하게 만들고, 실험용 생쥐 우리를 여기저기 날아다니는 것을 잠깐 상상했다. 영원한 분노를 활활 태우고 있는 상상 속의 미아는 고문을 당하고 있는 모든 쥐들을 감옥에서 풀어주고 악마 같은 환희를 만끽하면서 우윳빛 몸통의 실험용

77

흰쥐들이 쏜살같이 바닥을 지나다니는 것을 지켜보고 있다.

시 창작 수업은 2주째로 접어들었다. 우리 여덟 명이 테이블에 둘러앉아 시를 쓰고 이야기를 나눌 때 소녀들 사이에 보이지 않게 흐르는 저류低流가 느껴져 마음이 편치 않았다. 이런 보이지 않는 힘은 실제로는 수업 시간 전후로 생겨난다는 것도 알게 되었다. 그 시간대라면 나와는 상관없는 그들의 개인적인 시간이다. 그리고 그 힘은 사춘기 초기의 필수 불가결한 요소 중 하나인 또래문화에 속하는 것이다. 그들은 서로 눈길을 맞추고 거의 눈치 챌 수 없을 정도의 고갯짓으로 신호를 교환했다. 종종 나는 불투명한 화면 뒤에서 상연되는 연극을 보는 느낌이 들었다. 언뜻언뜻 들리는 그들의 대화는 아주 판에 박힌 내용들이었다. 휴대폰 문자로 호불호를 보낼 때 주로 사용하는 *같애*와 *넘* 같은 단어들로 이루어진 원색적인 농담들.

왜 저러고 있다니? 내 말은, *넘* 지진아 *같다고.*
어, 그렇지 않니? 오 마이 갓. 너 그것 *넘* 안 멋지다는 거 몰랐니?
너 프래니의 오빠 봤니? *넘* 멋져?
아냐, 멍청아, 갠 열다섯 살이야, 열여섯이 아니라.
너 개 가방 봤니? 그거 *넘* 기도 안 차게 생겼더라.
너 나보고 레즈비언이라고 했지! 토 나오려고 한다. 오 마이 갓.

수업 시작 전과 수업을 마친 뒤 몇 분 동안 오가는 이야기를 무심

코 듣고 있노라면, 소녀들의 이야기에는 특별한 점이 전혀 없어서 누구랑 대화를 나누더라도 다를 게 없겠다는 생각이 들었다. 그들은 그런 면에서 마음이 잘 맞는 패거리였다. 앨리스만 예외적인 존재였다. 그녀의 어휘는 **같애**나 **넘**에 많이 오염되지 않았다. 게다가 기이하고 고리타분하게 보이는 옛 여성들의 어투에까지 관심을 보였다. 아이들이 모두 자리에 앉고 수업이 시작되면 앨리스는 갑자기 다른 아이들과 구별되었다. 마치 마법에서 풀려난 것처럼 스스로 이야기를 할 수 있게 되었다. 그러면서 차츰 앨리스의 가족사에 대한 편린들이 드러났다. 그 사실들을 알게 되자 앨리스가 달라 보이기 시작했다. 나는 애슐리가 5남매 중 하나로 세 살 때 부모님이 이혼했고, 엠마의 여동생은 근육퇴행위축증이라는 매우 드문 병에 걸렸으며, 페이턴의 아빠는 캘리포니아에 거주하고 있다는 사실도 알게 되었다. 페이턴은 여름마다 늘 그래왔듯 8월 말에는 아빠를 만나러 갈 계획이었다. 그녀의 아빠는 부자여서 말도 몇 마리 소유하고 있었다. 앨리스는 본든에서 살게 된 지 2년밖에 안 되었는데, 그전에는 시카고에 살았다고 한다. 앨리스가 떠나온 그 대도시에 대해 거듭 이야기할 때면 다른 아이들의 얼굴에는 '저 얘기 언제 또 나오나 했지. 올 것이 왔군' 하는 표정이 한결같이 나타났다. 조앤과 니키는 3학년이 되면서 가장 먼저 친구가 된 경우였다. 제시카의 부모님은 좀 색다른 분파의 독실한 기독교인이었다. 그 분파는 대중심리와 종교를 섞은 것이라는데 확실히는 모르겠다.

　내가 보기엔 각 아이들의 사연만큼이나 아이들의 내면세계도 독특

할 것 같았다. 우리는 각자의 내면세계를 탐색하는 방법으로 '비밀의 나'를 주제로 시를 짓기 시작했다. 나는 외부 인식과 내적인 현실 자각 사이에 위치한 틈, 즉 가끔 우리와 다른 사람들 사이의 인간관계에서 오해가 생길 수도 있으며, 우리들 대부분이 감추어진 자신이 있다고 느낀다던가, 외부에서 다른 사람이 보고 있는 자신과 혼자만이 알고 있는 자기는 다를 것이라는 등등을 설명해주었다. 나는 이것이 나도 어릴 적에 해본 적이 있는 '진실게임' 같은 것과는 다른 것이라고 강조했다. 이는 고백하는 기량을 닦기 위한 훈련도 아니고, 감추고 싶은 비밀을 털어놓는 것과도 다르다고 말이다. 나는 대조적인 두 줄의 시구를 제시했다. *당신이 생각하기에 나는⋯*과 *실제의 나는⋯*. 우리는 형용사 대신에 동물이나 사물을 이용하는 은유에 대해 토론했다.

나는 조앤이 완성한 시구를 칭찬해주었다.

당신이 보기에 나는 별 특별한 맛도 없을 것 같고 좀 싱거워 보이죠.
그러나 그 안을 보면 나는 빨갛고 매운 고추랍니다.

엠마는 자신의 내적인 자아를 진흙에 비유했다. 가장 놀라운 이미지를 만들어낸 사람은 페이턴이었다. 그녀는 자기의 내면을 "지도에서 섬처럼 보이는 문의 깨진 한 조각"이라고 썼다. 이것을 읽을 때 페이턴의 여위고 갸름한 얼굴에 깊은 슬픔과 긴장감이 감돌았다. 그녀는 망설이다가 설명했다. 그녀가 여덟 살 때 자려고 침대에 누워 있는데 부모님이 고래고래 소리를 지르며 싸웠고, 화가 난 아빠가 집을 나가면서 문짝이 부서져라 세게 닫는 바람에 문 조각 하나가 떨어졌다고 했다. 페이턴은 다음 날 그 떨어진 조각을 주워서 계속 보관했다는 것이다. 잠시 동안 숙연한 분위기가 되었다. 내가 말했다. 가끔은 작은 것, 작은 부스러기 하나가 자신이 느꼈던 모든 감정을 의미하게 될 수도 있다고. "그날 이후로 모든 것이 달라졌어요." 페이턴이 조용히 말했다.

나는 수업이 끝나고 문 쪽으로 걸어가다 열린 문 사이로 건물 밖의 바로 옆 계단에서 애슐리와 앨리스가 뭔가 열심히 이야기를 나누는 모습을 발견했다. 앨리스가 고개를 끄덕이며 미소를 짓고는 책인지 공책인지를 건네는 것이 보였다. 그러고 나서 애슐리는 한쪽 옆으로 가서 맹렬하게 문자를 입력하기 시작했다. 내가 옆을 지나가자, 그녀가 나를 올려다보며 생긋 웃었다. "정말 좋은 수업이었어요."

"고맙다, 애슐리." 내가 말했다.

그날 밤, 침대에 누웠을 때 6월의 폭풍우가 마을을 뒤덮었다. 천둥소리가 귀청을 찢을 듯 크고 날카로웠다. 하늘에서 울리는 소리가 쿵쾅거리며 메아리치고 또 메아리쳤다. 그러더니 금세 굵은 빗줄기가 억수같이 쏟아지는 소리가 들렸다. 내가 어렸을 때 엄청난 바람이 몰아쳐 왔던 일이 기억났다. 아침에 일어나 보니 나뭇가지들이 온통 거리에 떨어져 있었다. 태풍이 오기 전의 마법에 걸린 듯한 고요함이 생각났다. 세상이 모두 숨을 참고 있는 듯했고, 하늘도 무서워 겁이 났는지 으스스한 녹색으로 물들어 있었다. 나는 그 광대무변한 세상을 잊지 않고 있다.

S 박사가 말했다. "얘기를 들어보니 당신은 즐기고 있군요."

나는 깜짝 놀랐다. 내가 어떻게 즐길 수 있단 말인가? 남편에게 버림받고 덤으로 정신병까지 얻은 여자가, 아무리 '잠깐'라도 그렇지, 어떻게 그런 여자가 이런 상황을 즐길 수 있을까?

"당신은 거기서 가르치고 있는 어린 시인들의 심금을 울린 것 같네요."(나는 기타 줄이 울리는 소리를 들었다. 은유법이란 것은 종종 음치 가운데 가장 심한 음치인 나를 이렇게 음악에 빗대어 은유하게도 만든다.) "엄마와 함께 있는 것도 좋아하는 것 같고요. 애비게일 이야기는 아주 흥미롭네요. 이제 롤라와 이웃이 되었고. 당신이 쓴 글도 좋았어요, 보리스의 이메일에 답장한 거 말입니다." S 박사가 잠시 말을 멈췄다. "당신 목소리로 다 알 수 있어요."

수긍하고 싶지 않아서, 나는 그녀의 말에 대답하지 않았다.

S 박사는 기다렸다.

나는 생각했다. 그녀가 옳을 수도 있을까? 내가 남모르게 즐기고 있으면서 스스로 비참하다는 생각에 집착하고 있던 거라면? 은밀한 즐거움. 무의식적 지식Unconscious knowledge. *정확히 이마 가운데에서 머리카락이 살짝 말린 작은 소녀가 있었다. 그녀가 아름다웠을 때, 그녀가 아주아주 예뻤을…*(한 여인의 짧고 불행한 일생을 묘사한 필립 로스의 소설《When

She Was Good》(1967)—옮긴이) "박사님 말이 맞다고 해두죠."

S 박사가 비로소 숨 쉬는 소리가 들렸다.

"어젯밤 폭풍이 왔어요." 내가 말했다. "큰 거였어요. 나는 그게 좋았어요." 나는 버벅대면서 지껄였지만, 자유연상은 정말 좋았다. "마치 나 자신의 분노를 듣고 있는 것 같았어요. 정말로 힘찬 분노였어요. 거대하고, 남성적이고, 신 같고, 판사 같고, 하느님이 하늘에서 쿵쾅거리는 거 같았죠. 하느님의 종들이 놀라서 펄쩍 뛸 만큼 천둥 같은 분노였어요. 묵직한 고함소리에 하늘이 흔들렸어요. 마을이 거의 통째로 옮겨지는 게 아닌가 싶을 정도였다니까요."

"당신이 생각하기에 당신의 분노가 힘을 가지고 있다면, 그건 바로 부권父權의 힘이라는 거네요. 당신은 당신 인생에서 일어난 일들을 당신이 원하는 모습으로 그려낼 수 있어요. 그게 당신이 말하고자 하는 건가요?"

그게 내가 말하고자 하는 것일까? "모르겠어요."

"아마 아버지의 감정이 집안 분위기를 좌우하는 힘을 가지고 있다고 느꼈기 때문일 거예요. 엄마, 동생, 그리고 당신에게 권능의 존재였겠죠. 그래서 늘 아빠 주위를 맴돌며 그의 감정을 건드려 화나게 하지 않으려고 조심했을 거예요. 그런데 당신은 결혼 생활에서도 똑같은 감정을 느꼈죠. 아마 같은 역사가 재현됐겠죠. 그러면서 당신은 점점 분노를 느끼고 또 분노하고 그랬지요?"

맙소사, 이 여자 족집게네. 나는 기어들어가는 목소리로 착한 어린

이처럼 대답했다. "그랬어요."

다른 섹스 시도의 기록 :

칸트의 책이 꽂혀 있던 도서관 서가에서부터 일은 시작되었다. 도서관은 섹스 판타지의 산실이다. 섹스 판타지는 권태로부터 잉태된다. 도서관에서는 자세를 바르게 하고 앉아 자리를 지킨다. 다리를 꼬고, 손바닥을 다리에 올려놓고, 등을 곧게 펴고. 책을 읽다가 다른 사람이 책을 읽는 모습을 쳐다보게 되면, 실제로든 상상이든, 마음은 책을 떠나 허벅지나 팔꿈치로 슬그머니 공간이동을 한다. 서가가 어두워서 보이지 않을 것이라는 생각도 성적인 판타지를 부추긴다. 오래된 책 냄새와 제본용 접착제에서 나는 냄새임이 분명한 그런 냄새들도 한 몫 거든다. 칸트는 어렵지 않다. 《실천이성비판》은 《순수이성비판》보다 훨씬 쉽다. 그러나 나는 스무 살이었고, 《실천이성비판》도 내겐 너무 어려웠다. 그는 나에게 기대어 그것이 무슨 책인지 넘겨다보았다. 그의 따뜻한 숨결과 턱수염이 아주 가까이에 있었다. 하얀 셔츠를 입고 있는 B 교수, 그의 어깨가 내게서 불과 2~3센티미터 되는 곳에 있었다. 나의 온몸은 긴장으로 굳어졌다. 나는 아무 말도 하지 않았다. 그때 그는 낮은 소리로 책을 읽고 있었다. 그러나 내가 기억하는 것은 오로지 *보호*라는 단어뿐. 그는 그 말을 천천히, 각 음절을 끊어서 명확하게 발음했다. 나는 그의 것이었다. 그와의 관계는 사람들이 흔히 말하는 것처럼 '좋지 않게 끝났다'. 백이면 백, 누

85

구라도 다 그렇게 말했다. 그러나 내가 옷을 벗고 있을 때면 나를 지켜보던 그의 눈—아니, 블라우스를 먼저 벗어, 이제는 스커트를 천천히—나의 아랫도리로 파고 들어오던 그의 긴 손가락들, 나를 안달하게 만드는 손길 거두기, 미소, 초조함. 문이 닫힌 도서관에서의 음탕한 즐거움, 나는 이런 것을 기억 속에 안전하게 보관한다.

"조지가 죽었다." 이렇게 말하며 엄마는 집게손가락을 입에 잠시 물었다. "사람들이 오늘 아침 조지가 욕실 바닥에 쓰러져 있는 걸 발견했어."

"불쌍한 조지." 레지나가 말했다. 그녀는 못마땅한 듯 입술을 오므렸다. "나는 백두 살까지 갈 수 없을 거야. 사람들이 잠깐이라도 그렇게 생각한다면 정말 놀라운 일이지."

사람들이 잠깐이라도 그렇게 생각했을까?

"내 다리로는 백두 살까지 못 가." 그녀가 말을 이었다. "너도 알다시피 난 내가 어디가 아픈지, 병명이 뭔지도 몰라. 의사는 내가 조심하지 않으면 하루아침에 그것(혈전)이 내 머리나 허파나 어떤 곳으로 바로 가서 내가 죽는대, 바로." 그녀의 두 눈에 물기가 어리는 것 같았다. "내가 쿠마딘(혈액 항응고제—옮긴이) 먹는 걸 깜빡하면, 그땐, 끝장이야."

"조지는 사람들에게 자신의 나이를 밝히는 걸 좋아했지." 애비게일은 굽은 몸을 줄곧 테이블 모서리에 기대고 한 팔을 짚고 있었다. 그녀가 나를 향해 고개를 돌렸다. "똑같은 얘기를 반복하면서 싫증도 한 번 안 냈어. 조지의 큰딸은 일흔아홉이야." 그녀는 숨을 들이마셨다. "날마다 한 사람씩 가는 것 같구나. 금방 살아 있던 사람이 다음 순간 보면 죽어 있어."

페그(페기의 애칭—옮긴이)가 테이블 위에 있는 자기 손을 유심히 쳐다보았다. 그녀의 손등에는 검버섯들이 아주 많이 피어 있는 데다 핏줄도 불룩하게 튀어나왔다. "그녀는 조물주와 함께 있겠네." 페그의 목에서는 비둘기의 목 안쪽에서 나오는 소리처럼 떨리는 소리가 났다. "그리고 앨빈."이라고 덧붙였다.

"사람들이 하늘에서 그 남자를 다시 만들어놓지 않는 이상, 하나님이 그녀를 앨빈으로부터 구원해주실 거야." 애비게일이 단호한 어투로 말했다. "그렇게 까다롭고 소심한 독재자는 첨 봤어. 필기도구는 똑같은 간격으로, 반드시 늘 놓던 그 자리에 있어야 했지. 옷깃은 주름 하나 없이 반듯하게 다림질해야 했고. 침대는, 빌어먹을 그 침대 모서리는 각이 나오도록 정리해야 했고 말야. 조지는 앨빈에게서 자유로워진 게 행운이었지. 27년간은 그 대머리 추잡한 폭군이 없어서 축복된 날을 보낸 게야."

"애비게일, 죽은 사람한테 그런 식으로 이야기하는 게 아니야." 페그가 쾌활한 목소리로 말했다.

애비게일은 듣고 있지 않았다. 그녀는 테이블 아래에서 내 손에 종이쪽지를 쥐어주었다. 나는 손으로 쪽지를 감싸서 살그머니 호주머니에 집어넣었다.

엄마가 고개를 저었다. "나는 사람이 죽은 다음에 미덕의 귀감으로 둔갑시키는 것이 옳다고 생각하지 않았어. 한 번도."

나는 조용히 동의의 뜻을 표했다.

"밝은 면을 본다고 해서 뭐가 문제가 되겠어." 페그의 목소리는 거의 끝까지 완전히 한 옥타브가 올라갔다. 그리고 그녀는 싱긋 웃었다.

"얼토당토않은 소리." 레지나가 이상한 악센트로 말했다. "내 다리는 계속 밝고 희망적이어야 해. 내가 달리 무엇을 할 수 있어? 그게 터지면, 그때는 끝이야, 머리나 가슴으로 직행하면, 금방 죽지."

우리는 오락실의 브리지 테이블에 둘러앉아 있었다. 여름날의 햇살이 창문으로 들어왔다. 나는 밖의 구름을 내다보았다. 구름 한 덩이가 도넛 모양의 연기처럼 위로 올라가고 있었다. 복도 쪽 어디선가 세탁물 건조기 돌아가는 소리, 그리고 멀리서 스쿠터 지나가는 소리가 들려왔다. 하지만 그것으로 끝이었다.

이제 백조는 네 마리가 되었다.

미아에게,

너한테 더 보여줄 게 있어. 화요일 괜찮니?

애비게일

한 자 한 자를 떨면서 적었을, 그러면서도 얌전하게 흘려 쓴 글씨였다. 언젠가 엄마가 했던 말이 생각났다. "나이 먹는 건 좋은 일이야. 나쁜 거라고는 몸이 망가지는 일뿐이란다."

익명의 고문관이 글을 보냈다.

당신의 시는 망가졌어. 아무도Nobody 그걸 이해하지 못해. 아무도Nobody 그처럼 뒤틀린 시 나부랭이는 바라지 않을걸. 당신이 뭐라도 되는 줄 알고 있지?

미스터 노바디

나는 그 메시지를 되풀이해서 읽었다. 읽으면 읽을수록 더 기이하게 다가왔다. 필명으로 쓴 '노바디Nobody'가 계속 반복되고 있어서, 읽기에 따라서는 마치 '미스터 노바디'는 나의 시를 이해하고 있으며, 실상은 **뒤틀린 시 나부랭이**를 원하고 있다는 것처럼 들렸다. 이런 맥락에서는 **당신이 뭐라도 되는 줄 알고 있지?**는 전혀 다른 의미의 질문이 된다. **당신은 자신이 어떤 사람이라고 생각해?** 의미의 이동. 그 유령이 역설적으로, 시를 이해할 수 있는 '접근 방식'에 대해 **새로운 의견**을 제시하려고 격조 높은 농담을 하고 있는 것 같지는 않았지만, 그렇다고 **뒤틀린 시 나부랭이와 망가졌다**는 말을 가지고 장난치는 것으로 보기에도 애매했다. 만약 이것을 쓴 사람이 사우스워드 병동에서 풀려난 레너드가 아니라면. 말도 안 되는 가당찮은 이유로 나를 귀찮게 했던 레너드가 아니라면 말이다. 여러 해 동안 사람들이 거의 원하지도, 이해하지도 못하는 시에 내가 매달렸던 것, 그리고 나의 고립이 점점 고통스러워졌던 것은 사실이다. 평범함을 숭배하는, 천박하고 품격 떨어지며 유해하고도 반지성적인 문화를 통렬하게 비난하는 장광설을 보리스에게 늘어놓고 그런 문화에 물든 시인들을 경멸한 것도 맞다. 휘트먼 스트리트가 뉴욕의 어디에 있더라? 나는 조금 남아 있는 미국의 중산층을 위해 시를 쓰는 시인들에 대해서도 불평을 해댔다. 이 중산층 부류들은 〈뉴요커〉지에 실린 한두 편의 시시한 시를 잠깐 들여다보는 것에는 인색하면서, 수준 있는 그 잡지에 실렸다는 이유로 한 줌도 안 되는 '현학적인' 시적 감흥이나 잔디구장, 오래된 시계, 와인 등에 대한 위트에 약간의 관심을 기울이는 자신을 스스로 대견해한다. 거부반응이 축적될 수밖에. 그 거부반응은 뱃속에 검은 쓸개처럼 들어앉아 있다가, 자기를 알아보지 못하는 무식한 사람과 시인들, 문화 생산자들을 성토하는 빨강 머리 숙녀 시인의 장광설이 되어, 쓸모없는 시낭독회에서 분출된다. 불행히도 보리스는 그녀/나의 고함치며 울부짖는 소리와 함께 살았다. 보리스, 갈등이라면 질색했던 남자, 목소리 높여 열정적으로 부르짖는 여자와 살면서 사포에 쓸리듯 영혼에 상처를 받은 남자. 편집증은 거부반응을 쫓아 따라다닌다. 임상적으로 완벽한 정신이상 증세를 보였던 그 시기의 나는 편집증 환자였을까? *유령들*은 나를 해코지하려고 음모를 꾸몄다. 지금 화면에 떠 있는 저 단어들, 미스터 노바디의 저 말들은 내 머릿속에 기억되어 있는 비난의 말들을 대신한 것이었다. 모든 사람이 당신을 미워한다. 당신은 보잘것없다. 그가 당신을 떠난 것이 하나도 놀라울 게 없다. 미스터 노바디는 알고 있는 것 같았다. 어디를 공격해야 할지 알아챈 것 같았다. 나는 그날 아침 욕실에서 쓰러져 있었다는 조지를 떠올렸다. 그러자 미래는 갑자기 광대한 불모지로 변했다. 그리고 의심, 기형적으로 끊임없이 거듭되는 의심. 내 시는 똥덩어리, 쓰레기는 아니었다. 나는 지식의 문이 아니라 불가해한 망각의 길로 가는 내 방식에 몰두하지 않았나. *일시정지* 때문에 비난 받아야 할 사람은 보리스가 아니라 내가 아니었을까. 내가 창조한 걸작품, 데이지의 존재가 나의 모든 행위를 진실인 양 보이게 덮어버리지는 않았나. 지금 폐경기에, 버려지고, 다 잃어버리고 잊혀진 존재가 되었으니 이제 내게 남은 것은 아무것도 없었다. 나는 머리를 책상에 묻고, 그러려고 했던 것은 아니었다고 후회하며 울었다.

몇 분 동안 목이 메도록 흐느끼다가, 나는 팔에 누군가의 따뜻한 숨결이 닿는 것을 느끼고 흠칫했다. 플로라와 그 기린 인형이 바로 내 옆에 서 있었다. 주의를 집중하느라 그 아이는 눈을 동그랗게 뜨고 나를 쳐다보고 있었다. 옅은 갈색 머리 한 올이 가발 아래로 삐져나오고, 어디서 뭘 하다 왔는지는 몰라도 입 주위 피부가 온통 분홍빛으로 얼룩져 있었다. 우리는 서로 쳐다보았다. 둘 다 아무 이야기도 하지 않았다. 그러나 나는 그 애가 과학자의, 아마도 어쩌면 동물학자의 냉정한 눈으로 나를 지켜보고 있는 느낌이 들었다. 플로라는 진지한 시선으로 온갖 동물에 대한 자신의 정보를 총동원해서 동물의 습성을 곰곰 생각하고 있었다. 그러더니 아무 말 없이 다음 행동을 취했다. 기린 인형을 들어 나에게 내민 것이다. 그 애가 그러한 몸짓을 하는 의도는, 확실하게는 잘 모르겠지만 나더러 받으라는 것 같았다. 나는 손등으로 눈물을 훔치고는 때 묻은 동물 인형의 머리를 토닥거렸다.

롤라가 큰 목소리로 급하게 딸을 부르는 소리가 들려서 나는 얼른 플로라의 손을 잡았다. 그 애는 선선히 자연스럽게 손을 내맡겼다. 나는 방충문 밖에 서 있는 롤라와 사이먼(엄마 품에 포근하게 안겨 있는)을 맞으러 플로라와 함께 방을 나갔다. 롤라는 내 얼굴을 보고 뭔가를 눈치챈 것 같았다. 내 얼굴은 아마 울어서 빨갛게 충혈된 눈에 마스카라가 눈물과 범벅이 되어 형편 무인지경이었겠지. 그러나 그녀는 몇 만 분의 1초 만에 연민의 정을 느꼈는지 안됐다는 표정으로 눈썹을 찡그려 보였다. 그 젊은 엄마의 차림새는 후줄근하다 못해 꾀죄죄할 정도였다. 밑단을 자른 청바지에 분홍색 홀터넥 상의를 입고 귓불에는 금색의 새장 모양으로 직접 만든 귀고리가 달려 있었다. 탈색한 머리는 뒤로 묶었는데, 나는 그녀의 콧잔등이 약간 그을린 것을 알아차렸다. 그녀를 보자마자 기분이 좋아졌기 때문에 그때 만났던 순간의 감정과 사소한 것까지 고스란히 기억하고 있다. 시간은 저녁 일곱 시 반쯤이었다. 피트는 또 장거리 출장을 갔고, 롤라는 아이들을 재우려던 중이었다. 그녀가 활짝 웃으며 와인 한 병을 따서 그날 만든 키시(달걀, 크림, 향신료, 양파, 버섯, 햄 등으로 속을 채운 프랑스 파이—옮긴이)를 먹을 계획이었다고, 나도 함께했으면 기쁘겠다고 말했다. 나는 그녀의 제안을 냉큼 받아들였다. 다른 상황에서라면 급작스런 초대에 당황했겠지만 그때는 이 초대가 완전히 '정상'으로 보였다. 마침 엄마도 치즈 플레이트를 만들어 가지고 제인 오스틴의 소설《엠마》에 대해 토론하러 북클럽에 가 있어서 달리 할 일도 없었다.

그렇게 해서 그날 밤 우리는 함께 두 아이를 재우느라 씨름했다. 나로 말할 것 같으면, 방금 젖을 먹은 사이먼을 안고 다양한 전략을 무기 삼아 앞뒤로 흔들었다가 통통 튕겨주기도 하고, 갑자기 흔들어보기도 하고 좌우로 흔들어주기도 했다. 그랬더니 사이먼이 어지러워 멀미가 났는지 갑자기 위장에서 경련을 일으킨 것 같았다. 그 조그만 남자아이는 메스꺼운지 움찔움찔하다가 내 어깨에 젖을 토했다. 그러고는 힘차게 용을 쓰면서 응가를 시도, 한 방에 산뜻하게 성공했다. 기저귀에 담긴 노랗고 말랑말랑한 똥 한 덩어리. 나는 기꺼이 사이면을 닦아주며 그 조그맣고 귀여운 고추를 감상하고 거기에 고환이 달려 있다는 당연한 사실에 놀라면서 기저귀를 다시 채워줬다. 그제서야 나는 우리가 여태까지 앉아 있었던 의자가 흔들의자였다는 것을 알았다. 나는 이 집의 작은 귀공자를 내 팔, 정확히 말하자면 잠의 여신 품에 안고 흔들면서 자장가를 불러주었다. 그러는 동안 롤라는 채 네 살이 되지 않은 플로라와 재잘거리면서 열심히 나와의 병행 작전을 수행하고 있었다. 플로라는 꾸물거리기도 하고 꾀병을 부리기도 하면서 토머스 브라운 경이 그 옛날 '죽음의 형제'라고 불렀던 '잠'을 향해 가는 길에 토를 달기도 했다. 그 애는 갖은 꾀를 내며 용감하고 아주 용감하게 의식을 잃지 않으려고 싸웠다. 이야기책을 읽어달라, 물을 달라, 잠들기 직전에 한 번 더 노래를 불러달라 하더니, 결국 고단한 싸움에 지쳐 푹 쓰러졌다. 집게손가락을 구부려 입에 넣고 다른 손은 커다란 자줏빛 공룡이 그려진 침대보 위에 뻗쳐놓은 채 잠이 들었고, 기린 인형과 그 짝꿍 – 잠들어 있는 용감한 전사 플로라의 머리에서 벗겨낸 과산화수소로 탈색된 괴물 가발 – 은 침대 옆 테이블에서 야간 경비를 서게 되었다.

롤라와 나는 키시를 먹으면서 몇 시간 동안 이야기보따리를 풀어놓았다. 그녀는 소파에 누워 있었는데, 새장 귀걸이는 전등 빛을 받아 반짝이고 갈색으로 그을린 통통한 다리는 앞으로 쭉 뻗은 자세였다. 가끔 그녀가 맨발을 꼼지락거릴 때면 살짝 지저분한 발바닥이 보였다. 발이 아직 발목에 붙어 있는지 확인하려고 그러는 사람 같았다. 열한 시까지 이야기를 나누고 나자, 나는 "롤라가 비록 그를 사랑하긴 하지만" 그녀의 남편 피트에게 문제가 있음을 알게 되었다. 롤라는 나의 결혼 생활에 닥쳐온 대재앙의 전모를 들었다. 한두 방울의 눈물이 우리의 콧잔등을 타고 지나갔다. 우리는 우리의 *문제*들 때문에 웃었고, 두 남자의 냄새나는 양말이 알 수 없는 남성 분비물로 인해 뻣뻣해진다는, 특히 겨울이 되면 더 심해진다는 공통적인 사실을 발견했을 때는 뒤집어지게 웃었다. 롤라는 잘 웃었다. 허파 깊숙이에서 나오는 듯한, 놀라울 정도로 깊이가 있는 웃음이었다. 직설적인 화법도 나를 매료시켰다. 미네소타 출신의 이 여인은 에둘러 말하는 법도, 키르케고르적인 빈정댐도 없었다. "당신이 배운 만큼 나도 배웠더라면 좋았을 텐데." 롤라는 얘기 끝에 이렇게 말했다. "나는 좀 더 열심히 공부했어야 했어요. 지금은 애가 둘이나 딸려서 시간이 없네요." 나는 이런 얘기가 나올 때면 늘 하던 상투적인 대답을 몇 마디 중얼거렸다. 그러나 사실은 그날 밤 우리의 대화 내용 중 특별한 건 별로 없었다. 중요한 것은 우리 사이에 동맹이 맺어졌다는 점이다. 둘 사이가 계속되기를 바라는 동지애를 가슴으로 느낀 것이다. 이심전심은 그날 밤 내내 계속되었다. 헤어질 때는 서로 포옹을 하며 작별 인사를 나누었는데, 술기운에 증폭된 우정이 솟구쳐 그녀의 둥근 얼굴을 두 손으로 감싸 쥐고 나는 진심으로 모든 것에 대해 그녀에게 감사했다.

  사람의 일시적인 감정은 그저 웃어넘길 일에 지나지 않는다. 단 하룻저녁의 대화 속에서 울고 웃으며 겪은 극심한 마음의 변화는 나 자신이 마치 껌으로 만들어진 인물이 된 듯한 기분이 들게 만들었다. 나는 '자기 연민'이라는 형편없는 지역으로 추락했다. 훨씬 더 무시무시한, 절망이란 이름의 저지대 바로 위에 있는 지역 말이다. 그러나 현재의 나도 과거의 나도 미친 듯 몸부림치다 보면 어느 덧 어머니란 이름의 고지대에 닿는다. 그 어머니의 대지에서 나는 이웃집에서 빌려 온 요정 사이먼을 어르고 애무하며 즐거움에 겨워 황홀한 시간을 보냈다. 나는 잘 먹고, 와인도 아주 많이 마시고, 게다가 잘 알지도 못하는 젊은 여자를 기꺼이 친구로 받아들였다. 한 마디로, 나는 철저히 즐겼고 모든 일을 하나하나 다시 그렇게 해보고 싶었다.

우리의 두뇌가 포유류 사촌인 생쥐들의 뇌와 그리 많이 다르지 않다는 사실은 그리 놀랄 일이 아닐지도 모른다. 나의 그 생쥐인간은 여러 종류의 동물에서 대뇌피질 하부가 일차적인 정서적 자아를 대변하고 있으며, 뇌의 영역은 신경화학과 밀접한 관계가 있다는 사실을 알리는 일로 인생을 보낸다. 겨우 몇 년 전에야 그는 이 이론을 원숭이, 돌고래, 코끼리, 인간과 비둘기를 대상으로(가장 최근의 연구) 더 높은 수준의 기억, 반영, 자아 인식의 수수께끼와 연결짓기 시작했다. 그는 우리가 자기실현이라고 부르는 이런 설명하기 힘든 현상에 대해 다양한 종種을 대상으로 한 연구논문을 게재하고, 저명한 메를로 퐁티, 그리고 그보다 좀 더 앞 세대의 철학자인 에드문트 후설, 그리고 *아내*가 무료로 제공하는 가르침에 힘입어 현상학에 대한 이해력도 강화했다. 그의 아내는 필요할 때는 헤겔, 칸트와 흄으로 물러났다가 단어마다 꼼꼼히 반복해 읽어주고, 아낌없는 노력으로 착오를 바로잡아주고 글을 다듬어주며 그를 철학으로 한 발 한 발 안내했다. 아니, 당신은 신음한다, 그녀가 아니야, 그 자그마한 사람, 곱슬거리는 빨강 머리에 예쁜 가슴의 그녀가 아니야! 그 숙녀 시인이 아니야! 그래, 그건 그런 거야, 나는 당신에게 아주 진지하게 말하지. 그 위대한 보리스 이즈코비치는 계속해서 아내의 두뇌에서 아이디어를 뺏어왔고 그녀의 공로도 인정하고 있어. 그래서? 그래서? 넌 말하지. 그러면 그건 괜찮은 거 아니겠어? 그건 좋은 게 *아니야.* *사람들이* 그를 믿지 않으니까. 그는 철학의 왕이며 생쥐 과학의 대장부. 존경하는 독자 여러분, 어쨌든 나는 당신들에게 대개의 많은 남자들이 동료들과 직장 업무의 관심 목록 맨 끝자락에 있는 아내의 이런저런 서비스에 얼마나 감사하는지 묻고 싶다. "지칠 줄 모르는 내조와 헤아릴 수 없는 아내의 인내가 없었다면, 귀염둥이 아들딸은 물론이고, 이런 책을 결코 쓸 수 없었을 것이다."

내 아내, 미아 프레드릭센의 전두엽피질이 없었다면, 이 책은 존재하지 않을 것이다.

"그럴 시기는 지났어." 앞으로 남은 인생에 남자 문제가 개입될 여지가 있는지 묻자, 엄마는 이렇게 말했다. "다시는 남자 수발을 들고 싶지 않다." 엄마가 이 말을 할 때 나는 엄마 뒤에서 등을 안마해주고 있었기 때문에 흰머리를 가지런하게 손질한 뒷목밖에는 보지 못했다. "네 아빠가 그립구나." 엄마가 말했다. "그와 나 사이의 우정, 우리가 나누던 이야기가 그리워. 그와 더 많은 이야기를 할 수도 있었는데 결국 그는 끝까지 그러지 않았어. 그렇다고 이제부터 다른 남자와 이야기를 나눈다고 해서 더 좋아질 것 같지도 않구나. 홀아비들이 다시 결혼하는 건 그래야 생활이 더 편하기 때문이야. 과부들은 거의 그렇지 않아. 그러면 생활이 더 힘들어지기 때문이지. 레지나는 예외고. 그녀는 끊임없이 관심 받기를 원하는 타입인 것 같아. 레지나는 아무한테나 다 꼬리를 치더라."

내가 손가락으로 엄마의 목을 부드럽게 누르자 엄마가 고개를 앞으로 숙였다. 엄마는 남녀 관계라는 주제로 여러 이야기를 들려주었다. 전날 북클럽에서 돌아오다가 엄마는 오스카 버슬리를 우연히 만났다. 오스카 버슬리는 점점 그 숫자가 줄어들어 희소가치가 높아진 롤링 메도스의 남성 거주자 중 하나였다. 이곳저곳 떠돌아다니던 날들은 이미 지나간 과거가 되었지만 오스카는 아직도 돌아다니는 것을 즐겼고, 전동 스쿠터가 있어 기동성도 좋았다. 오스카는 엄마 옆을 따라오면서 다정하게 이야기를 나눴다. 그들은 엄마의 아파트 쪽으로 향했다. 현관문 앞에 다다르자 엄마는 멈춰 서서 가방에서 열쇠를 꺼냈다. 그 순간, 그 남자가 전동 스쿠터의 핸들에서 손을 놓고 재빨리 엄마에게 돌진했던 모양이다. 오스카가 엄마의 허리에 달라붙은 것을 보고 엄마가 깜짝 놀랐다고 하는 걸 보면 말이다. 그는 두 팔로 엄마를 꼭 끌어안고 머리통을 엄마의 가슴 바로 아래로 들이대고 있었다. 오스카가 달려들었던 것에 못잖은 속도로, 그리고 아마 더 센 힘(엄마는 일주일에 두 번 웨이트트레이닝을 받는다)으로 엄마는 달갑지 않은 포옹에서 벗어나 아파트 안으로 뛰어들어가 문을 꽝 닫았다.

우리는 뒤이어 정신착란의 경우에 종종 발행하는 탈脫억제 현상에 대해 이야기를 좀 더 나누었다. 그러나 엄마는 그 남자가 '심리적으로 극히 정상' 상태였다고 주장했다. 억제해야 되는 것은 그의 나머지 부분(!)이라는 것이다. 엄마는 오스카 버슬리와는 정반대의 경우였던 로버트 스프링어의 이야기를 꺼냈다. 엄마는 세인트폴의 한 만찬에 참석해 아빠의 옛 법조계 지인인 스프링어를 만났다. 그는 '머리숱이 많은' '훤칠한 키의 멋진 남자'로 부인과 함께 참석했다. 전적으로 평화스러웠던 이 만남은 악수를 하며 의미심장한 시선을 주고받은 것이 전부였다. 등 마사지를 마친 엄마는 의자로 가서 나와 마주 보고 앉았다. 엄마는 양어깨를 오므리고 손바닥을 내보이는 시늉을 했다. "그가 손을 너무 오래 잡았어. 너도 알지, 왜 그 적당한 정도보다 아주 조금 더 오랫동안 손을 잡고 놔주지 않는 거 말이야."

"그리고?" 내가 말했다.

"그리고 나는 황홀경에 빠져 졸도할 뻔했지. 그가 손으로 압박하는 힘이 바로 나의 중심을 꿰뚫고 지나가는 같았어. 다리가 후들거릴 정도였지. 정말 멋졌단다, 애야."

그럼요, 나는 생각했다, 전기 스파크.

… 당신의 흰 손가락들을 들어 올려

내 옷을 모두 벗기고, 부드럽게 어루만져줘요

가볍게, 가볍게 온몸을.

내 머릿속의 로렌스. 나를 부드럽게 어루만져줘요.

엄마의 주름지고 수척한 얼굴에 깊은 생각에 잠긴 듯한 표정이 나타났다. 우리의 마음은 같은 생각의 궤적을 따라 나란히 움직이고 있었다. 엄마가 말했다. "나는 친구들과의 스킨십을 중요하게 생각하잖니, 너도 알잖아. 한 번 토닥거려주고, 그 다음에 포옹해주는 거. 이게 참 중요한데. 이런 곳에는 스킨십이 충분하지 않은 사람들이 많더구나."

소녀들은 언짢아 보였다. 날씨가 더운 탓인가. 실내는 시원했으나 바깥은 후텁지근했다. 특히 앨리스가 활력이 없어 보였다. 그녀의 커다란 갈색 눈은 차갑고 표정이 없었다. 내가 몸이 어디 불편하냐고 묻자 앨리스는 알레르기에 시달리고 있다고 말했다. 그들은 페이스북을 화제로 수다를 떨었다. 소녀들의 이름이 오르내렸다. 앤드루, 숀, 브랜든, 딜런, 잭. "수영장에서 나중에"라는 말이 여러 번 들리고, "비키니"라는 말과 많은 속삭임과 한숨. 그들 사이에는 이성을 만난다는 설렘과 기대를 넘어선, 흥분만으로는 설명이 부족한 또 다른 긴장감이 자리 잡고 있었다. 그러나 그런 들끓는 분위기에 어떤 이름을 붙이든, 그것이 무엇이 되었든, 강의실을 가득 채우고 있는 끈적한 무더위만큼이나 확실하게 숨 막히고 거슬리는 느낌이 있었다. 특히 니키는 안절부절못하는 것처럼 보였다. 뭐가 그리 웃긴지 틈만 나면 히죽히죽 웃었다. 제시카의 창백하고 푸른 눈에는 의미심장한 뭔가가 있는 것 같은데 그건 뭘까. 한번은 제시카가 엠마에게 무슨 말인지를 중얼거렸으나, 그녀의 입술만 보고는 무슨 말인지 읽어낼 수가 없었다. 페이턴은 갑자기 졸음이 쏟아지는지 이마를 줄곧 책상에 대고 있었다. 애슐리의 표정은 읽기 어려웠으나, 늘 반듯했던 자세가 오늘따라 더 꼿꼿해 보였다. 입술에 이미 윤기가 넘쳐흐르는데도 한 시간 동안에만 세 번이나 립글로스를 덧발랐다. 엠마는 어땠냐 하면, 다른 사람들은 이미 다 알고 지나간 농담 한 자락을 아직도 붙들고 열중하는 것처럼 보였다. 그 이면에 적혀진 내용을 읽고 싶은 욕구가 솟구치지만, 수없이 지우고 다시 고쳐 써놓아 아무것도 읽을 수 없는 낡은 고대 문서를 마주하고 하릴없이 바라보는 느낌이랄까.

　수업이 계속되는 동안 나는 조바심과 짜증이 드러나지 않도록 감춰야만 했다. 니키는 통통한 얼굴에 펄 아이섀도와 짙은 마스카라를 발랐다. 이틀 전만 해도 좋아 보였는데 지금은 단지 저능아 같이 느껴졌다. 조앤의 보일 듯 말 듯한 쓴웃음, 조앤과 니키의 닮은꼴 화장은 재미있기는커녕 보고 있기 괴로울 정도였다. 그들이 색채를 주제로 시를 짓고 있는 동안, 나는 이 소녀들 가운데 몇 명은 아직 만 13세가 넘지 않았다는 사실을 상기해야 했다. 그들의 자제력에는 한계가 있는데, 만약 나마저도 분위기를 깨는 행동을 한다면 수업 전체가 틀어져버릴지도 몰랐다. 또한 강의실 책상 주위를 떠도는 분위기에 과민하게 반응하게 되면, 그들 나이만할 때 내가 겪은 쓰라린 경험이 투사되어 쉽게 나의 인식을 왜곡할 수 있겠다는 생각도 들었다. 보리스가 얼마나 자주 내게 "미아, 풍선을 그렇게 불면 균형이 깨지기 때문에 잘 안 되는 거야."라고 말했던가? 그리고 나는 바람 빠진 풍선을 입으로 불어서 천천히 커다란 배梨, 혹은 긴 비엔나소시지 모양으로 팽창시키고, 그것들로 이것저것 다른 모양을 만들고자 또 얼마나 많은 시간을 들였던가? 아니야, 똑같은데 단지 더 큰 것뿐이야. 바람만 더 들어갔을 뿐 다른 건 없어.

색깔과 그것에서 느끼는 감정에 대한 토론은 완전히 따분한 것만은 아니었다. 쓰라림은 연두색을 의미한다. 시무룩함, 위로, 거대함은 파랑. 뜨거움, 외침은 빨강. 폭발은 노랑. 공백, 차가움은 흰색. 심술은 갈색. 위협, 죽음은 검정. 그리고 가볍고 달콤한 느낌은 핑크. 소녀들은 흩어졌고 나는 스스로 스파이 키드, 아니 어른 스파이로 기름부음 받은 자 되어 무더위로 후텁지근한 조그만 건물 정면 입구 계단에 서서 그들을 감시하기 시작했다.

내 앞에서 그들만의 댄스파티 비슷한 장면이 펼쳐졌다. 경쟁하듯 서로 밀치기, 환심을 사려고 접근했다가 뒤로 슬쩍 빠지기. 그들은 두 그룹으로 뭉쳤다가, 세 그룹으로 나뉘었다가, 네 그룹이 되기도 했다. 나는 겨우 몇 미터 떨어진 곳에서 다섯 명의 소년들이 신나게 발을 구르고, 치고받고, 밀고, 넘어지는 것을 구경했다. "야, 이 새끼, 네가 뭐라도 되는 줄 아냐?" 그리고 "나한테서 손 치워, 이 호모 자식아!" 키가 크고 품이 너른 반바지에 야구모자의 챙을 뒤로 돌려 쓴 한 명만 빼고는 아직 덜 자란 꼬마들의 연애 사건이 바야흐로 진행 중이었다. 대부분의 여자애들보다 키가 작은 소년들과, 예의 그 키 큰 소년을 포함한 다섯 명의 남자애들이 테스토스테론의 기를 받아 서툰 매스게임 시연에 열중하는 것처럼 보였다. 그러는 동안 우리 일곱 명의 소녀들도 공연 모드에 들어갔다. 니키, 조앤, 엠마, 제시카는 새된 소리를 내며 가식적인 웃음을 띠고 어깨 너머로 그 땅딸막한 구애자들을 쳐다보았다. 페이턴도 이제는 졸음이 완전히 가신 모양이었다. 나는 페이턴이 니키와 조앤 사이로 억지로 비집고 들어가 몸을 구부리고 니키의 귀에 몇 마디 속삭이는 것을 보았다. 그 소리를 듣자마자 니키가 또다시 한 옥타브 높은 음색으로 꺄악 비명을 질렀다. 애슐리는 막대기처럼 반듯한 자세로 당당하게 가슴을 내밀고 서 있었다. 등 뒤로 찰랑거리는 머리카락을 흔들어 어깨 양옆으로 흘러내리게 하더니 믿는 구석이라도 있는 것처럼 확신에 찬 걸음걸이로 앨리스를 향해 다가갔다. 앨리스는 황홀한 표정으로 애슐리에게 귀를 기울였다. 그 다음 순간, 나는 엠마가 애슐리를 슬쩍 쳐다보고 있는 것을 발견했다. 호기심에 반짝거리는 경박한 시선. 엠마의 눈초리에서는 노예근성의 비열함마저 감지되었다.

소녀들이 헤픈 옷차림으로 어슬렁어슬렁 길모퉁이의 요란하고 거친 야만인들 쪽으로 걸어갈 때, 연민과 공포가 나를 엄습했다. 연민을 느낀 것에 별다른 의미는 없다. 어떤 특별한 시기나 구체적인 인물을 기억하고 있어서도 아니며, 내가 줄리아와 그 패거리들에게 떠밀려 추방됐던 우울한 시기를 떠올린 것도 아니다. 그보다는 가장 중요한 문제였던, '주류에 속하지 못한 아이들'이라는 문구로 요약될 수 있는 인생의 그 시기를 기억했기 때문이다. 그것이 나로 하여금 연민을 느끼게 했던 것이다. 공포에 대해서는 설명이 좀 더 복잡해진다. 키르케고르는 일기에다 공포는 매혹적이라고 적었다. 그가 옳았다. 공포는 유혹이다. 나는 그것의 매력을 느낄 수 있었다, 그러나 왜? 온유하지만 분명하게 나를 끌어당기는 매력의 정체가 무엇인지 실제로 보거나 들었는가? 인식은 결코 수동적이지 않다. 우리는 세계를 받아들이는 수신자이자 동시에 또한 적극적으로 각 개인의 세계를 만들어내는 생산자이기도 하다. 모든 인식에는 환각적인 특성이 있다. 그리고 환상은 쉽게 만들어진다. 바로 당신, 존경하는 독자들도 매력적인 신경과 의사가 흰 가운 소매나 주머니 속에서 마법의 카드를 꺼내 들 듯 유사시의 최후 수단을 구사하면 고무로 만든 의족이라 할지라도 내 진짜 팔처럼 느끼도록 쉽사리 설득당할 수 있다. '실재' 삶으로부터 내가 원하지도 않는 *일시정지*를 맞이하게 된 작금의 사태에 대해 나는 나 자신에게 물어봐야만 했다. 정신병을 앓고 난 이후 나의 상태가 의식하지 못하거나 예측할 수 없는 방식으로 나에게 영향을 미치고 있는 것은 아닌지.

애비게일이 그 목요일에 나에게 보여준 더 '은밀한 즐거움'은 다음과 같았다.

하나는 꽃무늬의 손뜨개 티코지tea cozy(찻주전자 덮개−옮긴이)였는데, 안쪽으로 뒤집으면 눈물을 흘리며 입으로는 불길을 내뿜고, 가슴에는 창으로 무장을 한, 칼날 같은 긴 발톱을 가진 여자 괴물들이 등장하는 태피스트리가 드러났다.

또 하나는 흰색 크리스마스트리가 수놓인 기다란 녹색 테이블 보였다. 뒤집어서 지퍼를 열면(왼쪽에서 오른쪽으로) 검은 바탕에 자위하는 다섯 여인들의 모습이 세밀하게 묘사되어 있었다. ('자위'의 대명사로 이름이 오르내리는 불명예를 얻게 된 성경 속 인물 오난, 그는 원하지 않는 여인과 할 수 없이 잠자리를 하게 되자 자신의 정액을 여인의 몸속이 아니라 대지에 방사해버려 말썽을 일으켰다. 성적 쾌락에 탐닉하는 등장인물들을 자세히 감상하면서 나는 정액은 없고 난자만 가득한 우리 여성들에게도 이 용어를 '자위'의 뜻으로 사용할 수 있을까 궁금해졌다. 우리는 이런 난자들을 미친 듯이 낭비하고 있다. 물론 달마다 출혈이 있는 며칠 동안 집중적으로 왈칵 쏟아내는 것에 불과하지만. 하긴 정자의 대부분도 마찬가지로 전혀 쓸모가 없다. 지금 떠오른 게 아니라, 전부터 이 용어를 다시 검토해봐야겠다고 마음속으로 해오던 생각.)

등받이가 젖혀지는 편안한 의자에 기대어 다리를 벌리고 있는데, 교묘한 위치를 깃털 하나로 가리고 있는 가늘고 매력적인 몸매의 요정 같은 여인.

침대 가장자리에 누워 두 다리를 들어 올린 채, 잔뜩 흐트러진 페티코트 아래로 두 손을 넣고 있는 갈색 피부의 여인.

그네에 걸터앉아 오르가슴의 절정에 올라 머리를 뒤로 젖힌 채 입을 벌리고 있는 통통한 빨강 머리 여인.

샤워기 손잡이를 들고 고르게 뿌려지는 푸른 물살을 맞으며 소리 없이 활짝 웃는 금발 여인.

그리고 마지막으로 긴 잠옷을 입고 침대에 누워 있는 백발의 여인. 그녀의 두 손은 옷 위로 성기를 누르고 있다. 이 마지막 인물의 등장으로 작품의 면모가 일시에 달라져버렸다. 열락에 빠진 젊디젊은 네 여자에게 느껴지던 익살스러움이 순간 갑자기 폐부를 찌르는 듯한 아픔으로 다가왔기 때문이다. 자위로 위안을 삼아야 하는 외로움에 대해 생각하고, 나 자신의 쓸쓸한 위안에 대해 생각하지 않을 수가 없었다.

나는 자기 쾌락에 빠진 여인들을 묘사한 태피스트리에서 시선을 돌려 에비게일을 바라보았다. 애비게일의 얼굴은 내가 무슨 생각을 하고 있는지 알고 있는 것 같기도, 슬퍼 보이는 것 같기도 했다. 그녀는 아무에게도 이 자위하는 여인들의 모습을 보여주지 않았다고 나에게 말했다. 나는 그 이유를 물었다. "너무 위험하니까." 그녀는 무뚝뚝하게 대답했다.

참으로 이상한 일이었다. 새우 모양으로 굽은 그녀의 자세에 내가 아주 빨리 적응하게 된 것, 그리고 에비게일과 이야기를 나누면서도 그것에 대해 거의 생각하지 않는다는 것 말이다. 어쨌든 지난번에 만났을 때보다 에비게일이 손을 더 많이 떨고 있다는 것을 나는 알아챘다. 에비게일은 내가 자신의 말을 알아들었는지 확인이라도 하듯 나 말고는 아무도 이 '테이블 보'를 본 사람이 없다고 세 번이나 연거푸 말했다. 나는 그녀의 허락 없이는 이 일을 결코 발설하지 않겠다고 말했다. 애비게일의 날카로운 눈빛은 자신의 비밀스런 예술적 취향에 대한 비밀을 털어놓을 사람으로 나를 선택한 것이 일시적인 기분에서가 아니었다는 암시를 강하게 내비치고 있었다. 그녀에게는 그럴만한 이유가 있었고, 그녀는 그것이 무엇인지도 알고 있었다. 그럼에도 불구하고 그녀는 아무런 설명도 하지 않고, 그날 오후 내내 나와 함께 레몬 쿠키와 차를 놓고 두서도 없고 형체도 없는 대화를 나누었다. 1938년의 뉴욕 방문과 프릭 컬렉션(Frick Museum. 메트로폴리탄·MOMA·구겐하임과 함께 뉴욕의 4대 뮤지엄으로 꼽히는 미술관—옮긴이)을 좋아하게 된 이야기에서부터 시작해 형편없는 물품공급법에 여성들이 찬성 투표를 한 때가 자신이 여섯 살 때였다는 사실로 옮겨갔다. 그런 까닭에 당시의 미술교사들은 자신에게 필요한 것을 손수 사거나 학생에게 지급된 것을 사용해야 했다고 했다. 나는 끈기 있게 그녀의 이야기에 귀를 기울였다. 나는 그녀가 나에게 말하고 있는 것이 중요한 것이 아님에도 불구하고 그녀의 어조에 담긴 긴박감이 나를 의자에 붙잡아두고 있다는 것을 깨달았다. 이러기를 한 시간, 나는 그녀가 지쳐가는 것 같아 다른 날 약속을 잡자고 제안했다.

헤어질 때 애비게일은 양손으로 내 두 손을 꼭 붙잡았다. 잡는 힘이 약했고, 손은 떨고 있었다. 그리고 내 손을 그녀의 입술에 대는 것으로 키스를 대신하고 뺨 한쪽을 내 손목에 세게 눌렀다. 그녀의 집 문이 닫히자, 나는 복도 벽에 머리를 기댔다. 눈에 눈물이 고이는 것이 느껴졌다. 그러나 그 눈물이 애비게일을 위한 것인지 나를 위한 것인지, 알 수 없었다.

피트의 목소리가 들려 그가 집에 돌아온 것을 알았다. 롤라와 친하게 지내고부터는 그 집에서 시끄러운 소리가 들리는 것에 더 신경이 쓰였다. 나는 데이지와 장시간 전화 통화를 마치고 나서 뒷마당 의자에 앉아 있었다. 나의 전도유망한 여성 코미디언인 데이지에게는 친절하기는 하지만 지나치게 소유욕이 강한 남자 친구가 있다. 그는 "일을 하지 않을 때는 내내 여자 친구와 함께 있고 싶어하는 사람"이었다. 데이지는 외교적인 언어 사용 방식으로 소통하는 것에 대해 논의할 **필요가 있어서** 전화를 걸어왔다. 데이지는 함께 있고 싶어하는 남자 친구에게 "내겐 나만의 공간도 필요해."라는 말을 자신의 뜻에 꼭 들어맞게 전달하는 방법을 찾아내고 싶어했다. 딸애가 방금 사용한 문장이 상대방의 감정을 건드리지 않을 것 같아서 그대로 전하라고 제안하자, 데이지는 신음 소리를 냈다. "그렇게 말하면 그가 무척 싫어할 거야." 피트 역시 지금 뭔가 무척 싫었던 것 같은데 다행히도 곧바로 그의 큰소리가 잦아들었다. 그리고 이웃집은 조용해졌다. 아마 전투원끼리 말로 치고받지 않고 몸으로 공방전을 벌이며 결합하는 단계로 넘어간 듯했다. 우리 아빠는 소리를 지르는 사람이 아니었다. 보리스도 소리는 지르지 않았다. 하지만 침묵은 힘이 세다. 어떤 경우에는 소리를 지르는 것보다 침묵이 더 큰 힘을 발휘할 수도 있다. 그 침묵이 우리를 그 남자의 신비한 세계로 잡아당기는 것이다. 여보, 무슨 일이 있나요? 왜 나한테 말해주지 않는 거예요? 당신 지금 즐거워요, 아니면 슬퍼요, 아니면 화가 났어요? 엄마와 우리 가족은 신중하게 처신해야 하며, 아빠에게 특히 신중해야 한다. 아빠의 기분은 우리의 날씨고 우리는 그것이 늘 맑기를 바란다. 나는 당신을 즐겁게 해주고 싶어요, 아빠. 마술을 부리고 춤을 추고 이야기를 하고 노래를 부르고 아빠를 웃게 해드리고 싶어요. 나는 당신에게 나의 존재를 *알게* 하고 싶어요, 미아를 보게. ***존재는 지각이다***Esse est percipere. 나는 존재한다. 이런 일들이 엄마와의 관계에서는 매우 용이했다. 엄마는 손으로 내 얼굴을 잡고, 엄마 눈과 내 눈을 맞춘다. 게다가 엄마는 내가 난장판을 만들고 일을 뒤죽박죽으로 할 때는 나에게 고함을 지르기도 했다. 나는 훌쩍훌쩍 울다가 결국 눈물바다를 이루고, 그러고 나서 잘못했다고 사과하면 끝이었다. 엄마는 금세 원래의 모습으로 돌아왔다. 그리고 베아와의 관계도 엄마와 비슷한 수순을 밟아가며 진행되었다. 하지만 아빠, 당신은 너무 멀리 있었고, 당신의 시선을 붙잡는 데 성공했다 하더라도 당신의 눈은 안으로, 안으로만 향해 있었고, 그 마음의 하늘은 어둠침침했다. 해럴드 프레드릭센, 소송 사무 전문 변호사. 내가 네 살 때 암송해 보였던 주기도문 "하늘에 계신 우리 아버지, 해럴드의 이름을 거룩하게 하시며"는 우리 가족 농담계의 '명예의 전당'에 올라 있다. 그리고 보리스, 그래, 보리스, 역시, 남편, 아빠, 아빠, 남편. 모든 것이 다시 되풀이된다. 여보, 무슨 일이 있나요? 왜 나한테 말해주지 않는 거예요? 당신의 침묵은 나를 당신에게로 이끌지만 그때 당신의 눈에는 구름이 끼어 있는 것 같았어. 나는 당신의 눈길이 머물고 있는 그 단단한 요새를 공격해서 부수고 그 너머의 당신을 발견하고 싶어. 나는 자유로운 영혼의 교감을 위해 싸우는 거야. 그러나 당신은 자신의 내면에 쌓은 벽이 뚫리는 것을 두려워하고 있거나, 아마 당신의 자아가 먹힐까 봐 두려워하고 있어. 유혹적인 시어머니 도라, 매력적인 용모의 시어머니는 이루 헤아릴 수 없이 여성스러운 몸짓을 갖추고 장식과 꾸밈을 치렁치렁 매달았다. 샐쭉했다가 소곤거리고, 속눈썹을 깜빡이거나 어깨를 살짝 눌러 넌지시 암시를 주며, 상대의 애간장을 태우는, 죽도록 감질나게 하는 수법을 써서 원하는 것을 얻었을 것이다. 나는 짤랑거리는 그녀의 금팔찌 소리를 듣는다. 그녀는 아들을 얼마나 사랑했는지, 당신은 그녀의 애정남, 그녀의 연하남이었지. 그러나 그런 사랑에는 관계를 진력나게 하는, 과장되고 이기적인 면이 있다. 그리고 보리스, 당신은 그것을 깨닫게 되었고, 당신이 그 사실을 알게 될 만큼 자라자마자 당신은 엄마와 안전거리를 유지했지. 슈테판 역시 그 사실을 알게 되었고. 더불어 엄마에게 자신은 모든 면에서 형 다음으로 두 번째일 수밖에 없다는 것도 깨달았을 것이다. 하늘나라에 있는 두 소년의 아버지. 우린 닮은꼴이었어, 보리스. 우리가 따로따로 그들, 우리의 부모들을 기억하는 것 말이야. 그 *일시정지* 역시 틀림없이 그들, 아버지와 어머니가 있겠지. 그러나 나는 그녀를 생각할 수 없다. 생각하고 싶지도 않다.

문 뒤의 존재, 유령이 왔다 갔다. 유령은 있는가 하다가는 어느새 사라진다. 나는 유령이 왔다는 걸 느낄 때마다 그 강력한 기운을 능가하는 이성을 가지고 마음속 이야기를 털어놓았다. 나는 줄곧 그 유령을 미스터 노바디의 묵음默音 버전이라고 생각해왔다. 일정한 간격으로 메시지를 보내지만 메시지의 수준은 일정하지 않은, 어조를 보면 황당할 정도로 야비한 놈과 철학자 사이를 오가며 경계성 인격장애 비슷한 증상을 보이는 녀석 말이다. 그걸 보면 다시 레너드가 아닌가 하는 의심이 들기도 했다. "본질은 사건, 행동, 잠재적인 것으로 이루어져 형태가 없다. 마음의 세계를 변모시키는 이러한 신비로운 주관적 판단을 깊이 생각해보시오. 제논 효과(Zeno Effect. 본질은 하나인데 수없이 다르게 보이는 현상—옮긴이)말이오! 이것을 이즈코비치, 바로 당신의 부정한 배우자에게 대입해 보시오. 노바디가."

보리스까지 들먹이는 걸 보고는 꼭지가 돌아 즉각 답신을 두드려 발송하고는 곧 후회했다. 당신 누구야. 대체 나더러 뭘 어쩌라는 거야?

"결혼하고 나서야 그 남자한테 성깔이 있다는 걸 알았어요." 롤라가 말했다. 사이먼은 엄마 무릎에서 졸고, 플로라는 푸른색의 소형 튜브 풀을 들락거리며 놀고 있었다. "하지만 그때는 애들이 생기기 전이었어요. 지금은 플로라가 아주 겁을 먹어요." 단 세 마디 문장으로 우리 사이에 떠도는 공기가 갑자기 뜨겁고 숨통이 막힐 듯 느껴졌다. 마음이 착잡했다. 나는 이렇게 말하고 싶었다. '그래도 사람을 때리거나 그러진 않지? 폭력을 휘두르지는 않는 거지? 머릿속에 맴도는 의문들은 그저 내 마음속으로 잦아들 뿐. 나는 한 마디도 입 밖에 내지 않았다. 롤라는 연둣빛 수영복을 입고 선글라스와 야구모자를 쓰고 있었다. 그녀는 임신했을 때 늘어난 체중이 아직 남아 있는 데다 아이에게 젖을 먹이느라 가슴도 커져 있었다. 그렇다, 롤라는 크고 무거웠다. 하지만 그녀를 바라보고 있으면 매력적이라는 것을 깨닫게 된다. 그것이 젊음 때문일 거라고 나는 짐작해본다. 매끄러운 피부, 몸매의 곡선. 주름 하나 없는 얼굴에 회색빛 눈, 약간 펑퍼짐한 코, 도톰한 입술은 어느 한 곳 나이 들어 보이지 않았다. 피부에 갈색 반점이나 울퉁불퉁한 정맥도, 주름살이나 처진 부분도 없었다.

"나는 저 애가 가발을 벗기는 할지 궁금해요. 피트는 그걸 무척 싫어하거든요. 그이에게 계속 이야기는 하지만, 알게 뭐예요. 교회에 갈 때는 저걸 안 써요. 내 생각에 그이가 바라는 건 예쁘고 귀여운…" 롤라는 말을 맺지 않았다. "그이는 플로라에게 문제가 있는 게 아닌가 걱정해요. 과잉행동장애나 뭐 그런 거요."

플로라는 기린 인형을 목욕시키는 데 열중해 있었는데 행동이 좀 거칠어 보였다. 아이는 풀에 무릎을 꿇고 앉아서 기린을 물에 담갔다 꺼냈다 하며 노래를 불렀다. "다, 다, 꼬마 기린—부. 붐바, 붐바! 아가야!" 기린 인형은 머리를 처박고 둥둥 떠다니고, 플로라는 새로운 놀이를 시작했다. 팔꿈치를 풀장 바닥에 대고 누워 물방울이 내 다리까지 튀도록 힘차게 물장구치기. "나를 봐, 엄마! 날 보란 말이야, 엄마. 보세요, 미아 아줌마!"

피트에 대한 내 감정이 점점 더 암울해지고 있다. 그 남자, 바보 아니냐?

피트의 아들이 꼼지락거리더니 잠에서 깼다. 아기는 작은 주먹을 자기 얼굴 앞에서 흔들면서 무릎과 등을 펴기 시작했다. 아기가 완전히 잠에서 깨어난 후, 내가 아기를 붙잡고 있을 때였다. 씨앗처럼 까만 아기의 눈이 내 눈에 멎었다. 나는 아기의 머리를 어루만지면서 아기가 젖 먹을 때가 된 건 아닐까 싶어 살폈는데, 입술을 오물거리면서 찡그리고 있었다. 나는 아기에게 말을 걸었다. 아기는 대답이라도 하듯 조그만 소리로 옹알거렸다. 잠시 후 아기는 몸을 뒤채면서 젖을 찾았다. 나의 가슴에서, 몸이 기억하고 있는 옛날의 익숙했던 감각이 느껴졌다. 나는 롤라에게 아기를 안겨주었다. 아들이 편안하게 자리를 잡고 젖을 먹기 시작하자, 롤라가 나를 건너다보며 말했다. "그 사람은 플로라를 가졌을 때 낳는 것을 반대했어요. 나는 임신을 했고, 우리는 이미 결혼하기로 되어 있었는데, 그런데 그게 아니었어요. 피트는 아직 2세에 대한 준비는 안 되어 있었던 거예요." 롤라는 의자 등받이에 몸을 기댔다. "피트는 걱정이 많은 남자였어요. 나도 그걸 알고는 있었지만. 암튼 그에게는 누나가 하나 있었는데 출산할 때부터 문제가 많았고, 정말로 발육이 부진했대요. 걸음마도 못하고 말하는 것도, 아무것도 배우지 못했어요. 누나는 일곱 살에 죽었고요. 피트는 누나 얘기하는 거 싫어해요." 롤라는 매니큐어를 칠한 손톱을 살펴보았다. "시아버지는 딸을 보러 가지 않았어요, 한 번도요. 이 모든 일이 우리 시어

114

머니한테 얼마나 끔찍한 일이었겠어요. 상상할 수 있을 거예요."

상상이 되고도 남았다. 나는 구름을 쳐다보았다. 두꺼운 새털구름이 하늘에 떠 있었다. 가느다란 목에 시나브로 가늘게 뻗어가는 머리카락 타래를 매달고 유유히 흘러가는 구름. 그리고 나는 오늘 처음으로 알게 된, 죽은 누나가 있는 젊은 남자보다는 예전에 내가 알고 있던 화 잘 내고 별볼일없는 피트였을 때가 차라리 더 마음이 편안했다는 사실을 깨달았다.

이것이 우리가 보고 있는 주변 사물에서 일반적으로 느끼게 되는 공허감일지도 모르겠다, 들판과 하늘의 모습이. 그것은 흥분, 혹은 나 자신의 말없는 절망, 혹은 돌이킬 수 없이 침체된 현재를 그저 허장성세와 횡설수설로 채우려는 욕망 때문에 그렇게 보이는 것일지도 모른다. 어쨌든 롤라가 나에게 뉴욕 생활에 대해서 물었을 때 나는 이런저런 이야기를 잇따라 끄집어내서 그녀를 흡족하게 해주며 그녀의 웃음에 귀를 기울였다. 나는 뉴욕의 무신경하고 외설적이며 이국적인 면을 강조했다. 나는 뉴욕을 잘난 체하기 좋아하는 사람들의 멈추지 않고 계속되는 축제, 돈에 환장한 사람들, 엉덩방아를 찧거나 엉뚱한 행동을 할 때 더 큰 웃음을 자아내는 광대들의 도시로 변모시켜 묘사했다. 나는 두 시인 찰리와 웨인에 대한 이야기를 들려주었다. 그들은 주먹다짐 직전까지 가며 에즈라 파운드에 대해 긴긴 대낮부터 술 취한 밤으로의 여로를 함께하며 열띤 토론을 벌였으나, 결국은 소호 빌딩의 꼭대기에서 문자 그대로 오줌 갈기기 경쟁을 벌였다. 나는 롤라에게 미리엄 헌트에 대해서도 이야기했다. 헌트는 엄청난 돈을 물려받은 나이 먹은 상속녀로, 가슴은 절벽에 성형수술을 한 얼굴로 에르메스 백을 들고 다녔다. 그녀는 자신의 이름Hunt답게 재산을 보고 쫓아다니는 젊은 남자 과학자들에게 살금살금 다가가서는 사냥을 하고 그들의 귀에 감언이설을 불어넣었다. "당신이 기획하고 있는 연구 과제에 얼마나 돈이 들 거라고 말했죠?" 나는 롤라에게 내 친구 루퍼트 이야기도 했다. 그는 성전환 수술을 반쯤 진행하다가 중단하고는 한 몸에 두 가지 성을 지니는 것이 자신의 가야 할 길이라고 마음먹었다. 나는 롤라에게 어떤 기금 조성 만찬에서 내 옆에 앉았던 80대 억만장자 이야기를 해주었다. 그는 식사하는 동안 내내 방귀를 뀌고는 하품하고, 방귀를 뀌고는 하품하고, 방귀를 계속 뀌고는 하품을 계속 해댔다. 자신의 집 화장실에 혼자 있듯 거리낌 없이 말이다. 노숙자 친구 프랭키에 대해서도 들려주었다. 그의 아이들, 형제자매들, 사촌들, 숙모와 숙부들은 가지각색의 병이나 드문 병에 걸려 일주일에 두 명꼴로 죽었다. 괴혈병, 문둥병, 뎅기열, 클라인펠터 증후군(성염색체이상 증후군―옮긴이), 렙토스피라증(발열성 질환―옮긴이), 치명적인 가족유전 불면증, 샤가스병(브라질 수면병―옮긴이) 등 병명도 다양했다. 실로 프랭키의 친척들 숫자가 너무 대단했던지라, 7번 가에서 우리가 모였을 때 프랭키는 최근에 사망한 친척들의 이름조차 헷갈려했다.

롤라의 눈은 즐거움과 호기심으로 반짝반짝 빛났다. 모든 이야기가 사실이긴 하지만, 픽션 그 이상도 그 이하도 아닌 거대 도시의 이야기에 롤라는 귀를 기울였다. 낯설게 하기, 그리고 거리 두기 방식으로 보게 되면 우리는 모두 만화 속의 등장인물이며, 갈팡질팡하는 삶을 사는 어릿광대의 얼굴을 하고, 가는 곳마다 대단한 문젯거리들을 내지르는 존재다. 그러나 가까이에서 보면 우습다는 생각은 곧 사라지고, 더럽거나 비극적이거나 한낱 슬프게만 보인다. 당신이 후미진 동네 본든에 틀어박혀 있거나 샹젤리제 거리에서 노닐고 있거나 상관이 없다. 나에게 단지 슬프게 느껴지는 일은, 내가 존경받기를 원했다는 것, 내 모습이 롤라의 눈에 반짝반짝 빛나는 존재로 투영되길 바랐다는 것이다. 나는 플로라와 하나도 다를 바가 없었다. 나 좀 봐, 엄마! 내가 옆으로 재주넘기 하는 거 보세요, 아빠! 바람이 금세 빠져버리는 튜브 풀장이 있는 셰리 버다와 앨런 버다 부부(미아에게 집을 빌려주고 여행을 떠난 집주인 부부─옮긴이)의 잡초 무성한 마당에서 미아가 언어극Verbal dance 하는 것 보세요.

그날 밤, 나는 로저 댑이 런던에서 돌아오고 있다는 소식을 알려주는 보리스의 메시지를 받았다. 그것은 로저 댑의 집에 임시로 머물던 보리스가 거처를 옮겨야 한다는 뜻이며, *일시정지*와 함께 이사를 가야 한다는 얘기였다. 당분간은 이렇게 하는 것이 '*실용적*'일 것이다. 그는 내게 이 사실을 알리고 싶어했다. 그 까닭은 그저 '*공정*'하게 처신하기 위해서. 나는 여성스러운 방식으로 이 사실을 받아들였다. 울었던 것이다.

내가 보리스에 집착하는 이유가 도대체 무엇인지 독자들이 궁금하게 여기는 것은 당연하다. 그는 아직 자기 부인인 여자에게 '실용적인' 이유로 새로운 연인과 동거하고 있다고 말하는 남자이니까. 그는 이 놀랄 만한 새로운 이사 계획이 단지 뉴욕의 부동산 문제인 양 말한다. 내가 왜 그를 원하는지 나도 의아하게 생각하고 있다. 보리스가 2년 후나 10년 후쯤에 나를 버렸다면 상처가 그리 크지 않았을 것이다. 30년은 기나긴 시간이며, 결혼해서 서로에게 길들여지면 거의 피붙이같이 되어 감정이나 대화, 유대 관계에서 서로 복잡하게 엮인 리듬을 갖게 된다. 우리는 저녁 파티에서 어떤 이야기나 일화를 하나 들으면 동시에 두 사람의 머리에 똑같은 생각이 떠올라 둘 중 누가 먼저 다른 사람이 듣게 입 밖으로 발화할 것인지 결정할 일만 남는 지경에 이르렀었다. 우리의 기억들도 뒤섞이기 시작했다. 보리스는 우리가 메인 주에서 살던 집 문간에 앉아 있는 왜가리를 우연히 본 사람은 자기였다고 부득부득 우기곤 했다. 나는 그 엄청나게 큰 새를 보고 그에게 말해줬던 사람은 나였다고 정말로 확신한다. 그런 수수께끼에는 답도 없고 입증할 기록도 없다. 단지 기억과 이미지를 담당하는 얇은, 그리고 계속 변화하는 뇌 피질만 남아 있다. 우리 중 하나가 상대방의 이야기를 들으면, 자신의 마음속에서 그 새와 만난 장면을 보고, 들었던 이야기에 따르는 정신적 이미지로 만들었던 거겠지. 안과 밖이 쉽게 뒤섞였다. 당신과 나. 보리스와 미아. 마음의 오버랩.

나는 엄마에게 *일시정지*에 관한 새로운 소식은 전하지 않았다. 그러면 *일시정지*의 존재가 기정사실이, 내가 인정하고 받아들이려던 것 이상의 현실이 되었을 것이다. 내가 인형이면 얼마나 좋을까, 플로라가 말했다. 그 애는 그 작은 인형의 집에 들어가서 자기 장난감들과 살고 싶어했다. 나 역시 책이나 연극의 등장인물이 되기를 간절히 바란다. 책이나 연극에 나오는 사건들이 대부분 잘 해결되기 때문이 아니라, 다른 곳에 쓰일 수도 있기 때문이다. 나는 생각했다. 다른 곳에 나 자신을 써넣고 새로운 관점에서 스토리를 새로 구성하리라. 즉, 내게는 보리스가 없는 게 더 낫다. 그가 설거지 말고 여지껏 제대로 가사 분담을 해준 일이 한 번이라도 있었던가? 당신이 라디오라도 되는 양 그가 자주 당신의 입을 소리 안 나게 막지 않았나? 당신이 공기처럼 하찮은 사람, 바로 미시즈 노바디, 이름 없는 여자, 식탁에서 실종된 여자인 양, 그가 수없이 당신의 말허리를 자르지 않았나? 엄마 말에 따르면 당신은 '아직도 예쁘지' 않은가? 당신은 아직도 중요한 일을 할 수 있지 않은가?

"행과 불행을 다 겪은 저명한 미아 프레드릭센은 본든에서 태어나 어린 시절을 제외하고는 60년간의 파란만장한 일생 동안 만인의 시적인 연인이자 정부였으며, 30년 동안 한 남자(동물학자이자 냉혈한)의 부인이었으며, 마침내 조화로운 노력 끝에 펜으로 부와 명예를 얻고 대부분 정직하게 살다가 회개하지 않은 채 영면했다."

혹은 : "아무도 프레드릭센이 누구인지 몰랐다. 그녀는 2009년 여름에 말을 타고 본든 마을에 들어왔다. 그녀는 안장 가방에 기름을 잘 칠한 콜트 권총을 갖고 다닌 말수 적은 이상한 여자였지만, 필요한 경우엔 그것을 사용해 치명적인 효과를 거둘 수 있었다."

혹은 : "나는 마루에 어지럽게 찍힌 그녀의 발자국을 발견했다. 그녀는 버릇처럼 자주 심오한 영감으로 신음하듯 침묵을 깼다. 그녀가 중얼중얼 내어놓는 말들 가운데 내가 알아들을 수 있는 유일한 단어는 보리스라는 이름으로, 애정을 담은 말이나 고통스러운 감정에 겨운 단어들과 짝을 이루어 등장했다. 그리고 바로 앞에 있는 사람에게 이야기하듯이, 영혼의 깊숙한 곳을 쥐어뜯는 것처럼 낮고 진지한 목소리를 뱉어냈다." 히스클리프 같은 오싹하고 냉소적인 표정을 지닌 미아의 시체는 유령이 되어 이스트 70번 가에 있는 한 맨해튼 아파트에 자주 출몰하고 있다. 이 유령은 다시 돌아오고 다시 돌아와 이즈코비치와 그의 *일시정지*를 계속 괴롭힌다.

사건의 전말은 모두 내 머릿속에 있다, 그렇지 않은가? 나는 인간이 어떤 *사건*의 경험적 실제를 규명할 수 있다고 믿을 만큼 철학적으로 순진해빠진 인물은 못 된다. 우리는 심지어 우리가 기억하는 일도 의견 일치를 볼 수 없다, 맙소사! 우리는 열 살이 된 데이지가 연극에 대한 포부를 밝힐 때 택시 안에 있었다. 아니, 우리는 지하철 안에 있었다. 택시. 지하철. 택시! 문제는 얼마나 많은 보리스가 *내 머릿속에* 있느냐였다. 보리스는 온통 내 머릿속을 헤집어놓으며 이리저리 뛰어다녔다. 내가 보리스의 실물을 다시는 못 볼지라도 내 마음속의 그는 붙박이 시스템처럼 어찌할 수가 없었다. 우리가 함께 영화를 보는 동안 얼마나 많이 그가 내 발을 주물러주었는가. 따분함을 참아가며 관절염으로 아픈 발바닥과 발가락, 그리고 한때 운 나쁘게 부러졌던 발목을 얼마나 많이 그가 안마해주었던가? 내가 욕실에서 보리스의 머리를 감겨주고 나면 그가 얼마나 많이 행복한 어린애 같은 표정으로 나를 올려다보았던가? 거부 답신을 받은 나를 위해 얼마나 많이 그가 포옹하고 위로해줬던가? 보리스는 그런 사람이었다. 그랬던 사람이 보리스였다.

나는 수업에 몇 분 늦게 도착했다. 계단에서부터 낄낄거리는 웃음소리, 비명, 귀에 익은 목소리가 조롱하듯 가락을 넣어 "오 마이 가앗!"을 외치고 있었다. 내가 강의실에 들어서는 순간, 소녀들이 조용해졌다. 내가 그들에게 다가가자 모든 눈동자가 나를 주시했다. 탁자 중앙에 무언가 놓여 있었다. 얼룩덜룩한 뭉치 하나. 이게 뭐지? 피 묻은 크리넥스.

"누구 코피 흘린 사람 있니?"

조용. 나는 가까이에 있는 일곱 명의 얼굴을 둘러보았다. 어릴 때 이후로 사용해본 적이 없는 '코피'라는 단어가 하필 그때 떠올랐다. 이게 무슨 일이래? 코를 다친 사람은 아무도 없었다. 나는 엄지와 집게손가락만으로 더러워진 종이 가운데 아직 깨끗한 부분을 잡고 쓰레기통으로 직행했다. 그리고 누가 내게 '피 묻은 크리넥스의 미스터리'에 대해 설명해줄 건지 질문을 던졌다. 그때 파란색 2인승 자동차를 타고 있는 낸시 드루(유명한 소녀 탐정 캐릭터─옮긴이)의 한 장면이 머릿속으로 재빠르게 스쳐 지나갔다.

"저기에 그게 있었어요. 우리가 들어왔을 때부터. 너무 더러워서 아무도 건드리려고 하지 않았어요. 경비 아저씨나 누가 그걸 저기다 갖다놓은 게 틀림없어요." 애슐리가 말했다.

나는 제시카가 입술을 꼭 깨무는 것을 보았다.

"짜증나요. 도대체 어떤 사람이길래 저걸 저렇게 내버려둘 수 있어요?" 엠마가 말했다.

앨리스가 굳은 표정으로 탁자를 쳐다보았다.

니키는 쓰레기통을 힐끗 보더니 인상을 팍 썼다. "저런 사람들, 정말 지저분해요."

조앤은 적극 찬성하는 듯 고개를 끄덕였다. 페이턴은 당혹스러운 표정이었다.

"피 묻은 크리넥스보다 더 더러운 것이 많아요. 자 오늘 우리가 배워볼 부분으로 들어가봅시다. 주제는 '난센스.'"

나는 시로 무장했다. 동요, 오그덴 내시, 크리스토퍼 이셔우드, 루이스 캐럴, 앙토냉 아르토, 에드워드 리어, 제러드 맨리 홉킨스. 피 묻은 휴지에 관심을 쏟는 소녀들에게 의미 체계를 뒤엎는 즐거움을 선사하고 싶었다. 우리는 모두 시를 썼다. 소녀들은 재미있어하는 것 같았다. 나는 페이턴이 지은 시를 칭찬했다.

수업이 끝날 무렵, 앨리스가 조금은 울적한 난센스 시 〈거친 황야에서 외로이…〉를 읽고 있을 때 애슐리가 기침을 심하게 하기 시작했다. 그녀는 물을 마셔야겠다며 강의실을 빠져나갔다.

수업이 끝나자 패거리들은 모두 우르르 몰려나가고 앨리스만 남아 늑장을 부리고 있었다. 시무룩하기는 했어도 희색 티셔츠에 짧은 바지를 입은 모습이 그날따라 유난히 예뻐 보였다. 그 애한테 다가가 말을 걸려는데 뒤에서 누군가의 소리가 들렸다.

알고 보니 제시카의 엄마로, 짙은 색 금발 머리를 유행하는 스타일로 손질하고 스프레이를 뿌린 30대의 통통한 여자였다. 표정을 보니 그녀가 아주 심각한 얘기를 하러 왔다는 걸 대번에 알 수 있었다. 제시카의 엄마나 제시카 자신도 *나의* 시 창작 수업 같은 것에는 별로 기대를 걸지 않았던 모양이다. 내가 소녀들에게 고심 끝에 D. H. 로렌스의 시 한 수를 소개해준 것이 제시카 엄마의 방문 이유였다. 이 작가의 이름을 거론하는 것만으로도, 아직까지는 꽃가루받이 역할을 해보지 않은 본든의 일곱 송이 꽃들에게 위험의 징조가 되는가 보았다. 내가 D. H. 로렌스의 시 〈뱀〉은 주의 깊게 그 동물을 지켜보는 한 남자와, 그 동물을 놀라게 한 미안함에 대한 시라고 설명하자 제시카의 엄마는 이를 꽉 다물었다. "우리한테는 우리 나름의 신념이 있어요." 그녀는 미련해 보이지 않았다. 위험해 보였다. 본든에서는 소문, 작은 입방아, 그리고 중상모략일지라도 일파만파 빠른 속도로 퍼질 수 있었다. 나는 모든 신념을 존경한다는 명백한 거짓말로 그녀를 달랬다. 이야기가 끝났을 때 나는 그녀의 걱정을 진정시켰다고 느꼈다. 그러나 하나의 형 선고가 내게 남았다. "하나님은 이 문제에 눈살을 찌푸리고 계셔요. 선생님께 다시 한 번 말씀드리지만, 하나님은 눈살을 찌푸리고 계시다고요." 나는 그, 로캬트 부인의 아버지 하나님을 보았다. 하늘을 가득 채우고 있는 그는 정장에 넥타이 차림, 그리고 말끔히 면도한 얼굴에 미간을 찡그리고 있으며, 설득이 불가능한 고집스러운 사나이로 유머 감각이라곤 약에 쓸래도 찾아볼 수 없는 고집불통 요지부동의 연인, 바로 전형적인 검열관이었다.

나는 앨리스를 찾아보았으나 이미 사라지고 없었다.

미스터 노바디와 진작부터 이메일을 주고받고 있었다는 사실을 나는 이제야 고백한다. 그가 누구이며 무엇을 원하느냐는 내 물음에 그가 답했다. "나는 당신의 목소리들 가운데 하나, 마음에 드는 걸로 고르면 된다. 예언자의 목소리, 무지렁이의 목소리, 한 시대의 웅변가 목소리, 소녀의 목소리, 소년의 목소리, 늑대의 으르렁거림, 울부짖음, 쩍

쩍거리는 소리. 나는 고통스럽기도 하고, 나약하기도 하며, 화를 내다가 상냥하게 굴기도 한다. 불시에 나타나서 당신에게 말하는 그 목소리가 바로 나다."

나는 외로움에 떠밀려, 죽도록 고통스러운 정신적 허기를 느꼈기에 이메일의 유혹에 넘어가고 말았다. 보리스는 나의 남편이지만, 또한 나의 대화 상대이기도 했다. 우리는 서로 가르침을 주고받았다. 그런 그가 사라지자 더 이상 함께 춤을 출 사람이 아무도 없었다. 나의 시인 친구들에게 편지를 썼지만, 보리스의 동료 대부분이 신경과학의 세계에 처박혀 있는 것과 마찬가지로 시인들은 시의 세계에 갇혀 있었다. 미스터 노바디는 길길이 뛰는, 회오리바람 같은 사내였다. 그는 거의 한 숨도 쉬지 않고 라이프니츠의 단자론에서 하이젠베르크, 코펜하겐의 닐스 보어(1922년 노벨물리학상 수상자—옮긴이)에서 월리스 스티븐스로 건너뛰었다. 알아듣기 어렵기는 했지만 나는 나도 모르게 재미를 느껴 답장을 썼다. 반론을 펴고, 새로이 떠오르는 논거들을 주장하는 내용을 써서 그에게 보냈다. 그동안 주고받은 정보를 종합해보면 그는 확고한 반유물론자였다. 그는 대니얼 데닛과 퍼트리샤 처치랜드와 같은 물리주의자들에게는 침을 뱉고, 독보적인 포스트 뉴턴주의자들에 대해서는 칭찬을 아끼지 않았다. 현기증이 날 때까지 두뇌를 회전시켜 끝장을 보려는 것처럼 보이는 잡식성 지식인 미스터 노바디. 그는 납득하기 어려운 존재였지만, 재미있었다. 그에게 메일을 쓸 때면 늘 레너드의 모습을 보는 것 같았다. 대부분의 사람들은 결국 이미지를 찾게 된다. 형상화해서 떠올릴 수 있는 누군가가 필요하다. 그런 식으로 나는 미스터 노바디에게 얼굴을 만들어 씌웠던 것이다.

그날 밤 나는 꿈을 꾸었다. 내가 잠들어 있던 작은 침실의 화장대 위에 불상이 놓여 있는 꿈. 침대를 기어 내려왔는데 불빛이 희미하기는 해도 사방의 벽이 젖어서 반짝반짝 빛난다는 것은 알 수 있었다. 손을 뻗어 축축한 벽면을 손가락으로 찍어 입에 넣어봤더니 피 맛이 났다. 그때 옆방에서 아이가 비명을 지르는 소리가 들렸다. 나는 문 밖으로 뛰어나가다 바닥에서 하얀 헝겊 뭉치를 발견하고는 풀어 헤쳐 아이를 꺼내려 했다. 그러나 내가 아무리 뭉치를 풀고 풀어도 끝이 없다는 걸 깨달았다. 나는 꿈에서 깨어나 숨을 몰아쉬었다. 나는 꿈이 시작되었던 방에서 잠을 깼으나 그 이야기는 끝난 게 아니었다. 비명 소리가 계속되고 있었던 것이다. 내가 아직 잠을 자고 있는 것일까? 그건 아니다. 심장박동 수가 높아졌다. 그제서야 그 소리가 옆집에서 나고 있다는 사실을 알 수 있었다. 큰일이네, 피트가 또! 이 생각밖에 떠오르지 않았다. 나는 급하게 가운을 걸쳐 입고 마당을 가로질러 뛰었다. 노크도, 초인종을 누를 사이도 없이 집 안으로 뛰어 들어갔다.

가발을 쓰지 않은 플로라가 갈색 곱슬머리를 드러내고 거실 바닥에 엎드려 비명을 지르고 있었다. 그 애의 조그만 얼굴이 분에 못 이겨 자줏빛이 되었고, 달아오른 두 뺨에는 눈물과 콧물이 흘러내린 채, 발꿈치로 의자를 걷어차고 주먹 쥔 손으로 바닥을 내리치고 있었다. 사이먼은 위층 침실에서 자지러지게 울고 있었다. 내 앞에 애슐리가 보였다. 애슐리는 플로라에게서 한 걸음 정도 떨어져 서서 그 애를 멍하니 내려다보고 있었다. 애슐리의 입술이 한 번 바르르 떨렸다. 그때서야 애슐리는 누군가 들어온 것을 알아차리고, 바로 그게 나라는 것을 알고는 곧바로 속수무책이라는 듯, 체념하는 표정이 되었다. 나는 얼른 플로라를 팔로 안아 올려서 꼭 끌어안았다. 아이의 발작은 그래도 멈추지 않았다. 나는 플로라에게 말을 걸기 시작했다. "미아 아줌마란다. 우리 귀염둥이. 미아 아줌마가 왔어. 왜 그러니?" 그때 그 애가 비명을 지르고 있는 것을 깨달았다. "나 숨 막혀! 숨!"

"이 아이 가발은 어쨌어?"

애슐리가 나를 쳐다보았다. "멀리 던져버렸어요. 너무 더러워서."

"당장 그걸 가져와!" 나는 애슐리에게 버럭 고함을 질렀다.

플로라가 '숨'을 되찾는 사이에 몸부림이 멎었다. 나는 훌쩍거리는 아이를 팔로 안은 채 사이먼을 돌봐주러 위층 침실로 올라갔다. 나는 플로라에게 사이먼을 살펴보려면 너를 내려놓아야 하니 그동안 내 다리를 잡고 있으라고 일렀다. 사이먼의 작은 몸이 울다 지쳐서 경련을 일으키고 있었다. 나는 아기를 안아서 조용해질 때까지 흔들어주었다. 나는 아기를 안고 플로라를 다리에 매단 채, 한 몸에 머리가 셋 달린 사람이 되어 천천히 계단을 한 계단 한 계단 내려가 거실로 돌아왔다.

내가 좀 전에 이 집에 들어왔을 때 맨 처음 보았던 애슐리의 모습은 없고, 대신 그 자리에 수업 시간에 봤던 애슐리의 모습이 보였다. 내가 오자 안심한 애슐리. 겁에 질려 있던 애슐리. 플로라가 땅콩버터를 가발에 온통 묻히자 어떻게 해야 할지 몰랐던 애슐리. 사이먼을 안아주려 했지만 플로라를 떼어놓기가 두려웠던 애슐리는 없다. 이제 상황이 완벽하게 이해되었다. 네 살도 안 된 아이 둘을 열세 살짜리에게 맡기고 자리를 비우다니, 롤라와 피트 모두 정신이 어떻게 된 거 아냐? 애슐리에게 다른 얘기는 하지 않았다. 그저 다 이해한다고만 말했다. 내가 그 애한테 무슨 말을 할 수 있었겠는가? 여기 들어왔을 때 너를 보고 깜짝 놀랐다는 이야기를 하라고? 너의 멍한 눈과 떨리는 입술을 보고 상황을 짐작했었다는 이야기? 이런 통찰력은 사회적 담론에서는 중요하지 않다. 내가 생각한 것이 맞을지도 모르지만, 그것을 말로 표현하게 되면 말도 안 되는 소리처럼 들릴 것이다. 우리 셋이 소파에 자리를 잡고 나서, 애슐리더러 사이먼의 우유병을 갖다 달라고 부탁하고는 그녀를 집으로 돌려보냈다.

두 아이 모두 기진맥진한 상태였다. 사이먼은 우유를 먹고 나서 곯아떨어졌다. 그 애의 작은 고사리손이 내 가슴팍으로 파고들었다. 플로라는 내 허리께에 찰싹 달라붙은 채 머리를 내 배에 기댔다. 우리는 잠이 들었다.

나는 롤라의 손길에 잠이 깼다. 그녀는 손으로 내 이마의 머리카락을 쓸어 올리고 있었다. 현관에서 발자국 소리가 들렸다. 허세를 피우거나 혹은 불쌍하게 느껴지는(내 기분에 따라 그때그때 다르게 보이는) 피트였다. 내 품에 있던 사이먼을 롤라가 안아 올리는 것이 느껴졌다. 그녀에게서 술 냄새가 났다. 그녀의 눈에 물기가 차올라 어쩐지 센티멘털하게 보였다. 나는 간략하게 상황을 이야기해줬다. 그녀는 미소만 지었다. 목선이 깊이 파인 반짝거리는 탑에 꼭 끼는 청바지를 입고 있는 나의 성모 마리아. 나를 내려다보고 있는 그녀의 양쪽 귀에 그녀가 직접 만든 에펠탑 모양의 금귀고리가 흔들리고 있었다.

  S 박사와 나는 보리스의 이사 문제에 대해 긴 이야기를 나눴다. 나는 이야기를 하면서 눈물샘이 고장 난 사람처럼 계속 눈물을 흘렸다. 그리고 나서 피 묻은 크리넥스, 앨리스가 인사도 없이 가버린 것, 로콰트 부인의 항의와 애슐리의 표정 등에 대해 말했다. 나는 "뭔지는 모르지만 음모가 진행되고 있다는 느낌이 들어요." 그러면서 마녀들이 악마의 연회에서 두꺼비를 삶는 장면을 상상했다. 소녀들이 인기를 얻으려고 음모를 꾸미는 데 열중하는 것은 충분히 있을 수 있는 일이라고 S 박사도 동의했지만, 악의가 있다는 증거가 더 있어야 한다고 했다. S 박사는 내가 피에 관한 꿈을 꾼 것에 더 관심을 보였다. 헝겊 뭉치. 변화. 더는 아이를 못 가짐. 이웃집 아기들. 가임기가 끝나가면 슬픔에 잠기게 되고 갈망이 생긴다. 그 갈망은 피를 흘리던 시기로 돌아가고자 하는 것이 아니라, 한 달 주기로 꾸준히 반복되는 그 자체, 바로 보이지 않는 인력에 대한 달 자체의 갈망이다. 당신도 한때는 이러

한 여인들의 반열에 올랐던 존재였다. 다이애나, 이슈타르와 마르돌(둘 다 북유럽신화에 나오는 풍요의 여신—옮긴이), 아르테미스, 루나, 알비온, 갈라타(그리스신화에서 헤라클레스와 맺어져 골족(프랑스)의 조상이 된 여신—옮긴이). 보름달처럼 차오르다가 그믐달처럼 이지러지는 아가씨, 엄마, 쭈그렁 할머니.

   수업 시간에 나는 애슐리의 얼굴에서 나도 모르게 어제의, 그 겁에 질렸던 베이비시터의 흔적을 찾고 있었다. 그러나 그녀에게는 아무런 흔적도 없었다. 다른 소녀들은 약간 마지못해 협조하는 것 같긴 했지만, 어쨌든 휴대폰을 압수할 필요까지는 없었다. 그리고 앨리스, 앨리스는 행복해 보였다. 아니 행복한 것 이상으로 보였다. 그녀는 의기양양해 보였다. 나는 앨리스의 표정이 이렇게 밝은 것을 지금까지 한 번도 보지 못했다. 그녀의 눈이 반짝반짝 빛나고 있었다. 그녀가 지은 시는 내가 전에 받았던 느낌과는 전혀 성격이 다른 재즈풍의 분위기였다. "나는 오늘 내 생각들을 큰 소리로 노래한다 / 혜성 하나를 노래하며 / 구름 속을 거닐며 / 태양 위에서 춤추며." 무슨 일인가가 벌어지고 있어, 나는 혼잣말을 했다. 앨리스는 마지막까지 강의실에 남아 있었다. 그녀에게는 흔히 있는 일이지만. 그녀는 책상 옆에 서서 조심스럽게 노트와 펜을 가방에 집어넣으면서, 알아듣기 어려운 곡조 몇 소절을 콧노래로 불렀다.

"기분이 좋아 보이는구나."

앨리스는 나를 올려다보며 살짝 웃었다. 그녀의 치아교정기가 창문에서 들어온 빛을 받아 반짝, 은색으로 빛났다.

"즐거운 일이라도 있니?"

앨리스가 고개를 끄덕였다.

나는 격려하듯이 그녀의 앳된 얼굴을 쳐다보았다.

"선생님은 바보 같다고 할지 모르겠지만, 메시지를 하나 받았어요. 멋진 메시지요. 내가 좋아하는 남자애가 보내준 거예요." 앨리스가 말했다.

"그건 바보 같은 게 아니지. 나도 기억나. 그게 얼마나 멋진 일인지 알 것 같아."

문 앞까지 같이 걸어가면서 나는 앨리스에게 글쓰기를 계속 해보라고 말했다. 앨리스는 웃음을 터뜨렸다. 그녀의 웃음소리를 들은 것은 그때가 아마 처음이었던 것 같다. 밖에 나오자 그녀는 팔랑팔랑 계단을 뛰어 내려가 뒤돌아서서 나를 보고 손을 흔들어준 다음 달려가기 시작했다. 그 구역을 한참 지나서야 숨이 찬 듯 앨리스는 걷기 시작했다. 그녀의 가벼운 걸음 한 걸음마다 기쁨이 손에 잡힐 듯 가득했다.

제인 오스틴의 《설득》. 지금 나를 생각에 잠기게 만든 책의 제목이다. 엄마는 백조들과의 다음번 북클럽 모임에 대비하여 그 책을 읽고 있는데, 백조들은 이 작품에 대한 소개의 말을 몇 마디 해달라고 나를 초대했다. 미아, 정부학情婦學 학위 소지자인 나를.《설득》은 미루어진 사랑의 이야기, 즉 발견했다가, 잃어버렸다가, 다시 찾은 사랑의 이야기다.《설득》의 여주인공은 주위 사람들에게 설득당해 그를 포기한다. 설득 : 영향을 주고 흔들고, 마음을 움직이고, 유혹하고, 언질을 주고, 찍어 누르고, 구워삶고, 확신하는 말, 대부분 나약하고 취약한 지점을 자극하는 말들로 이루어지는 일. 남자들은 달콤한 꿀을 바른 듯한 혀를 놀려 여자들이 허벅지를 벌리도록 설득하고, 여자들의 저항을 무력화시키는 번지르르한 헛소리를 지껄여댄다. 앙큼한 여자들은 남자들에게 이런저런 죄를 저지르라고 부추긴다. 방아쇠에 진주 장식이 박힌 작은 권총을 지갑 안에 숨기고 남자를 유혹하는 영화 속의 그 차가운 여자처럼. 속사포처럼 말하는 여배우 로잘린드 러셀은 〈그의 연인 프라이데이His Girl Friday〉라는 영화에서 캐리 그랜트에게 딱딱거리는 대사를 계속 퍼부어댄다. 언어극으로서의 사랑.《아라비안 나이트》의 세헤라자데는 매일 왕에게 밤새 끊이지 않고 재미있는 이야기를 들려주어 살아남는다. 음유시인들은 아가씨를 위해 주위를 서성이며 노래를 부른다. 나는 말과 음악에서 그녀를 이기리라. 나는 인간을 해부해 장미와 별과 바다로 바꾸리라. 나는 가장 사랑하는 이의 몸을 은유로 해부하리라. 나는 그녀를 찬양하리라. 나는 그녀를 재치로 유혹하리라. "우리에게 마냥 공간이 충분하고 시간이 끝없다면…"(17세기 영국 시인 앤드루 마블의 시 〈To His Coy Mistress〉의 한 부분—옮긴이) 나는 이야기를 해주리라. 나는 하룻밤 이상 살아남으리라. 희극은 결혼함으로써 끝나고, 비극은 죽음으로써 끝난다. 그러지 않으면 그렇게 다를 리가 없다. 결국 세헤라자데는 자기를 죽이고 싶어했던 남자(왕)를 감동시키지만, 그 왕은 그때까지 그녀를 죽이려는 생각에 골몰해 있었다. 앤 엘리엇은 프레더릭 웬트워스 대령(오스틴의 소설 《설득》의 남녀 주인공—옮긴이)을 감동시킨다. 결말은 금방 나온다. 오스틴은 이 이야기를 들려주면서 '결혼'으로 돌아오라고 설득하지만, 오스틴은 머릿속으로 그들이 결혼에 이르기 전에 허무한 헤어짐의 기간을 6년 동안이나 견뎌냈다는 것을 알고 있다. 미아와 보리스의 이 이야기도 결혼 생활이 난해한 상태에서 시작된다. 수년 동안 섹스도 하고 대화도 하고 부부 싸움도 하고 나서부터. 미아와 보리스의 이야기가 희극이 되려면, 스탠리 캐블(세계를 수용하고, 타인의 마음을 '인정'해야 한다고 주장한 20세기 미국의 철학자—옮긴이)의 영역에 들어가야 한다. 즉, 반복되는 희극, 이미 결혼한 사람들이 다시 화해하는 희극이 되어야 하는 것이다. 스탠리 캐블은 우리에게 뜻이 분명한 괄호( )를 제시한다. ("인간은 변화할 수 있는가? 파경을 맞았다가 재결합하는 희극들을 보고 웃고 우는 것은 이 질문에 대한 훌륭한 답이 없음을 말해준다고 할 수 있다.")

엘리아 학파는 변화와 운동을 믿지 않았다. 언제 하나의 사물이 본질을 버리고 다른 사물이 되는가? 디오게네스가 침묵 속에 왔다 갔다 하고 있다.

우리는 변화하면서도 본질을 유지할 수 있을까? 나는 기억한다. 나는 잊지 않는다.

사랑하는 보리스에게

나는 욕조 안에서 시가를 피우던 당신을 떠올리고 있어. 버클리에서 당신의 지퍼가 고장 났던 날을 생각하고 있어. 어느 여름이었는데, 당신이 팬티를 입지 않은 날이었어. 그리고 강연을 해야 했기 때문에 당신은 셔츠 자락을 밖으로 끄집어내서 가리고는, 바람이 불어서 300명 넘는 청중에게 당신의 페니스, 일명 시드니가 드러나지 않기만을 바랐었지. 나는 지금 세월의 흐름, 우리가 싸우다가 휴전했던 일들을 돌아보는 중이야. 그리고 당신이 가끔가다 나더러 빨강 머리, 곱슬머리, 불난 머리라고 불렀던 일, 그리고 당신의 배가 좀 나오기 시작한 후로 내가 당신을 올리(올리비에 던레아의 그림책 《올리》에 나오는 주인공 알의 이름—옮긴이)라고 놀렸던 것, 침대에서는 벌거숭이 이즈코비치라고 했던 일도 생각나. 본든은 약간 활기가 부족하고 날씨가 뜨겁기는 해도 모든 것이 그리 나쁘지는 않아. 나는 베아, 그리고 그 다음엔 데이지가 방문하기를 기다리고 있는 중이야. 엄마는 건강하셔. 그리고 나는 슈테판에 대해서도 생각하고 있었는데, 다른 건 아니고 밝았던 시절, 그 웃음, 톰킨스 플레이스에 있는 오래된 아파트에 있던 삼총사만을 생각했어. 이건 정말이야.

사랑해, 미아가

S 박사는 나에게 주술적인 사고에 대한 이야기를 들려주었다. 그녀

134

가 옳았다. 우리는 우리의 말이 현실이 되기를 바랄 수 없다. 많은 것들이 우연, 우리가 통제할 수 없는, 그리고 다른 사람들에 의해 좌우된다. 그녀는 보리스에게 이메일을 쓰는 것이 나쁘다고는 말하지 않았다. 그러나 좋은 생각이라고도 하지 않는다. 이런 점이 그녀의 매력이다.

롤라가 나한테 귀고리를 갖다주었다. 크라이슬러 빌딩 미니어처 한 쌍. 나는 그녀에게 크라이슬러 빌딩이 뉴욕에서 내가 좋아하는 건물이라고 말해주었다. 롤라는 그것이 가느다란 금줄로 만든 것이라고 두 번이나 설명했다. 귀고리를 받으면서 나는 크라이슬러 빌딩 근처에 있었던, 한 쌍의 쌍둥이로 세워진 뉴욕의 그 빌딩(9·11 테러로 파괴된 세계무역센터—옮긴이)을 떠올리지 않을 수 없었고, 그 순간 슬픔이 밀려들어 한동안 말을 할 수 없었다. 하지만 나는 그녀에게 진심을 다해 감사의 말을 건네며 귀고리를 걸었다. 그러자 롤라가 미소를 지었다. 그녀가 미소 짓는 것을 보고, 나는 그녀가 퍽이나 고요하고 편안하며 침착하다는 것을 깨달았다. 느긋함과 잇닿아 있는 이런 비슷비슷한 품성들이 나를 끌어당기는 그녀의 매력이었다. 나는 그녀의 머릿속에서 이루어지는 대화 역시 평온할 것이라고 생각했다. 나의 뇌는 잡동사니를 쌓아두는 창고였다. 첨예한 협상거리를 놓고 서로 의견을 개진하고 토론하고 날카롭게 비판하다가는 모두 뒤엎고 처음부터 다시 시작하는, 수많은 사람들의 반대 의견으로 홍수가 난 말들의 창고 같았다. 때로는 머릿속에서 웅얼거리는 그런 소리들로 녹초가 되기도 했다. 그러나 롤라는 조용하면서도 상대방을 지루하게 만들지 않는 재주가 있었다. 나는 아주 따분하게 만드는 사람들을 많이 만나봤다. 그런 사람들의 내부에는 회의와 심의를 거치는 기관이 없는 것같이 보인다(독선적인 바보). 또 다른 사람들은 복잡한 사고를 수용할 수 있는 넉넉한 공간이 내부에 있음에도 불구하고 자신만의 견고한 상자 속에 갇혀 있어 대화가 통하지 않는다(죽은 지식인). 대화 상대로서 롤라는 그렇게 독창적이거나 재치가 넘치지는 않지만, 어쨌든 앞의 두 범주에는 속하지 않았다. 그녀의 이야기를 듣고 있을 때는 잘 모르지만, 그녀의 신체 동작에서는 어떤 통찰력 같은 것이 느껴진다. 얼굴 표정이 조금씩 바뀌고 손가락을 가만가만 움직이거나 어깨에서 새로운 긴장이 느껴질 때면 롤라가 얼마나 집중해서 듣고 있는지 알 수 있다. 그녀는 플로라의 셔츠를 갈아 입히거나 사이먼의 턱받이를 갈아줄 때조차 귀 기울여 들을 수 있는 듯했다. 롤라에게 말하지 않았지만 내가 그녀에게 감탄하고 있다는 걸 혹시 알고 있는 건 아닌지, 살짝 의심이 되기도 한다.

그 크라이슬러 빌딩 귀고리를 선물 받은 날은 내가 혼동하지 않았다면 토요일이 맞을 것이다. 나는 가끔 요일과 날짜를 잘 혼동하는 편인데, 내가 기억하기로는 그날이 맞는 것 같다. 사이먼은 안전벨트를 잘 맨 채 유모차 안에서 잠들어 있고, 플로라의 가발은 머리 위에 없었다. 그 애는 그것을 팔로 꽉 끌어안고 있다가 굵게 땋은 가닥 하나를 빨면서 뭔가 자신만의 생각에 빠져 있는가 싶더니, 갑자기 멈추고 침실로 뛰어 들어가 집주인 교수의 불상을 들여다보았다. 두 아이와 롤라 모두 유난히 맑고 생기가 돌았다. 그들은 화이트 베어 레이크(미네소타 주 워싱턴카운티에 있는 도시—옮긴이)에 있는 롤라의 친정 부모 집으로 떠날 예정이라고 했다. 내가 아이들의 차림을 보고 칭찬하자, 롤라가 한숨을 내쉬며 말했다. "이 상태가 계속된다면 얼마나 좋겠어요. 우리가 거기에 갈 때마다 플로라는 포도주스를 엎지르고, 사이먼은 토하고, 난 온통 끈적끈적해지고 그런 적이 몇 번인지 몰라요. 애들 갈아입힐 여벌옷을 차 안에 준비해뒀어요."

그날 플로라는 나에게 모키를 소개했다. 모키에 대해 설명하면서 플로라는 몸을 앞뒤로 흔들었다. 아랫입술을 내밀었다 두 입술을 함께 내밀기도 하고, 고개도 이리저리 움직였으며, 말하면서 계속 문장과 문장 사이에 깊은 숨을 들이마셨다.

"그는 오늘 나빴어요. 너무 떠들었어요. 너무 시끄러웠어요. 그리고 뛰고."

"뛰었어?"

플로라는 나를 보고 싱긋 웃더니 달아오른 듯 눈을 치켜떴다. "집에서 뛰었어요. 그리고 날았어요."

"날 수 있어?"

그 애는 흥분해 고개를 끄덕였다. "근데 빨리 갈 수 없어요. 이렇게 천천히 날아요." 그 애는 공중에서 헤엄치듯 발과 팔을 움직이면서 시범을 보였다.

그리고 나한테 바짝 다가와서 말했다. "천장 위하고 창문 위에서 그리고 차 위에서 뛰었어요!"

"와우." 내가 말했다.

플로라는 모키에 대해서 계속 웅얼거렸다. 아이의 엄마가 미소를 지었다. 그들은 모키를 기다려야 했다. 모키가 빈둥거리고 있었기 때문이다. 모키는 초콜릿칩 쿠키, 바나나, 레모네이드를 좋아했다. 그리고 길고 예쁜 금발에, 힘도 세서 무거운 물건도 번쩍번쩍 들어 올릴 수 있었다. "트럭 같은 것도!"

플로라의 상상 속에 살고 있는 모키. 롤라네가 떠난 뒤 잠시 동안 나는 이미지와 실제, 소원 성취, 판타지, 우리가 자신에 대해 자기에게 이야기하는 것들에 대해 곰곰 생각했다. 상상의 제국은 거대하다. 그 경계도 모호하다. 그리고 어디서부터 시작되어 어디에서 끝나는지 아무도 모른다. 우리는 단체협약을 통해 환상을 그린다. 자기가 해로운 광선을 내뿜고 있다고 믿는 남자가 있는데 실제로 주위의 아무도 전혀 해를 입지 않을 경우, 우리는 그 남자가 이런저런 병으로 고통받고 있다는 병리학적 진단을 내리고 격리병동에 보내면 된다. 그러나 그 남자의 환상이 너무 생생하고, 이웃에게도 영향을 미친다고 생각해보자. 그때 이웃 사람이 머리가 깨질 듯이 아프고 주문을 내뱉기 시작하면서 뒤이어 히스테리가 전염병처럼 번져 온 마을 사람들이 헛구역질을 한다면, 여기에는 *모호함*이 있을 수 없다. 그 구토는 진짜다. 나는 생메다르 성당 광장에서 마구 뒹굴며 제 몸을 쥐어뜯고 상처 내는 광란의 여자들에 대해 생각했다. 그들은 소름끼치는 목소리로 헛소리를 지껄이며, 희열을 주체할 길 없어 온몸을 비틀고, *모든 것*을 영광스럽게 파괴했다. 그리고 나는 정신착란 상태에서 어떤 생각을 했던가? 나는 생각했다, 보리스가 '그들'과 공모해서 나를 궁지에 몰아넣는다고. 이것은, 내게 일어나는 일들에 저항하는 발악이나 사실로 *보이려는* 진심 어린 호소도 아니고, 불쌍한 위니처럼 내 목까지 파묻어도, 다른 사람들의 욕망에 대한 진부한 표현이나 신기루에 묻지 않는, 망상이라고, 생각했다. 베케트는 알았다. *그들이* 공모해서 나를 왜곡하지 않았던가? 입센의 《인형의 집》에서 노라는 타란텔라(경쾌하고 정열적인 이탈리아 춤곡—옮긴이) 춤을 춘다. 그것은 통제할 수 없었다. 너무 격렬해서. 애비게일은 온 마을을 흡입하는 진공청소기를 숨기고 있다. 너무 격렬한. 나는 우리 아버지의 눈썹을 보고 어떤 일이 옳지 않은지 알 수 있고, 우리 엄마의 입을 보고 어떤 일이 타당하지 않은지 알 수 있으며, 보리스가 눈살을 찌푸리는 것을 보고 내 목소리가 너무 크다는 걸, 너무 단호하다는 것을 알 수 있다. 나는 너무 격렬하다. 나는 모카다. 나는 집에서 뛰어다니고 있다. 하지만 날지는 못한다.

나는 그 1998년 4월 23일에 시드니를 본 사람은 당신뿐이라는 걸 굳게 믿어.

보리스

나는 이걸 읽으면서 미소를 지었다. 물론 그는 그 날짜를 알고 있었을 것이다. 그의 뇌 속에는 달력이 거의 통째로 들어 있으니까, 젠장, 빌어먹을! 보리스의 열린 바지 지퍼 사이로 내가 출격 명령을 내리자 차렷 자세를 취한 작은 병사 시드니가 튀어나왔고, 내가 그 병사를 덮쳤던 일을 보리스가 기억하고 있다는 사실이 기뻤다. 오 시드니, 지금 어디서 무얼 하고 있는 거야? 왜 무단이탈을 한 거니, 옛 친구야? 너는 물론 결코 그리 영민한 친구는 아니었지. 너의 다른 형제들과 마찬가지로 너는 네 주인의 악어 뇌(대뇌생리학자인 폴 D. 마크린은 인간의 뇌에 기본적인 생명활동을 담당하는 '파충류의 뇌'(일명 '악어 뇌')와 하등 포유류의 뇌, 대뇌신피질이 발달한 신포유류의 뇌가 공존한다고 주장했다.─옮긴이)에 해당하는 바보 같은 연장 구실밖에는 못하니까. 하지만 난 아직도 궁금해서 미치겠어, 나의 오랜 친구야, 대체 무슨 이유로 지금 이런 얘기를?

당신은 이렇게 말할 것이다. 이제 곧 우리는 어떤 고비에 다다르거나 갈림길을 만나겠군. *액션*이 나오겠어. 아주 사랑스럽고 나이든 의인화된 페니스 이상의 뭔가가 나오겠지, 미아가 여기저기 삼천포로 빠져 방종한 일탈행동을 하겠군, 유령과 이름 없는 사람들과 상상의 친구들이 등장하겠네, 죽은 사람들이나 *일시정지*나 남자들의 음란한 이야기가 나오겠다. 제발 아무쪼록, 이런 늙은 아줌마들이나 소녀 시인들 중 하나나 마음 유순한 젊은 이웃집 여자나 하포 막스의 네 살 이전의 뒤뚱거리는 이야기 혹은 갓난아기 사이면이라도 뭔가 *보여주겠*

지. 나는 그들이 그럴 것이라고 장담한다. 어떤 음모가 나온다. 아, 맞다. 어떤 마녀가 스튜를 끓이려는 음모가 나온다. 내가 겪어봐서 안다. 하지만 내가 거기에 이르기 전에 당신, 저기 있는 친절한 당신에게 말해두고 싶다. 당신이 지금 나와 함께, 이 페이지에 있다면, 내 말인즉슨 당신이 이 단락까지 읽었다면, 당신이 포기하지 않고 나, 미아를 보내 그 방을 날아다니게 한다거나, 당신이 그러지 않더라도, 지금 당장은 아무런 일도 일어나기를 기대하지 않을지라도, 다시금 나를 책 속에 데려다놓고 지금도 읽고 있다면, 그땐 나는 당신에게 손을 뻗어 당신의 얼굴을 내 두 손으로 감싸고 당신에게 키스를 퍼붓고 싶다. 당신의 두 뺨과 턱, 그리고 이마에 온통, 그리고 (다양한 형태를 지녔을) 당신들의 콧잔등에 키스를 하고 싶다. 왜냐하면 나는 당신들의 것, 당신들 모두의 것이기 때문이다.

내 마음이 이렇다는 걸 당신들이 알아주기를 바랄 뿐이다.

앨리스가 수업에 나오지 않았다. 여섯 명만 있었다. 앨리스가 아픈 건 아닌지 누구 아는 사람 있느냐고 묻자 애슐리가 나서서 아마 알레르기 때문일 거라고, 앨리스는 여러 가지 성분에 민감한 알레르기 반응을 보인다고 대답했다. 별 우스울 것 없는 유머인데도 킥킥거리는 웃음이 소녀들 사이에 퍼졌다. 이때다 싶어 나는 그들에게 물었다. "알레르기가 재미있니?"

소녀들은 입을 다물었다. 그래서 우리는 곧장 수업으로 들어가, 월리스 스티븐스와 시어도어 로스케의 시를 공부했다. 실제로 무엇을 본다는 것, 어떤 것을 본다는 것이 무엇을 의미하는가, 시간이 좀 지나면 그것들이 얼마나 점점 더 이상해 보이는가. 나는 소녀들을 현상학자가 되게 하고, 연필과 지우개 그리고 나의 크리넥스 상자와 휴대폰을 주시하도록 했다. 그러고 나서 우리는 보는 것과 사물과 빛에 대해서 시를 썼다.

수업이 끝나고 애슐리, 엠마, 니키, 그리고 니키의 분신인 조앤이 앨리스가 요즘 '이상해'졌으며 '농담 하나를 받아들일 줄 몰라 어제 한바탕 소동을 벌였다'는 뉴스를 전했다. 그 농담이 뭐였냐고 내가 묻자, 페이턴이 수줍어하며 나의 눈길을 피했다. 제시카가 하이톤의 조그만 목소리로 선생님도 이제는 앨리스가 '좀 다르다'는 것을 알아야 할 것 같다고 말했다.

나는 어리둥절해서 앨리스는 앨리스일 뿐이며, 그렇게 걱정할 만한 차이점을 특별히 느끼지 못했다고 말했다. 우리는 모두 각자 특이한 개성을 가지고 있다고 말해준 뒤, 나는 약간의 모험을 해보기로 했다. 앨리스는 지난번 수업 시간에 '기분이 좋아진' 것처럼 보였고(그 이유를 내가 알고 있다는 말은 하지 않았다) 재미있는 시도 썼는데, 그런 아이가 농담 하나를 받아들이지 못한다는 게 이해되지 않는다고 말한 것이다.

애슐리는 박하사탕인지 뭔지 딱딱한 캔디를 빨고 있었다. 나는 그 마름모꼴 사탕을 입안으로 밀어넣는 아이의 입모습과 생각에 잠긴 눈을 지켜보았다. "음, 그 애는 감정 조절에 필요한 약을 먹고 있어요. 선생님도 알잖아요. 왜냐하면 그 애는 좀…." 애슐리는 허공에 공을 던지는 시늉을 했다.

"나는 그거 몰랐는데." 페이턴이 큰 소리로 말했다.

"그 애가 ADHD(주의력결핍 과잉행동장애)란 말이지?" 니키가 말했다.

"그 애는 그걸 뭐라고 하는지는 말 안 했어. 그건 뭐…." 애슐리가 눈빛을 흐리며 말했다.

"학교 애들 중 절반이 그 뭐더라, 리탈린(ADHD를 치료하는 중추신경 자극제—옮긴이)인가 하는 걸 먹고 있잖아. 그런 건 문제도 아냐." 페이턴이 분위기를 파악 못 하고 진지하게 말했다.

엠마가 페이턴에게 심하게 비난하는 듯한 눈짓을 하는 게 보였다. 아예 대놓고 눈치를 주는군.

앨리스에 대한 이야기를 꺼내기에는 아직 시기가 일렀다. 나는 내 주위에 몰려 있는 어린 소녀들에게 미소를 지으며 아주 천천히 말했다. "상상하기 어렵겠지만 나도 한때는 어린 사람이었지. 게다가 어리다는 게 뭔지도 *알고 있어.* 내가 너희들만 한 나이였을 때가 기억나는구나. *농담들*까지도 기억난다니까." 마치 영화의 한 장면 같았을 거다. 나는 그 효과를 온전히 의식하고 있었다. 나는 모든 걸 아는, 권위 있는, 학생에게 가장 사랑 받는 훌륭한 교사의 표정, 바로 미스터 칩스와 미스 진 브로디(각각 《굿바이 미스터 칩스》와 《미스 진 브로디의 전성기》의 주인공—옮긴이)의 중간쯤 되는 표정을 가장 멋지게 지으려고 최선을 다했다. 그러고 나서 시어도어 로스케를 탁 덮고 일어나 문 밖으로 나갔다. 영화에서 카메라는 문까지 따라와 내 등과, 복도를 우아하게 총총히 걷는 내 하이힐(현실에서는 샌들이지만)을 뒤따른다. 그러면 나는 아주 잠깐 멈추고 돌아서 어깨 너머를 넘겨다본다. 카메라는 이제 꺼진다. 내 얼굴만 스크린에 남는다. 그것은 거대하다. 3.7미터쯤 되는. 나는 당신, 관중을 쏘아보고 다시 돌아선다. 그리고 커다란 효과음을 내며 내 뒤로 문이 닫힌다.

애비게일에게 뭔가 문제가 생긴 것 같았다. 엄마가 소파에 있는 애비게일 옆에 앉아서 그녀의 등을 두드리고 있었다. 레지나가 시끄럽게 굴었다. 카랑카랑한 목소리로 짧고 날카롭게 훌쩍훌쩍 우는 소리.

"넘어졌어, 방금 전에." 엄마가 얼굴이 하얘져서 나에게 말했다.

애비게일이 당황스러운 표정으로 무릎을 만져보고 있었다. 나는 갑작스런 두려움에 휘말렸다. 허리를 굽혀 그녀의 손을 잡고 여느 때의 인사말인 "괜찮으세요?"로부터 시작해서 특별히 아픈 곳과 감각에 이상이 있는 곳은 없는지 물었다. 그녀는 말없이 아래쪽을 한참 내려다보다 고개를 천천히 저었다.

레지나는 두 손을 휘두르면서 목이 꽉 잠긴 목소리로 말했다. "내가 지금 곧바로 도와달라고 해야겠어. 욕실에 있는 비상호출용 끈을 잡아당겨 볼게. 그녀가 얘기하긴 힘들테니까. 맙소사. 나이젤한테 전화를 걸어야 해. 이럴 때 어떻게 해야 하는 지 그이는 알 거야."(나이젤은 영국 사람이었다. 정확하게 그가 본든에 있는 애비게일을 위해 영국의 리즈에서 뭘 해줄 수 있을지는 레지나만이 아는 일이다.)

애비게일은 겁먹은 친구들을 둘러보고 큰 소리로 차분하게 말했다. "입 다물어, 레지나. 내 브라가 어떻게 된 건지 누가 좀 봐줘. 숨 막혀 죽겠어."

레지나가 샐쭉한 표정을 지었다. 손을 포개고 소파에 주저앉으며 숙녀답게 찡그린 얼굴이 아직도 무척 예뻤다.

엄마와 나는 넘어지는 통에 위로 말려 올라간 애비게일의 옷을 겨우 끌어내리고는 우리 둘 다의 친구인 그녀를 소파에 다시 앉혔다.

"애비게일, 걱정돼서 죽는 줄 알았잖아." 엄마가 말했다.

롤링 메도스의 곳곳에 공포가 엄습하고 있었다. 조지의 경우에는 다시 일어나지 못했다. 엉덩이뼈는 부러지고 발목엔 금이 갔다. 망가진 뼈는 아무리 해도 다시는 본래의 모습으로 돌아오지 못했다. 노화된 뼈들. 애비게일의 나이 들고 여윈 뼈에 금 하나도 가지 않은 게 불가사의한 일이라는 생각이 들었다. 나중에 엄마에게 들은 얘긴데, 애비게일은 발이 접질려 넘어지면서 굴렀다고 한다. 아마 잠시 부주의하게 한눈을 팔다 그랬겠지.

대화가 계속되던 어느 순간, 나는 애비게일의 상태가 상당히 나아졌음을 알아차렸다. 그녀가 눈썹을 찡긋거리며 자신의 무릎께를 주시하라는 신호를 보냈기 때문이다. 처음엔 무엇 때문에 그러는지 몰랐는데, 애비게일이 수놓인 옷 주머니에 손을 집어넣고 붉은색 안감을 살짝 드러내 보이는 걸 알아챘다. 애비게일은 '은밀한 즐거움'을 **입고** 있었던 거다. 그녀의 주머니에 감추어진 것은 불온한 메시지, 에로틱한 자수, 아니면 다른 속옷이었다. 두말할 것 없이 몇 년에 걸쳐 만든 것이리라. 알아챘다는 표시로 나도 조용히 신호를 보냈다. 그 옷, 말하자면 애비게일의 비밀스런 창고에 또 하나의 숨겨진 작품이 입고된 사실을 접수했다는 확인 메시지였다. 우리 둘 사이에 이렇게 암묵적으로 정보가 오가는 것이 애비게일에게는 진정 소중한 즐거움을 안겨주는 듯했다. 그녀는 은밀한 미소와 함께 몇 번씩이나 더 눈썹을 치켜 올리며 우리가 공모자임을 확인하고 다짐했다. 그때 페그가 도착했다. 그녀는 사고 소식을 듣고 나더니, 무슨 일이든 진심으로 대하는 평소 성격답게 애비게일에게는 이만 한 일로 끝난 것이 '다행'이며, 우리 엄마는 '영웅'(엄마는 이 호칭을 한사코 사양하면서도 속으로는 분명히 좋아하는 것 같았다)이라고 공표했다. 그러고 나서 페그는 머리숱이 많은 지역 텔레비전 방송국의 저명인사인 로빈 워맥이 나오는 TV 화면으로 시선을 옮겼다. 그녀는 다음과 같은 워맥에 대한 찬양으로 이야기를 마무리 지었다. "저 남자라면 언제든 내 침대에 신발을 올려놔도 돼!" 나는 웬 신발? 했는데, 신발을 허락한다는 이야기인즉슨 페그가 워맥, 그리고 그의 엄청난 머리숱을 좋아한다는 것을 분명하게 공지하는 거였다.

정확하게 우리가 어떻게 해서 시에 대한 이야기를 시작하게 되었는지는 확실하지 않지만, 백조들은 예전부터 좋아하던 시구들을 하나씩 떠올리며 다들 즐거워했다. 페그는 구름이 되어 외롭게 방랑했고, 우리 엄마는 윌리스 스티븐스의 시 〈독자The Reader〉를 큰 소리로 읊었다. 그 '독자'의 페이지에는 다른 말은 없고 "불타는 별들의 자취 / 서리 같은 하늘에"라는 말만 있었다. 그리고 레지나는 조이스 킬머의 불멸의 명시 〈나무〉를 기억해냈다. 나는 론 패짓의 시 〈하이쿠〉를 암송했다. "쏜살같이도 / 지나버리는구나. / 덧없는 인생." 나는 언제나 그 시를 보면 소리 내어 웃곤 했다. 하지만 백조들은 아무도 큭큭거리거나 코웃음 치지 않았다. 엄마는 슬픈 미소를 지었다. 애비게일이 고개를 끄덕였다. 페그의 눈이 가느스름해진 것을 보니 옛 추억에 잠긴 듯했다. 레지나는 눈물을 쏟기 일보 직전이었다. 그때 레지나가 큰 소리로 나의 소녀들에게는 '그 시'를 들려주지 않았으면 좋겠다고 했다. 나는 소녀들은 그 시를 완전히 잊어버릴 거라고 대답했다. 그 나이에는 인생이 정말로 기니까. 세월은 비율과 믿음의 문제이다. 인생을 절반쯤 살았을 때의 나이가 여섯 살이나 일곱 살이면, 수명이 백 살인 사람이 쉰 살일 때에 느끼는 것보다 훨씬 더 살아갈 날이 많이 남았다고 생각한다. 긴 인생을 산 사람에게는 한없이 짧은 시간이지만 젊은 사람에게는 영원처럼 느껴지기 때문이다. 젊은이들은 미래가 한없이 계속되는 것처럼 느끼고, 대개의 젊은이들은 어른이란 존재를 완전히 다른 별에서 온 사람 취급한다. 오직 나이든 사람에게만 인생의 덧없음을 이해하는 것이 허용되는 법이다.

그때 레지나가 놀라서 멍한 상태로 두서없는 말을 하면서 나에게 내 수업을 듣는 소녀들 가운데 한 명에게 무슨 일이 '일어났다'고 알려주었다. 레지나는 "아마 루시, 아니지, 제인, 아니야, 둘 다 아니야."라고 오락가락하더니, 그 소녀의 이름이 무엇이든지 간에 어떤 사고가 일어났고 그 소녀가 병원에 입원했다고 했다. 레지나는 그 소식을 토니 로스터하우스(토니가 내 수업을 듣는 아이들 중의 누군가와 친척 관계였다는 것은 나도 레지나도 전혀 몰랐다)와 가까운 친구 사이인 에이드리언 보트와플의 처남에게서 들었다고 했다.

무릇 살아 있는 모든 것은 자신의 취약함이 명백하게 드러나게 되면 어느 순간이고 닥칠 충격과 추락 혹은 파괴에 대비하여 마음의 준비를 하고 기다리기 시작하는 법이다. 내 경우에는 보리스가 나를 떠나는 바람에 신경세포가 폭발한 이후 이런 상태가 계속 이어졌다. 아니 그것보다 더 먼저, 슈테판이 자살했을 때부터일 것이다. 과거 없는 미래는 없다. 반복적으로 계속되는 일이 아닌 이상, 겪어보지 않고서는 결코 무슨 일이 일어날지 상상할 수 없다. 재앙이 닥쳐올 것 같은 예감이 나를 짓누르기 시작했다.

엄마와 나는 애비게일의 아파트까지 함께 걸어가서, 그녀가 편안히 소파에 앉도록 거들었다. 애비게일은 우리 모녀에게 몇 번이나 "쓸데없이 호들갑 떨지 말라."고 했지만, 나는 그녀의 얼굴에서 자신이 외롭지 않으며 혼자가 아니라고 안심하는 표정을 읽을 수 있었다. 그녀는 의사에게 진료를 받으러 가겠다고 약속했고, 헤어질 때 우리에게 키스를 해주었다.

그날 밤늦게, 엄마의 옆구리 여러 곳에서 시퍼렇게 멍든 자국을 발견했다. 바닥에 쓰러진 애비게일을 구하려다 다친 것이었다. 애비게일의 보행 보조기구나 뭐 그런 것에 심하게 부딪힌 게 틀림없었다. "애비게일한테는 절대 말하지 마라." 엄마가 말했다. 엄마는 그 말을 몇 번이나 했고 나는 거듭 약속했다. 우리는 거실에 앉아 있었다. 건물 전체에서 고요함이 느껴졌다. 멀리서 어디선가 들려오는 TV 소리마저 없었다면 완전한 침묵의 상태였을 것이다.

"미아, 다시 한 번 모든 걸 시작할 수 있다면 나는 다시 할 거라는 걸 너한테 알려주고 싶구나." 내가 떠나기 조금 전에 엄마가 말했다.

엄마는 가끔씩 내가 마치 엄마의 속을 들여다보고 있기라도 하는 것처럼 행동할 때가 있다. "뭘 말이야, 엄마?"

엄마는 내가 되묻자 놀라는 표정이 되었다. "네 아빠와의 결혼 말이다."

"생각이 서로 달랐는데도 말이야? 그런 거야?"

"그럼. 네 아빠가 조금만 달라졌다면 좋았을 거야. 그렇지만 아빠는 그러지 않았지. 나쁜 날들도 많았지만 좋은 날들도 많았단다. 그가 좀 바뀌었으면 좋겠다 싶던 바로 그 점이 다른 상황에서는 받아들여질 만한 일이 되기도 했고, 또 어떤 때에는 그리 나쁘지 않게, 아니 좋았던 적도 있었어. 내 말 뜻 알 거야."

"예를 들면?"

"그의 의무감, 명예심, 강직하고 청렴한 의식. 어떤 때에는 비명을 지르고 싶어질 만큼 괴롭다가도 그런 점들이 다른 날에는 내게 자부심을 느끼게 해줬거든."

"그래요, 알아요." 내가 말했다.

"너랑 이렇게 가까이 있는 게 얼마나 좋은지, 얼마나 행복한지 말해주고 싶다. 덕분에 즐겁게 지내고 있거든. 여기서 지내는 게 좀 쓸쓸할 수도 있는데, 너의 존재가 바로 내게는 행복이고 위안이고 친구로구나."

조금은 격식을 차리는 듯한 이 짧은 연설에 나는 얼마나 기뻤는지 모른다. 그러나 이 격식이 암시하는 바는 이제 시간이 얼마 남지 않았기 때문이라는 사실에 얼핏 생각이 미쳤다. 우리 엄마는 늙었다. 내일 엄마가 갑자기 쓰러지거나 병이 날 수도 있다. 내일 돌아가실 수도 있다. 문간에서 작별 인사를 나눌 때 나의 자그마한 엄마는 꽃무늬 면 파자마를 입고 있었다. 엄마의 가느다란 허벅지를 봉긋하게 감싸고 내려오다 여윈 발목 바로 위 복숭아뼈 부근에서 매듭을 묶게 되어 있는 파자마였다. 엄마는 적갈색의 보온용 뜨거운 물주머니를 두 팔로 안고 있었다.

데이지의 이메일 :

사랑하는 엄마에게

나 점심시간에 아빠 만났어. 아빠는 안색이 안 좋아 보이더라. 셔츠가 온통 구질구질한 데다 냄새는 또 어떻고. 재떨이에서 나는 것 같은 냄새였

150

어. 면도도 안 하고. 내 말은, 아빠가 종종 이틀 정도는 면도를 안 할 때도 있다는 건 알지만, 지금은 한 일주일 정도는 수염을 안 깎은 것처럼 보였다는 뜻이야. 그리고 더 안쓰러운 건, 내 생각에 아빠는 나를 보기 전까지 계속 울고 있었던 것 같아. 내가 아빠한테 노숙자처럼 꾀죄죄해 보인다고 말했더니 아빠는 계속 괜찮다고만 하는 거야. 난 괜찮아. 난 괜찮다. 미스터 노. 어떻게 생각해, 엄마? 아빠를 계속 구슬려서 나한테 이야기를 털어놓도록 해야 할까? 탐정이라도 붙여 미행해볼까? 좀 있으면 엄마를 보러 갈 거야. 얼마 안 남았어, 마마시타Mamasita(엄마를 가리키는 멕시코식 유아 언어-옮긴이)!

어안이 벙벙하고,

아직도-아빠에게-실망하고-있는-엄마 딸 데이지가 백만 번 키스를 보냄

나의 답장 :

너의 아빠는 울 수가 없는 사람이야. 아빠는 영화를 볼 때만 운단다. 어쨌든 그래도 아빠를 잘 지켜보고 있으렴.

사랑하는 엄마가

보리스를 처음 만나고 일주일 정도 되었을 때, 그가 나를 브로드웨이 웨스트 95번가의 탈리아 극장에 데려갔다. 엘리아 카잔 감독의 〈브룩클린에서 자라는 나무 한 그루〉가 상영되고 있었다. 영화에서 페기

앤 가너가 연기하는 어린 여주인공이 돌아가신 아버지의 면도용 컵을 찾으러 이발소로 들어가는 모습이 화면에 비쳤다. 깊은 슬픔이 배어 나오는 장면이었다. 소녀는 잘못된 희망과 실현 불가능한 꿈을 품었던 주정뱅이자 감상적인 아버지를 사랑하고 존경했기에 아버지를 잃은 것에 엄청난 충격을 받는다. 물론 보리스도 울 수 있겠지만, 나는 보리스가 설마 훌쩍일 거라고는 생각하지 않으면서도, 무슨 까닭에서인지 고개를 돌려 그를 보았다. 내 옆에 있는 그 남자가 굵은 두 줄기 눈물을 흘리고 있었다. 눈물이 끊이지 않고 턱과 셔츠로 떨어졌다. 이런 식의 감정 표출에 나는 너무 놀랐지만, 품위 있게 그것을 모른 척했다. 나중에야 나는 보리스가 간접적인 것에 훨씬 더 직접적인 반응을 보인다는 것을 알았다. 말하자면 그는 비현실적인 상황에서만 자신의 실제 감정을 드러냈다. 그가 대형 평면 스크린에 등장하는 배우들을 보고 훌쩍이며 울 때, 나는 멀쩡한 눈으로 그 옆에 앉아 있었던 적이 많다. 그러나 흔히 '실제 상황'이라고 부르는 현실에서는 그가 우는 모습을 한 번도, 단 한 번도 본 적이 없다. 슈테판이 죽었을 때도, 시어머니가 돌아가셨을 때도, 나와 데이지를 위해서도, 죽은 친구들을 위해서도, 어쨌든 영화에 나오는 인간이 아닌, 실제 인간을 위해서는 울지 않았다. 이렇게 말하면서도 나는 보리스가 바뀌었다는 생각에 이상스레 마음이 흔들렸다. 그가 영화를 보고 난 직후 데이지를 만난 것이 아니라면(그는 줄곧 일했고, 최근에는 대부분의 영화를 DVD로 봤기 때문에 그럴 가능성은 없어 보였다), **일시정지**가 보리스란 인물의 심층 구조를 바꾸어놓았을

지도 모른다. 보리스가 그녀, 새로운 신경 펩타이드를 연구하는 프랑스 여인 때문에 울었을까? 보리스라는 그 단단한 벽이 그녀 앞에서 무너져 내린 것인가.

노바디가 날뛰며 돌아다녔다. 노바디는 아무도 이해하지 못했다. 그것이 문제의 핵심이었다. 우리 둘은 '어려운 문제'에 부딪혔다. 바로 의식이라는 것. 의식은 무엇인가? 우리는 왜 의식을 가지고 있나? 내가 지닌 고도의 자의식은 기념비가 될 만한 과학주의의 어리석음들에 강력히 반대하고 있다. "밀물, 홍수, 파도, 물줄기 등은 일렬로 세워놓은 단단한 각각의 조약돌처럼 명확하게 구분 지을 수 있는 게 아니다! 어떤 바보라도 이러한 진리는 직감으로 알 수 있다. 윌리엄 제임스(프래그머티즘을 확립한 미국 철학자—옮긴이)의 책을 읽어보라. 그 엄청난 우울증 환자를!" 철학의 토마스 베른하르트(죽음과 고통을 주로 다룬 오스트리아의 소설가—옮긴이)인 노바디는 성마른 분노에 빠져 있었는데, 그것은 묘하게도 나를 진정시켜주는 효과가 있었다. 나도 지독한 우울함을 좋아했지만, 그래도 노바디를 플루타르코스의 끊임없는 변화와 움직임 쪽으로 유도했다. 그 그리스의 현인은 《일반 인식론》에서 금욕주의자들을 비판했다.

1. 모든 물질은 하나하나 끊임없이 변하고 움직여서 자체의 일부를 버리고 다른 곳에서 오는 다른 것들을 받아들인다.

2. 물질들이 오거나 가는 수와 양은 늘 같은 것이 아니라 달라진다. 그 물질은 오는 것과 가는 것에 따라 형태의 변화를 받아들이기 때문이다.

3. 이러한 변화를 성장과 위축으로 부르는 것이 널리 퍼져 굳어진 것은 잘못된 일이다. 성장과 위축을 창조와 파괴라고 바꾸어 불러야 함이 타당하다. 창조와 파괴는 이미 구축된 특성에서 한 가지를 다른 것 속으로 방출하는 것이고, 반면 성장과 위축은 변화를 기반으로 일관성을 유지하는 몸체에서 일어나는 것이기 때문이다.

이건 오래된 이야기다. 언제 하나의 물질이 다른 것이 되는가? 우리가 어떻게 구분할 수 있는가? 노바디는 보리스가 순진해빠진 사람이라는 점도 공격했다. 보리스가 종속적인 자아나 근본적인 자아의 개념에 대해 논리적이지 못하고, 잘못 인식하고 있다는 것이었다. "사람은 자아를 신경망 속에 맘대로 갖다놓을 수 없어!" 지금은 멀어졌지만, 내 가족의 일원인 보리스를 나는 열심히 변호했다. 나는 자아가 생각하기에 따라서는 신축성 있는 용어라고 봤지만, 보리스는 자신이 말하는 내용은 매우 한정적이라고 주장했다. 즉, 보리스는 자아에 꼭 필요한 생물학적인 기본 체계에 대해 말한 것이라고 했다. 보이지 않는 나의 동료 노바디에 따르면, 보리스뿐만 아니라 노바디를 제외한 모든 사람이, 종합적인 견해를 제시하려는 대변인을 따돌린 채 전 분야를 통합하고, 전문가 문화를 종식시키고, '춤과 놀이'의 세계로 돌아가려는 우를 범하고 있다는 것이다. 과거의 노바디는 이상적인 허무주의자, 조증躁症의 유토피아적인 허무주의자였다. 그에게 진정으로 필요한 것은 머리를 오랫동안 적절하게 마사지하는 것이라는 생각이 내 머릿속을 떠나지 않았다. 그럼에도 불구하고 나는 나 자신에게 묻고 있다. 언제 나는 미쳤었는가, 나는 나 자신이었는가 아니었는가? 사람은 어느 때 다른 사람이 되는가? 나는 보리스에게 편지를 썼다.

2년 전 어느 저녁, 우리가 자로 잰듯 정확하게 똑같은 생각을 했다는 걸 깨달았던 것 기억해? 확실하게 똑같은 것이라기보다는 우리 두 사람 상호 간의 촉매작용으로 촉발된 좀 생뚱맞은 생각이었지. 그때 당신은 나에게 이렇게 말했어. "당신 알지, 우리가 한 번 더 백년해로를 하게 되면 똑같은 사람이 될 거란 사실?"

톤 아미Ton amie(당신의 친구—옮긴이),

미아가

앨리스가 계속 수업에 나오지 않아서 소식을 물었으나, 소녀들은 벙어리 행세를 했다. 적어도 내가 보기에는 그랬다. 병원에 누가 입원했다는 소문이 정말인지 확인하지 못한 채 계속 그대로 덮어두는 것도 어리석은 짓 같아서 나는 그 소문의 진원지로 들어가보기로 했다. 나는 앨리스의 집에 전화를 걸었다. 그녀의 엄마가 전화를 받았다. 그 엄마 말로는, 앨리스가 위가 아프다고 하여 병원에 데려가서 밤새 검사를 받게 했으나, 아무 이상이 없다고 해서 집으로 돌아왔다고 했다. 앨리스의 상태가 어떤지 묻자, 통증은 가셨지만 기운이 없고 침울한 상태라 수업에 다시 들어가길 거부할 것 같다는 답이 돌아왔다. 나는 할 수 있는 한 최대한 조심스럽게, 앨리스에 대한 "어떤 농담"이 아이들 사이에 떠돌고 있어 그것이 걱정스럽다고 말했다. 나는 앨리스와 이야기를 하고 싶었다. 앨리스 엄마의 태도는 친절했으며, 간절함마저 느껴졌다. 순전히 내 생각이긴 하지만, 그녀의 목소리에서 엄마들 특유의 자식 걱정하는 마음이 묻어나는 것 같았다.

앨리스는 내가 갔는데도 일어나지 않았다. 나는 지나치게 깔끔한 느낌을 주는 창백한 푸른색 방으로 들어갔다. 역시 창백한 푸른색의 침대보 위에 누워 있는 앨리스를 흰 뭉게구름 무늬의 이불이 둘러싸고 있었다. 매장되기를 기다리는 시체처럼 두 팔을 가슴에 포개고 천장을 응시하고 있는 앨리스. 나는 침대 가까이에 의자를 끌어다놓고 앉아 앨리스의 엄마가 가만히 문을 닫고 나가는 소리를 들었다. 소녀의 얼굴은 마치 가면을 뒤집어쓰고 있는 것 같았다. 앨리스에게 말을 걸어봤지만 아이는 미동도 하지 않았다. 나는 수업을 할 때 앨리스가 없어서 모두 서운해 했으며, 수업 분위기가 예전과는 달랐다고 말해 주었다. 그리고 아픈 게 안쓰럽지만 우선은 완전히 회복한 다음에 수업에 참석하기를 바란다는 말도 덧붙였다.

내 쪽으로 고개도 돌리지 않은 채 앨리스가 천장을 보면서 말했다. "나는 다시 갈 수 없어요."

말하지 않는 것도 말하는 것만큼이나 관심을 끈다는 사실을 나는 알게 되었다. 어찌하여 말, 바로 내부로부터 밖으로 표출되는 그 짧은 말의 여정이 어떤 상황에서는 그렇게도 가슴을 저미는지 신기하다. 나는 아이의 손을 잡았다. 부드럽게 살짝. 앨리스는 고개를 저을 뿐이었다. 내가 그때 "그 농담"을 꺼냈다. 앨리스의 얼굴이 고통으로 일그러졌다. 입술이 보이지 않을 정도로 입을 앙다물었다. 앨리스의 눈에서 눈물방울이 솟았다. 반듯하게 누워 있어서 눈물이 흘러내리지는 않았다. 눈물은 양쪽 뺨과 눈가의 피부 속으로 스며들었다.

눈물로 뺨을 적시며 하얀 구름이 잔뜩 내려앉은 것 같은 푸른 침대보 속에 누워있는 앨리스를 남겨두고 나는 떠나려고 한다. 잠시 중단하고 쉴 참이다. 몸은 자리를 뜨지 않은 채로 계속 거기에 머물고 있겠지만, 나의 마음은 30분 이상 떠나 있을 것이다. 나는 마음의 산책을 떠났다. 말하고 싶어하지 않거나, 혹시 입을 연다 해도 열세 살짜리 아이를 살살 달래고 구슬리고 꾀어 범죄의 수수께끼를 해명할 수 있는 귀하신 몇 마디를 얻어내는 것이 수월한 일은 아니다. 솔직히 조금은 지루한 일이다. 아이한테서 이야기를 끌어내기 위해 길고 고통스러운 작업을 해야 하기 때문이다. 마음의 산책을 마치고 나서 아이가 들려준 이야기로 다시 돌아갈 것이다.

내가 어쩌다가 그때 에로틱한 생각에 젖어들었는지는 설명할 길이 없다. 그 구름들, 그 침대, 그날 오후 그 소녀의 창문으로 비쳐든 짙은 아지랑이 같은 그 여름빛, 이들 가운데 하나 혹은 이 모든 것이 합쳐져 나를 그렇게 만들었을지도 모른다. 언젠가 보리스가 어떤 시 축제에 나를 데리고 간 적이 있었다. 거기서 나는 수많은 20대 젊은이들(대박, 이라고 나는 생각했다) 앞에서 시를 낭송했다. 그리고 우리는 안개 낀 샌프란시스코를 산책했다. 한 동료 시인이 마사지 치료사를 추천했다. 손끝 하나로 사람 몸을 변화시킬 수 있을 만큼 실력 있는 사람이었다. 머리에 생각이 꽉 차있거나 바쁘게 사느라 머리 한참 아래에 있는 몸뚱이를 까맣게 잊곤 하는 사람에게 굉장히 주목할 만한 제안이었다. 그 사람의 이름은 베드굿, 아치볼드 베드굿Archibald Bedgood('침대에서 끝내주는 고사포(비행기 공격용 지상화기)'라는 뜻도 있음—옮긴이)이었다. 이건 거짓말이 아니다. 그의 이름이 진짜 그랬다. 그의 이름을 듣고 나니 전체 서비스를 받을 수도 있겠다 싶은 마음이 들었다. 확실한 건 모르지만 말이다. 어쨌든 보리스가 옆방(모든 인간을 몽유병 환자로 만들어버리고도 남을 것 같은 뉴에이지 음악을 틀어놓은 휴게실)에서 기다리는 동안 나는 알몸으로 엉덩이 부분만 타월로 가린 후, 사실대로 말하자면 조금은 불안한 마음으로 베드굿의 마사지 베드에 누웠다. 베드굿이 마사지를 시작했다. 그는 꼼꼼하면서도 예의 바르게, 정숙하게 몸을 가리는 수건 본래의 임무를 완수할 수 있도록 마술을 부렸다. 베드굿의 손이 몸 구석구석을 한 곳 한 곳 지나갔다. 팔다리, 발과 손, 등과 머리, 마지막으로 얼굴까지 마사지해주었다. 나는 아무런 성적 감각을 느끼지 못했다. 성적 흥분도, 환상도 없었다. 기억해내야 할 그 어떤 생각도 떠오르지 않았다. 한 시간 하고도 30분이 지나자, 베드굿은 나를 젤리 같은 성분으로 환원시켜버렸다. 미아는 사라졌다. 이를테면 현실의 공간에서는 행방불

명되었다. 마사지 룸을 벗어나 보리스가 휴게실의 폭신한 핑크빛 장의
자에서 코를 골고 있는 것을 확인한 그 실종자는 광고에 나오는 사람
처럼 변형되어 있었다. 미아는 온몸이 흐느적거리고 머릿속은 텅 비었
으나 완전히 행복한 존재로 거듭나 있었다. 파스텔 톤의 핑크빛 장의
자에서 이즈코비치를 깨운 다음, 이 새로 태어난 인물은(새로운 이름 : 피
피, 디디 또는 인형 같은 얼굴, 인형 그 자체라 해도 손색없을) 남편과 손에 손을 잡
고 어슬렁어슬렁 우아한 시詩 호텔을 향해 걸었다. 나는 그곳에 있는
엄청나게 폭신한 침대 위에서 온몸을 활짝 열고 쾌락의 폭탄에 휩싸
여 산산조각으로 분열에 분열을 거듭하며 천국의 계단을 밟았다. 연달
아 네 번씩이나.

이 경험은 언급하고 넘어갈 만한 가치가 있다. 로맨스에 대한 지극
히 평범한 사고를 지향하는 말 정도로 취급할 일은 아니다. 베드굿의
봉사를 경험한 이후로는 어떤 사람이든, 아니, 이 단어는 정정해야겠
네. 어떤 사람이든 새든, 짐승이든, 심지어는 생명이 없는 물체라도(차
가운 상태만 아니라면) 나를 에로틱한 경험의 더 높은 영역으로 날려 보낼
수 있을 것 같았다. 여기서 얻게 된 교훈은 극도의 이완은 즐거움을
더욱 높여주고, 그에 뒤따르는 어떤 것이라도 거의 완벽하게 받아들일
수 있는 개방성이 확보된다는 것이다. 이는 또한 무념무상의 경지이기
도 하다. 삶의 시간 대부분을 느슨하고 편안하며 완전히 텅 빈 충만
의 세상을 사는 사람들이 있을까, 저기 어디인가에 영원한 황홀경에
빠져 있는 인형 같은 얼굴들이 있을까, 나는 곰곰 생각하기 시작했다.

언젠가는 양치질을 하면서 주기적으로 오르가슴을 느끼는 여성에 대한 기사를 본 적이 있다. 깜짝 놀랄 이야기였지만, 베드굿을 경험한 이후로는 이런 것들이 어느 정도는 이해되기 시작했다. 양치질을 하면서 오르가슴을 느낄 수도 있겠군, 이렇게 말이다.

그리 오래되지 않은, 두어 해 전 쯤의 기억인데 섹스와 뇌에 대한 집단토론에서 보리스의 한 동료가 나에게 동물의 왕국, 아니 정확하게는 동물 세계의 암컷 측면에서, 달리 말하면 모든 암컷들의 세계에서 오직 인간 여성만이 오르가슴을 경험한다고 단언해서 **충격을 받았다**. 내가 놀라움을 표하자, 그 자리에 있던 보리스와 남성 연구자 다섯 명이 브루더 박사의 의견에 동조했다. 우리 두 발로 걷는 종족은 오르가슴을 경험할 수 있지만, 다른 동물들은 그렇지 못하다는 얘기였다. 물론 수컷들은 포유류 동물군이라면 모두 그 절묘한 기량을 발휘할 수 있다. 수컷의 흥분은 생물학적으로 아주 뿌리 깊은 역사가 있다. 하지만 여성에게는 요행수를 기다려야 하는, 우연의 일치에 기댈 수밖에 없는 드문 일이라는 것이다. 순전히 생리학적인 관점에서 말하는 것인데, 참으로 얼토당토않은 이야기 같았다. 나와 같은 영장류 자매들은, 나처럼 아래위로 감각기관을 준비하고 있건만 섹스를 하는 동안 전혀 즐거움을 느끼지 못했다! 이것이 무엇을 의미하는가? 우리 네 발 달린 사촌들 가운데서 오직 수컷들만이 기쁨을 경험했다는 것? 나의 관점을 설파하자, 보리스가 테이블 맞은쪽에서 나를 못마땅하다는 듯 찡 그리고 쳐다보았다(나는 특별손님 자격으로 참석했다). 나는 몇 권의 책과 몇 몇 기사를 통하여 그 여섯 명의 공신(공부벌레)들이 완전히 틀렸다는 것을 나중에 발견했다. 그 사실이 의미하는 바는 물론 내가 완전히 옳았다는 것이다. 1971년 프랜시스 버튼은 연구실에 있는 붉은털원숭이 암컷 다섯 마리 가운데 네 마리가 오르가슴을 느낀다는 것을 증명했다. 짧은꼬리원숭이 암컷은 자주 오르가슴에 오르는데, 대부분 다른 수컷이 아닌 암컷과 관계할 때 더 자주 오르가슴을 느낀다. 그리고 절정에 오르면 유인원 아가씨들은 우리 두 발로 걷는 여성 자매들처럼 소리를 지른다.《영장류의 성행위 : 원원류, 원숭이, 유인원, 인간의 비교 연구》의 저자인 앨런 F. 딕슨은 미시즈 클로스(산타클로스의 부인—옮긴이)를 연상하게 하는 "호, 호, 호!(Ho! Ho! Ho! 원래는 산타클로스의 웃음소리로 알려져 있다—옮긴이) 소리로 황홀경을 나타낸다고 기술했다. 나는 그 늙은 남자(브루더 박사)에게 나의 증거를 들이대면서 이 세 마디 외침을 사용했다. "호! 호! 호!" 나는 그러면서 온통 포스트잇으로 도배된 두꺼운 책 두 권과 기사 여섯 꼭지를 탕! 소리가 나게 내려놨다.

누군가는 이렇게 질문할지도 모르겠다. 어린 암컷 유인원들에게는 오르가슴이 없다는 이론이 얼마나 널리 퍼졌기에 그 테이블에 앉아 있던 여섯 남자 모두 문제의 영장류들이 다른 모든 포유류 암컷들과 마찬가지로 클리토리스가 있음에도 불구하고 그 이론을 당연한 것으로 받아들였을까? 당신이 이 책 106쪽을 기억한다면, 오난은 정자를 허비해 벌을 받았다. 오난은 정자를 땅 위에 뿌릴 것이 아니라 있어야 할 곳, 즉 여자의 몸속에 넣도록 되어 있었다. 이는 임신할 목적이 아니라면 정자를 낭비하지 말라는 주장이다. 그러나 오르가슴 없이는 누구도 임신시킬 수 없는(오르가슴 없이는 사정할 수 없으므로) 사람인 오난과 달리, 오난의 상대가 될 가상의 여성(그가 들어가야 하는 여성)은 오르가슴 없이도 임신할 수 있다. 이는 아리스토텔레스도 인정한 사실이나 수백 년 동안 잊혀져왔다. 1559년 콜럼버스(1492년에 미 대륙을 발견한 크리스토퍼 콜럼버스가 아니라는 의미—옮긴이), 즉 레날두스 콜럼버스가 클리토리스(사랑의 기쁨)를 발견했다. 그는 해부학의 항해를 하던 중 그 안으로 배를 몰았다. 가브리엘 팔로피우스가 이를 반박했지만 레날두스 콜럼버스는 자신이 그 조그만 언덕을 처음 발견했다고 주장했다. 탐험가인 두 콜럼버스, 크리스토퍼와 레날두스를 비교해보자. 두 사람의 '신세계' 발견 시기는 100년도 채 떨어져 있지 않다. 땅의 신세계를 발견한 콜럼버스, 몸의 신세계를 발견한 콜럼버스 모두 자만심이 몸에 밴, 계급주의적 시각의 소유자들이었다. 신세계를 굽어보는 존재는 유럽인이다. 클리토리스를 굽어보는 존재는 남자이다. 감히 말하건대, 수천 년 동안 '신세계'의 땅에서 살아왔던 사람들과 여성 대부분 모두 이런 '발견'으로 깜짝 놀랐을 것이다. 그렇기는 하지만 클리토리스는 진화론의 *수수께끼*Darwinian puzzle(개체의 적응력을 떨어뜨리는 것으로 보이는 개체의 특성—옮긴이)를 여전히 가지고 있다. 만약 임신에 필요한 것이 아니라면 *왜* 그것이 거기에 있는가? 여성의 클리토리스가 쪼그라든 작은 페니스(진화에 적응하지 못하고 퇴화되어 버린)라는 견해는 그 역사가 오래되었다. 스티븐 제이 굴드와 리처드 르원틴은 클리토리스가 남성의 젖꼭지와 비슷한, 해부학적인 유물이라고 주장한다. 그렇지 않다고 말하는 사람들도 있다. 여성에게 쾌락을 선사하는 그 완두콩(클리토리스)은 진화의 용도에 합당한 역할을 해왔다고 말이다. 그 전투는 유혈이 낭자하다. 그렇다면 나는 이렇게 묻고 싶다. 그 기쁨을 주는 조그만 언덕이 제구실을 한다면, 적응을 했건 못했건, 크기가 작건 크건 그것이 무슨 상관이란 말인가? 지금까지 한 이야기를 마무리 짓기 전에 17세기의 영국 여성이자 산파(조산사)였던 제인 샤프의 불후의 명언을 전하겠다. 그녀는 클리토리스에 대해 쓴 글에서 이렇게 말하고 있다. "페니스는 야드(1야드는 약 91센티미터—옮긴이) 단위로 재는데, 발기했을 때와 보통 때의 크기가 다르며, 여성들에게 성욕을 느끼게 하고 성교할 때 기쁨을 맛보게 한다."(여성들, 그들의 영장류 자매들, 그리고 향후 연구를 기다려보면 아마 다른 포유류도 그러리라고 나는 주장한다. 추가 보조 해설 : 17세기에 페니스를 재는 데 **야드**를 사용했다는 건 아무리 생각해도 과장되어 보이지 않는가? 그때의 야드가 지금의 야드와는 다른 단위라면 몰라도.)

콜럼버스가 기쁨의 언덕을 찾아냈을 때

그는 서서 중얼거렸다. "이게 뭐지?"

단추, 완두콩?

기형?

아니지, 이 아둔한 남자야. 그건 바로 클리토리스!

앨리스의 고백은 두서없이 이어졌지만, 설명을 다 듣고 나니 앞뒤 말들을 꿰어 맞출 수가 있었다. 앨리스는 자기 엄마와 나에게 이야기를 들려주었다. 앨리스의 엄마 엘렌은 딸이 비밀을 털어놓기 시작하고 얼마 지나지 않아 합석했다. 소녀가 거의 들릴 듯 말 듯 속삭이다가 때로는 목이 메어 흑흑 흐느끼기도 하는 동안 나는 이 모녀를 번갈아가며 관찰했다. 나는 엘렌의 얼굴이 앨리스가 이야기하는 내용에 따라 거울처럼 작동하는 것에 주목했다. 앨리스가 작은 목소리로 말하면, 엘렌은 앞으로 몸을 숙이고 집중한 채 입술을 달싹이며 딸이 당한 모욕을 하나하나 되새겼다. 앨리스가 울면 엘렌의 눈은 점점 가늘어지고 미간에 주름이 잡히며 입술을 한일자 모양으로 꼭 다물었다. 그러나 울지는 않았다. 엄마의 입장이 되어 아이의 이야기를 듣는 것은 특별한 종류의 경험이다. 엄마라면 아이가 하는 말에 귀를 기울이고 공감을 표하는 것이 당연한 일이지만, 아이가 하는 말에 전적으로 동일시되어서는 안 된다. 동일시되지 않으려면 아이가 하는 말에 귀를 기울이면서도, 마음을 굳게 먹고 거리를 유지해야 한다. 다른 *사람들이 자신의 아이를 해쳤다*는 것을 알게 되면 야만적인 복수, 즉 *그 쪼끄만 매춘부 같은 년을 산산조각으로 부숴서 디저트로 씹어 먹고 말겠어* 같은 잔혹한 방식에 호소하기 십상이다. 엘렌을 지켜보면서 나는 그녀가 잔인하게 복수하고자 하는 욕망을 억누르고 있다는 것, 그리고 내가 그녀를 좋아하게 되었다는 사실을 깨달았다. 그녀가 분노하고 있었을 뿐만 아니라, 분노를 잘 참고 있었기 때문이기도 했다.

앨리스는 꽤 오랜 기간에 걸쳐 불쾌한 메시지를 받아왔다고 했다. '더러운 년'과 '화냥년'이라는 용어가 단골로 등장하는, 아주 독창적인 비판들을 담은 문자들이었다. "넌 네가 아주 똑똑하다고 생각하는 모양이구나", "시카고가 그렇게도 대단하면 그리로 돌아가시지", "더러운 년", "말라깽이 암캐" 그리고 "거짓말쟁이" 등의 욕이 모두 익명으로 배달되었다. 나의 소녀 시인 조폭들에 대해서 말하자면, 앨리스는 그들이 줄곧 그녀와 밀고 당기기 방식으로, 즉 하루는 간이라도 빼줄 듯 알랑거리다가 다음 날은 얼음장처럼 싸늘하게 대했다고 털어놓았다. 그들은 앨리스를 가까이 끌어당겼다가는 휙 내쳐버렸다. 앨리스는 몇 주 동안 구박을 당하다가 직접 부딪쳐보기로 마음먹고 그들에게 대들었다. "내가 뭘 어쨌는데?" 그들은 킥킥거리고, 기가 막힌다는 표정으로 눈알을 굴리고, "내가 뭘 어쨌는데?"를 무슨 시위 구호라도 되는 양 몇 번씩 거듭 외쳤다. 고문시위대 아이들 중에서 페이턴의 모습이 유독 눈에 밟혔다. 가슴이 아팠다. 그즈음 앨리스가 집 안의 거울 앞에서 옷을 벗고 서 있는 사진들이 페이스북으로 전송되었다. 휴대폰을 가지고 블라인드 틈새로 몰래 찍은 흐릿한 사진들이었다. 가엾은 앨리스는 이 치욕스런 이야기들을 내뱉는 게 힘든지 연신 코를 훌쩍였다. 앨리스는 물론 사진들을 곧 내리게 했지만, 피해가 발생하는 데에는 그리 오랜 시간이 걸리지 않았다. 열세 살 무렵 내게 찾아온 신체의 변화가 생각났다. 그때 막 솟아오르기 시작한 가슴, 겨드랑이와 아랫도리의 체모, 알 수 없는 엉덩이의 빨간 줄들(2년이나 지나서야 그것이 튼살이란

167

것을 알았다) 때문에 느꼈던 개인적이고도 감추고 싶었던 쓰라린 기억이 되살아났다. 그 피 묻은 크리넥스 이야기도 잘 알아듣기가 힘들었다. 그러나 엘렌과 나는 앨리스가 시 창작 수업이 있던 그날, 수업 직전에 월경이 시작되었는데, 생리대를 준비하지 않았고 '친구들' 누구에게도 생리대를 빌려달라기엔 부끄럽고 창피해서 부탁하지 못했다는 것으로 이해했다. 앨리스는 손지갑에 들어 있던(알레르기 때문에 늘 갖고 다니는) 크리넥스를 속옷 안에 쑤셔넣었다. 그런데 교실 안으로 들어갈 때 피 묻은 크리넥스가 반바지에서 빠져나와 바닥으로 떨어졌다. 그 순간 애슐리가 그것을 얼른 줍더니, 자신이 만진 것이 무엇인지 그때서야 갑자기 이해한 척하며 그것을 테이블 위로 던지며 **역겨워**라고 말하며 꺄악 비명을 지르기 시작했다. 가장 최근에 모의한 일은, 틀림없이 복통을 불러일으켰을 그 음모는, 앨리스가 사귀고 싶어했던 남자아이 잭이 보내온 메시지와 관계가 있었다. 그 메시지에 의하면, 잭은 세 시에 지역예술협회 건물 별관 옆의 공원에서 앨리스와 만나기로 약속했다. 두시 55분에 수업이 끝난 뒤 앨리스가 발걸음도 가볍게 도로를 뛰어가는 모습을 내가 보고 있었던 그날 즈음은 앨리스가 따돌림을 받고 있었던 시기였음이 분명하다. 그건 그렇다 치고, 어쨌든 앨리스가 도착해보니 잭은 없었다. 30분이나 더 기다리고 나서야 뭔가 잘못됐다는 것을 깨달은 앨리스는 공원 잔디밭에 앉아 손에 얼굴을 묻고 울었다. 그녀가 눈물을 흘리고 있을 때 공원의 높은 울타리 뒤에서 야유와 웃음이 터졌다. 그 소녀들은 안 보이는 곳에 숨어서 비웃으며, 잭 같은 남자애가 앨리스를 만나러 올 일은 꿈속에서도 없을 것이니 환상을 깨라고 욕을 퍼부었다. 이것이 가장 최근의 '농담'이었던 것으로 보이며, 앨리스로서는 도저히 '받아들일' 수 없었던 사건이었다.

유별난 사연이었음에도 불구하고, 앨리스의 이야기에는 맥 빠질 정도로 우울한 울림이 있었다. 기본 구조가 항상 똑같은, 다양한 변주곡 형태로 곳곳에서 처음부터 끝까지 반복적으로 계속되는 울림. 가끔은 표면적으로 드러나는 것도 있지만, 잔학 행위는 들키지 않으면서 피해자에게 수치심과 상처를 주기 위해 안 보이는 곳에서 비밀리에 행해지는 경우가 많다. 대부분의 여자애들이 취하는 전략으로, 다가가서 직접 주먹을 날리거나 사타구니를 걷어차는 남자애들의 방식과는 다르다. 사소한 규칙 나부랭이로 무장하고 새벽에 치러지는 결투, 1초 3초 시간은 가고, 한 발 두 발 가까워지는 걸음. 악당과 영웅이 대결해서 6연발 권총을 쏘아대기 시작하는 서부영화에서 되살아난 가공의 한 장면. 뿌리 깊은 계파 간의 갈등 때문에 서로 소리 높여 '가문의 영광'을 응원하는 평범한 두 남자 사이에 그 케케묵은 '나가서 맞장 뜨자'는 외침으로 시작되는 주먹다짐이 오간다. 운동장의 난투극까지(어린 소년이 맞아 피투성이가 되어 집에 돌아와 아버지와 부딪힌다. 아버지는 말한다. "아들아 네가 이겼니?") 위엄을 갖추는 게 당연시되는 문화에서는 여성스러운 형태의 대결이 결코 허용될 수 없다. 소녀나 아줌마들 사이의 육체적 대결은 아옹다옹하는 것이다. 그저 할퀴고, 물어뜯고, 손바닥으로 때리고 치맛자락이나 펄럭거리는 싸움이 될 뿐, 우스꽝스럽거나 그 비장한 전투는 남성의 시각에서 한낱 에로틱한 구경거리로 전락하고 만다. '드잡이하는' 두 아줌마는 남자들에겐 즐거운 눈요깃거리다. 그러한 승강이에서 아무리 승리해봤자 품위라는 것은 두 눈을 씻고 봐도 없다. 여자들끼리의 싸움에 훌륭함이나 화끈함 따위는 없다. 나는 거기 앉아서 앨리스의 슬픈, 울어서 상기된 얼굴을 지켜보며 그 애가 애슐리의 턱을 강타하는 장면을 상상해보고 남성적인 해법은 효과가 없을지 궁금해졌다. 소녀들이 비열하고 부당하게 잔머리를 굴리는 대신에 서로 머리를 치고받는다면 그 고통이 덜할까? 한편으론 그런 일은 다른 별에서나 가능할 거라는 생각이 들었다. 그리고 한 소녀가 앙숙과 레슬링 경기를 치르고 승리를 선언한 후에 먼지를 툭툭 털 수 있는 희한한 세상이 있다 한들, 그것이 무슨 소용이 있겠는가?

내가 작별 인사를 할 때까지, 엘렌은 다 큰 딸을 무릎 위에 앉혀놓고 달래고 있었다. 엄마와 딸은 빈 백 의자에 포개어 앉았다. 몇 분 전까지만 해도 엘렌은 거기 혼자 앉아서 음모와 속임수로 점철된 앨리스의 대하 스토리를 듣고 있었다. 앨리스가 엄마의 목에 얼굴을 묻었다. 앨리스의 기다란 맨 종아리와 발이 의자 양옆에서 흔들거렸다. 엘렌의 손이 딸의 등을 부드럽고 율동적으로 어루만지고 있었다. 그들 뒤로 보이는 선반 위에 아이들이 갖고 노는 인형들이 조르륵 한 줄로 서있었다. 그중 무표정한 도자기 인형 하나는 내 뒤의 벽을 쏘아보고 있었다. 귀엽게 생긴 다른 인형 하나가 핑크빛 입술에 희미한 미소를 짓고 있는 게 보였다. 기모노를 입고 있는 어른 모습의 인형이 반듯하게 차렷 자세로 서 있고, 그 등에 업힌 앤티크 인형의 두 손이 밖으로 나와 있었다. 합창단 같아, 라고 내가 혼잣말로 중얼거린 순간, 인형들의 입술이 움직이더니 합창을 시작했다. 노래를 부르는 인형들의 입술 사이에서 이빨이 보였다. 오래된 마법의 힘이 그들의 내면을 움직였다, 아니무스(여성이 지니는 무의식적인 남성적 요소를 가리키는 융의 용어—옮긴이), 엘랑 비탈(인간을 도약시키는 근원적인 힘을 가리키는 베르그송의 용어—옮긴이). 나는 '집'을 향해 걸어가면서 뜬금없이 이런 생각을 했다.

그러나 나는 경외하는 마음을 더 이상 참을 수가 없다,
눈앞의 장면을 보고 있으려니 눈물도 참을 수 없다.

한 발 한 발 앞으로 발을 옮기다가 걸음걸이가 꼬이면서 어느 발을 먼저 내딛어야 하는지 까먹었다. 인형 합창단의 예우를 받으며 도착했군. 안티고네. 나는 싱긋 웃었다. 익살맞게 개작된 비극, 하지만 아직 슬픔은 남아 있다고 나는 마음속에 새겼다. 그리고 누가 고통을 측량하는가? 당신들 중에 누가 시도 때도 없이 인간의 내면에 들어와 박히는 고통의 크기를 잴 수 있겠는가?

언어로 몇 배 퍼부어라, 앨리스…

너의 공수부대가 긴 창을 마구 던지고,

두두두 음절들을 쏘아대고 유리를 깨뜨리고

하늘 높이 분노를 내뿜는다.

종이 위를 비행하는

수백의 어릿광대가 바로 너이니,

두 발로 타원형의 머리들을 짓밟는 동안

연필을 타고 쇄도하는 고통의 미소.

아니면 거울 속 앨리스를 고르곤이라 부르랴.

괴물 쌍둥이. 또 하나의 이야기.

입으로 내뿜은 치명적인 바람과

금지된 생각과 뻔뻔한 문장들이

수년 동안 말없는 성자의 이름으로 묶여 있다.

선한 행위. 탁월한 품행 E.

울어라, 앨리스. 차라리 울부짖으라!

비를 뿌리고 네 눈으로 쏟아내는

N의 세상에 바늘의 홍수를 범람케 하라.

앨리스, 네 수많은 자아들, 너의 복제들이

도발하고 떠들고 욕하고 들쑤시게 하라.

그리고 바란다면 세 배를 바라라.

그들이 나가기를 바라라. 그들에게 의미를 두지 마라.

그들의 몸을 잉크로 검게 칠하라.

승화된 향기를 한껏 들이마셔

그 향기가 새어나와

너의 춤추는 발밑에 떨어지게 하라.

나는 내가 정말 시를 좋아하는지를 확신하지 못하겠다. 그럼에도 불구하고 시를 쓰는 것은 굉장히 멋진 일이다. "왜 개네들은 나한테 그렇게 못되게 굴까요?" 앨리스는 몇 번이나 연약한 목소리로 당혹스러운 듯 이렇게 물었다. 제시카가 전에 앨리스가 "좀 다르다"고 말한 것에 이 질문의 답이 있는 것이 아닐까? 제시카는 그때 나더러 앨리스가 "좀 다르다"는 걸 알아야 한다고 말했다. 어떻게 달라? 인식에는 시각적 차이, 즉 빛과 그림자, 물체의 크기와 운동량 등이 포함된다. 그러나 언제나 눈에 보이지 않는 차이점과 유사점이 있으며, 사고의 경계를 잇고, 가르고, 격리하고, 동일한 것으로 확인하는 관념도 눈에 보이지 않는다. 나는 좀 달랐고 지금도 다르다. 악당의 일원이 아니다. 국외자, 언제나 국외자. 나는 찬바람이 나를 덮치는 느낌을 받는다. 나는 이 일을 어떻게 해야 할지 결정해야 한다. 패거리를 만들어 친구를 괴롭힌 소녀들. 그 애들을 이대로 놔둘 수는 없다. 그동안 나는 그들을 미워하고 싶은 마음을 자제해야 했다. 학대하며 쾌감을 느끼고 땀구멍에서 나오는 것이라곤 질투뿐이고 동정심 따윈 눈곱만큼도 없는 아직도 미성숙한 쪼끄만 계집애 여섯 명을 두고 하는 말이다. 애슐리, 학대의 여왕. 그 애가 플로라를 쳐다보던 눈에서 내가 그 사실을 발견하지 못했다면? 애슐리, 내가 무척이나 아꼈던 학생인데. 그 소녀는 힘을 원했다. 분명히 그 애는 집에서 너무도 미약한 존재일 것이다. 대가족 안에서 엄마와 아빠(애슐리가 세 살 때 이혼)의 인정을 받으려면 무척 노력해야 했을, 5남매 가운데의 딱 중간에 위치한 아이다. 나를 봐주세요! 사실은 애슐리도 동정을 받아 마땅한 아이다. 나는 그 아이의 엄마를 생각해보았다. 왕따 당하는 아이의 엄마가 되는 것보다 왕따를 시키는 아이의 엄마가 되는 것이 더 힘들고, 공격을 당하는 아이를 두는 것보다 잔인한 아이를 두는 것이 더 심각한 문제다. 내가 만약 이 상황에 정면으로 맞서고자 하는 의지가 있다면, 적어도 이것을 바깥으로 끌어낼 전략을 세워야 한다. 나는 바깥이라는 표현을 좋아한다. 나는 본든 외곽으로 너른 들판이 펼쳐지는 광경을 바라본다. 평평하고 드넓은 들판이 수평선 위로 한없이 펼쳐지는 하늘을 머리에 이고 있었다.

베아가 나를 만나러 온 날밤, 나는 동생을 보고 울었다. 지난 6개월 동안의 과정을 겪으며 너무 펑펑 울어서, 눈물샘이 마르고 닳도록 눈물을 흘려서 안구가 영구적으로 손상되기라도 하면 어쩌냐고? 그러나 짭짜름한 눈물은 끊임없이 공급되고, 눈물이 주는 효과는 별로 오래가지 않아도, 눈물을 정기적으로 풍부하게 쏟아내는 데에는 별 문제가 없어 보인다. 오래되어 두꺼워진 관자놀이 근육은 정말로 경이로운 부위다. 베아가 나를 안고 흔들어주며 내 귀에 대고 이제 눈물을 그치라고 쉿, 하고 내 등을 쓸어주는 건 정말이지 아주 기분이 좋았다. 미아와 베-아(Be-A. 하나가 된다는 의미도 있음—옮긴이). 우리는 일단 나의 애절한 눈물을 함께 나눈 뒤 버다 부부가 사용하던 침대에 자리를 잡았다. 동생은 남편 잭과 아들들의 근황을 들려주었다(잭, 동갑내기, 같이 늙어감, 주말마다 행해지는 그의 조각 작업 때문에 동생은 미칠 지경, 그의 조각 작품을 동생은 발기한 것들이라고 말했다. 파드레라(스페인 건축가 안토니 가우디가 설계한 바르셀로나의 주거용 건축물—옮긴이)의 꼭대기에 있는 가우디 남근 조각상들에서 영감이라도 받은 것인지, 모든 조각 작품의 각 부위가 하늘을 향해 불룩하게 솟아 있기 때문이다. 그러나 동생은 정원에 온통 널려 있는 그것들을 하나도 갖고 싶지 않았다. 정원에 있는 몇 미터나 되는 그 마천루가 탐나지 않았다. 아뿔싸! 대학에서 공부 잘하고 있는 조, 수업에서는 좀 헤매지만 뮤지컬 극장에서는 방방 뜨고 여자친구는 전혀 사귀지 않는 벤. 어쩌면 그 애는 게이일지도 모른다. 베아는 아들이 게이라도 괜찮다고 생각하지만, 자신이 먼저 그 사실을 언급할 수는 없다는 걸 알았다. 어떤 엄마가 그렇게 힐 수 있겠는가. 만약 아들이 게이인지 아닌지, 그리고 아들에게서 결코 특이한 점을 발견할 수 없었다거나 혹은 이상한 점을 발견한다 하더라도, 어떤 엄마가 먼저 아는 척을 해서 아들이 어쩔 수 없이 그것을 해명해야만 하는 상황으로 몰겠는가. 그리고 변호사인 베아가 현재 맡고 있는 일들. 동생은 우리 아빠 해럴드가 예전에 일하던 방식을 즐겼다. 그 정교함, 법망을 교묘하게 빠져나가는 구멍, 판례들, 심지어는 따분하게 긴 시간이 걸리는 재판 과정까지도)

그러고 나서 우리는 하나는 갈색이고 하나는 빨강인 각자의 머리를 베개에 얹고 나란히 누워 흰색의 천장을 올려다보며 옛날에 디즈니 애니메이션 〈도널드 덕〉에 등장하는 아기오리 놀이를 하던 이야기를 꺼냈다. 나는 보통 베이비 휴이 역할을 맡았었다. 휴이는 기저귀를 차고 있는 무척 커다란 아기 오리였는데, 침을 질질 흘리고 토하고 똥을 싸고 꽥꽥 소리를 질렀다. 그러면 베아는 깔깔거리며 좋아했었지. 우리가 만들어낸 가공의 인물인 클링클롱크 아줌마, 아이들을 미워했던 그 사악한 마녀도 기억해냈다. 우리는 마녀가 저지르는 무시무시한 일들을 고안해서 열거하며 어찌나 즐거워했던지. 마녀는 아이들을 창문 밖으로 던지고, 우물에 밀어넣고, 매운 후추를 잔뜩 뿌리고, 초콜릿 소스에 흠뻑 적셨다. 우리는 보컬 팀인 멜롤라즈를 결성했던 일도 떠올렸다. 멜롤라즈는 우리가 조그맣고 빨간 어린이용 의자와 테이블에 앉아 있다가 창단한 팀으로, CM송을 불렀다. CM송이래 봐야 진짜가 아니라, 튜브를 짜면 잽싸게 쏟아지는 치약, 옷을 퍼렇게 물들여버리는 세제, 입안에서가 아니라 손으로 만지면 녹는 캔디에 관해 우리가 지어낸 노래였다. 우리는 파란색 점퍼스커트와 바셀린을 발라 반짝거리는 에나멜 구두에 대한 이야기도 나눴다. 그렇게 차려입고 무릎을 딱 붙이고 허벅지에 손을 포개고 단정하게 앉아 있으면 우리가 숙녀라도 된 것처럼 기분이 썩 괜찮게 느껴졌었다. 엄마가 12월의 모든 날짜마다 조그만 포장 선물 상자를 장식해놓은 달력도 생각났다. 크리스마스가 되면 기대감으로 우리는 멀미가 날 정도였다. 목욕을 하던 장면도 이야기에 등장했다. 비누가 들어가지 않도록 눈에 수건을 덮고 뒤로 젖힌 다음, 엄마가 따뜻한 물을 바가지로 떠서 우리 머리에 부었다. 엄마가 따뜻하게 덥힌 수건으로 우리 몸을 닦고 포근한 목욕가운으로 감싸면, 아빠가 우리를 한 번에 한 명씩, 두 팔로 번쩍, 높이 들어 올려 안고는 우리가 추워서 감기에 걸리지 않도록 난로 앞 의자에 가만히 내려놓았다. *목욕할 때가 제일 천국 같았어*, 베아가 말했다. *맞아*, 내가 말했다. 그러자 베아가 자기는 할머니 댁에 갔다가 집에 밤늦게 돌아 올 때면 차 안에서 잠든 척해서, 아빠가 집 안으로 안고 들어오게 하 곤 했다고 털어놓았다. 나는 베아가 자는 척하는 것을 알았으며, 그렇 게 할 수 있는 동생이 부러웠다고 말했다. 그러기에는 그때 나는 너무 컸기 때문이다. 나는 가끔 아빠가 베아를 더 사랑하는 것이 아닌가 걱 정했었다. 나는 울보였고 베아는 그러지 않았으니까. *언니는 아직도 울 보야*, 베아가 말했다. *그건 정말 사실이야*, 내가 말했다. *가끔은, 그런 생 각이 들어. 나는 더 울었어야 하는 게 아닌가. 나는 항상 그렇게 용감해 야만 했거든.* 동생이 말했다. 그리고 우리 둘 다 말을 잊었다.

미안해. 내가 너무 겁쟁이였어, 베아.

잠이나 자자, 베아가 말했다. 내가 말했다. *그래.* 그리고 우리는 잠이 들었다. 나는 약을 먹지 않았다. 그리고 나는 잠을 잘 잤다.

뭐라고 말해야 하나? 당신의 슬픈, 말도 안 되게 울보인 화자(주인공) 가 이렇게 묻는다. 이걸 어떻게 말해야 하지? 여기서부터는 계속 사람 들이 좀 많이 등장한다. 동시에 일어난다. 하나는 롤링 메도스에서, 다 른 하나는 지역예술협회에서, 다른 하나는 이웃집에서, 남자친구의 입장을 고려해야만 하는 소녀=내가 사랑하는 데이지, 뉴욕 거리를 방황하고 있는 보리스는 말할 것도 없고. 이 모든 것을 다루어야만 한다. 그리고 우리 모두는 동시에 벌어지고 있는 일들을 말로 표현하는 데는 **커다란** 어려움이 따른다는 것을 알고 있다. 모든 이야기들을 한꺼번에 진행시킬 수는 없으므로, 그 전달 순서들을 정렬시키는 문제로 존슨 박사(18세기 영국의 시인 겸 평론가, 사전 편찬자인 새뮤얼 존슨─옮긴이)를 참조하려고 한다. 존슨 박사를 콕 찍어서 언급하는 것은 대단히 좋은 생각인 것 같다. 우리의 언어인 영어를 사용하는 남자. 현명하고, 뚱뚱하고, 통풍이 있고, 연주창에 걸린, 인정 많은, 위트 넘치는 대식가. 문제에 부닥치는 순간마다 모두 기댈 수 있는 권위 있는 존재. 너무 중요해서 거느리고 있는 남자들에게 자기가 아직 **살아 있을** 때 자기에 대해 기록하도록 했던 문화적 가장家長. 그때는 18세기였다. 톰, 딕, 해리, 릴라와 제인이 모두 인터넷에 자기들의 아주 실망스러운 생활을 겉만 번지르르하고 멍청하게 꼬치꼬치 기록하기 훨씬 전이었던 것이다(덧붙인 릴라와 제인이라는 이름에 유념하기를. 에브리맨Everyman(보통 사람─옮긴이)들을 의미하는 '톰, 딕, 해리'에 해당하는 여자 이름이 없다. 에브리우먼Everywoman(전형적인 여자─옮긴이), 맙소사, 이는 의미가 완전히 달라진다). 그러나 그러브 스트리트(17세기부터 19세기 초반까지 가난한 작가들이 많이 살았던 런던의 거리─옮긴이)에서는 존슨 박사에게는 아주 실망스럽게도, 셀 수 없는 고백과 고백 모조품들이 판을 치고 있었다. 비참한 요즘의 이야기들과 똑같이 으스스하고 머리끝이 쭈뼛쭈뼛했다. 그러나 이 정도면 충분하다. 존슨 박사의《라셀라스Rasselas》에서 결혼에 대한 부분을 인용해보겠다. 거기서 우리의 영웅 존슨 박사는 결혼이라는 성스러운 예식에 대해 다음과 같이 평가한다.

일반적으로 결혼은 바로 이런 식으로 이루어진단다. 청년과 아가씨 한 쌍이 우연히 아니면 일부러 기회를 마련하여 서로 만나게 되고, 서로 시선을 주고받으면서 예의 바른 행동을 취하고, 각자 집으로 돌아가서는 서로에 대한 그리움을 키우게 된다. 달리 주의를 기울이거나 생각을 돌릴 대상이 없는지라, 두 사람은 서로 떨어져 있는 동안 즐거움을 느끼지 못하고, 그 결과 함께 살면 행복해질 거라고 단정하게 되지. 그리하여 그들은 결혼을 하게 되는데, 그동안 자기 눈에 씌웠던 콩깍지 때문에 보지 못했던 상대방의 진면목을 이내 발견하는 거야. 그런 뒤 두 사람은 그저 다툼으로 인생을 소모하면서 자연의 섭리를 잔인하다고 비난하지.

상대에 대한 고의적인 무관심은 암울한 결혼생활을 위장하려는 것이다. 이 말은 내가 끝까지 당신과 함께할 거라는 거지요? 그러나 지금은 달라요, 세상 물정에 밝은 독자가 말한다. 그런 건 옛날 얘기였다. 우리는 계몽주의 때보다 더 많은 계몽의 세례를 받고 있다. 우리는 이런저런 유용한 장치와 도구들을 갖추고 있으며, 초고속으로 윙크하고, 과실 책임이 누구에게 있는지 묻지도 따지지도 않고 이혼하는 21세기 사람들이다. 호! 호! 호! 이것이 당신들에게 보내는 내 답이다. 섹스의 비애는 끝나지 않는다. 나에게 기회가 주어진다면 쓰라리게 변한 부부관계에 대해 당신에게 눈물겨운 이야기를 들려주겠다. 나는 *일시정지*에 대해, 카르페 디엠carpe diem을 원하는 그의 욕구에 대해, 아직 시간이 남아 있다면, 그가 오래전에 맞추어둔 타이머의 시간이 눈 깜짝할 사이에 다가오고 있다면, 일시적으로 쉬고 싶어 *일시정지*를 낚아챈 것에 대해 정말로 보리스를 비난할 수 있을까? 우리 모두 그저 즐기기 위해 섹스를 하고 불륜도 저지르고 그러지 않나? 존슨 박사 본인의 섹스 라이프는 대부분 다행스럽게도 여전히 장막에 가려져 있다. 그러나 우리는 데이비드 개릭(18세기 영국의 연극배우로 존슨의 강습소 출신─옮긴이)이 데이비드 흄에게 말하고, 흄은 보스웰(존슨의 추종자이자 친구로서 존슨의 평전을 쓴 제임스 보스웰─옮긴이)에게, 그리고 보스웰이 그 내용을 일기에 적었다는 것을 안다. 어느 날 밤 극장에서 존슨 박사가 열락에 빠진 것을 목격한 연극배우 개릭이 이 저명한 사전 편찬자에게 이전의 상태로 돌아오라고 여러 번 공개적으로 이야기했지만, 이 위대한 인물은 그러지 않겠다고 일언지하에 거절했던 것이다. "자네 여배우들의 하얀 유방과 비단스타킹 때문에 내 성기가 흥분하네."라고 그 석학은 말했다. 우리는 모두 쾌락의 도구를 지니고 있으며, 그것의 실제 사용 여부와는 관계없이, 그것을 사용해 보고 싶은 것이 우리의 본성이다. 사람들은 질투와 외로움으로 죽을 지경이 될 수 있지만, 그럼에도 불구하고 이 사실을 이해한다.

　그러나 결혼 생활을 오래 지속하다 보면 결혼의 또 다른 측면이 보이는데, 사람들은 이에 대해서는 별로 언급하지 않는다. 눈으로 보기만 해도 욕망이 솟고, 사랑하는 사람이 옆에 얼쩡거리기만 해도 침대에서 사랑을 속삭이고 싶은 욕망은 시간이 지나면서 차츰 변해간다. 나이가 들면서 상대방의 현재 모습에 너무 익숙해지기 때문에, 가장 중요한 의미를 지니고 있었던 환상은 중단되고 만다. 아침에 잠에서 깨어날 때 보리스가 누워 있던 자리가 비어 있으면, 나는 보리스가 내는 소리에 귀를 기울여 찾았다. 보리스가 변기의 물을 내리는 소리, 보리스가 찻주전자에 물을 붓는 소리. 보리스가 연구소로 출근하기 전 신문을 읽는 동안 내가 일어나 굿모닝 인사 대신으로 그의 어깨에 손을 올려놓을 때면 딱딱한 뼈의 감촉이 느껴지곤 했다. 나는 그의 얼굴을 엿보거나 그의 몸을 자세히 살펴보지 않았다. 단지 그가 거기 있다는 것을 느꼈을 뿐이다. 어두운 밤에 그의 냄새를 맡는 것과 똑같았다. 보리스의 따뜻한 몸에서 풍겨 나오는 체취는 방의 일부분이나 마찬가지였다. 그리고 보리스가 쓴 글을 손봐주어야 하는 경우에는 종종 한밤중까지 대화가 이어졌다. 보리스가 한 생각에서 그 다음 생각으로 사고를 전환하는 순간을 주의해서 놓치지 않고, 그가 말하는 내용에 집중하면서도 나는 머릿속으로 그 모든 아이디어를 모아 열심히 편집했다. 그리고 그 결과를 우리의 대화가 이어지는 요소요소에 삽입했다. 때로는 매우 신랄하게 비판하는 경우도 있었지만 대개의 경우는 그렇지 않았다. 내가 그를 자세히 살펴보는 경우는 드물었다. 가끔씩 우리가 잠자리에서 거사를 치르고 나면 보리스는 알몸인 채로 침실을 가로질러 걸어갔다. 나는 키가 크고 창백한 피부를 지닌 그의 몸을 바라보곤 했다. 동그란 아랫배, 핏줄이 파랗게 불거진 왼쪽 다리, 부드럽고 모양 좋은 발. 그러나 늘 그랬던 것만은 아니다. 이것은 새로운 매력에 끌려 눈에 씌이는 콩깍지와는 다르다. 오랜 세월을 함께 살아오는 동안, 삶에서 입은 마음의 상처와 위안이 수놓아진 육체관계에서 오는, 그런 콩깍지인 것이다.

　S 박사가 8월에 휴가를 떠나기 전에 한 마지막 통화에 앞서, 그전의 통화에서 나는 전에 아무에게도 하지 않았던 이야기를 S 박사에게 털어놓았다. 슈테판이 자살하기 일주일 전 우리 둘은 브루클린에 있는 우리 집 소파에서 보리스를 기다리며 함께 앉아 있었다. 시동생이 병원에서 나온 지 이틀밖에 되지 않은 때였다. 그는 리튬(조울증 치료제—옮긴이)을 복용하고 있었는데, 슈테판은 그것 때문에 맥이 빠지고 세상과 동떨어진 기분을 느끼는 것 같다고 했다. 그는 소파에 기대 눈을 감고 말했다. *내 머리가 제 기능을 못해도 나는 당신을 사랑해, 미아.* 그리고 나 역시 그를 사랑한다고 말했다. 그가 말했다. *아니, 내가 당신을 사랑해. 나는 언제나 당신을 사랑했어. 그리고 그것 때문에 난 미칠 것 같아.*

　슈테판은 미쳐 있었다. 그러나 항상 미쳐 있었던 것은 아니다. 그때는 정상으로 돌아와 있었다. 그리고 그는 미남이었다. 나는 슈테판이 지치고 낙담해 있기는 해도 언제나 멋지게 보인다는 것을 알게 되었다. 두 형제는 서로 닮았다. 그러나 슈테판이 훨씬 더 야위었고 외모가 더 섬세해서 거의 여자처럼 보였다. 그는 조증 상태일 때면 거의 굶어 죽을 지경까지 갔다. 먹는 것조차 잊어버릴 정도로 흥분되어 있기 때문이다. 들뜬 상태가 되면 술집에서 발에 차이는 난잡한 여자들 중 아무하고나 섹스를 하고, 돈도 없으면서 책을 대량으로 사들였다. 그리고 내 친구 미스터 노바디처럼 신기한 철학을 줄줄 이야기했는데, 때로는 이해하기 어려운 내용도 나왔다. 그러나 그날은 휴지기였다. 나는 그가 품고 있는 감정이 잘못된 것이라거나, 우리가 함께 보냈던 시간들에 대해 이야기 했다. 그리고 그가 나에게 의지해야 한다고 말했다. 그렇게 말하고 나서는 당황해서 더듬거리다 끝말을 얼버무렸다. 나는 점점 말수가 줄어들었으나 슈테판은 이야기를 멈추지 않았다. *나는 당신을 사랑해. 우리는 똑같기 때문이지. 우리는 총사령관하고는 다르다니까.* 총사령관은 슈테판이 보리스에게 붙인 별명 중 하나였다. 적대적인 기분이 들면, 슈테판은 가끔 형에게 거수경례로 인사를 했다. *형수는 생명.* 슈테판은 고개를 나에게 돌리고 내 뺨을 두 손으로 감싸며 말했다. *그가 나에게 오랫동안 거친 키스를 했다. 나는 스페판이 그렇게 내버려두었다. 나는 그게 좋았다. 결코 그렇게 해서는 안 되는 거였는데*, 라고 나는 S 박사에게 말했다. 보리스가 문으로 걸어 들어오기 전에 나는 슈테판에게 우리는 그럴 수 없으며, 그것은 어리석고 흔히 있을 수 있는 부질없는 일이었다고 말했다. 슈테판은 심하게 상처를 받은 것 같았다. 그걸 보고 나는 죽고 싶을 만큼 괴로웠다. 형수는 죄악. 죽어 있는 그의 끔찍한 얼굴, 소름 끼치는 주검.

슈테판의 죽음에 내가 책임이 없다는 건 나도 안다. 나는 그가 절망의 낭떠러지에서 더 이상은 모험을 하고 싶지 않다고 분명 마음을 정한 걸 알고 있었으나, 나는 도저히 우리의 대화를 다른 사람에게 털어놓을 수 없었으며, 절대로 대명천지 이 넓은 세상에 그 말을 꺼내놓을 수 없었다. 내가 하는 말을 듣고서, 나는 우리가 서로의 약점과 위대한 보리스에 대한 분노를 말하고 있다는 것을 깨달았다. 슈테판은 나에게 키스를 하는 것으로 자신의 발을 옭아맨 셈이었다. 그 키스가 나를 몹시 놀라게 만들어서 침묵했던 것은 아니다. 그러나 나는 슈테판에게서 질투와 복수의 감정을 느꼈다. 나를 놀라게 한 것이 바로 이것이다. 그 감정들이 슈테판 혼자서만 느낀 것이 아니라 또한 나의 감정이기도 했기 때문이다. 보리스의 동생. 보리스의 아내. 자신을 제외하면 보리스에게 가장 중요했던 두 사람.

"그러나 당신과 슈테판은 똑같은 사람이 아닙니다." S 박사가 전화를 끊기 조금 전에 말했다.

같지 않다. 다르다.

"병원에 있을 때 나는 슈테판과 똑같은 사람이라고 느꼈어요."

"그러나 미아." S 박사가 말했다. "당신은 살아남았어요. 그리고 당신은 살고 싶어하잖아요. 내가 말할 수 있는 것은 살고 싶어하는 당신의 의지가 곳곳에서 터져 나오고 있다는 점입니다."

형수는 생명.

나는 잠시 내 숨소리에 귀를 기울였다. 나는 전화선 반대쪽에서 들리는 S 박사의 숨소리를 들었다. 맞아. 나는 생각했다. 곳곳에서 터져 나오고 있어. 나는 그 말이 좋았다. 나는 그녀에게 그것이 좋았다고 말했다. 우리 인간이란, 이렇게 요상한 피조물이다. 내 안에서 무슨 일인가가 일어났다. 이야기하는 동안에 무언가로부터 풀려난 느낌이었다.

"지금 당신이 옆에 있다면, 당신 무릎에 올라타서 힘껏 포옹해주고 싶어요." 내가 말했다.

"나를 안으면 한아름 가득할 거예요." S 박사가 말했다.

거의 같은 시간에, 며칠 사이에, 혹은 일주일 정도, 앞이나 뒤로 다음과 같은 사건들이 내가 즉각 그 사실을 깨달을 수 없을 정도로 일어나고 있었다. 그러나 그 순서는 제시되는 것과 똑같지는 않다. 내가 아니라 그 누구라도 제대로 순서를 챙기기 어려울 것이다. 그런고로 거두절미. 인 메디아스 레스in medias res(medias in res. 라틴어로 '사건, 사물의 중간으로'라는 뜻으로, 이야기의 시작이 아니라 중간부터 서술하기 시작하는 기교—옮긴이) :

엄마는 《설득》을 세 번째 읽고 있다. 8월 15일 롤링 메도스의 라운지에서 열리는 북클럽 모임을 준비하고 있는 것이다. 엄마는 이 임무를 위해 최고로 편안한 자세를 취하고 있다. 머리 밑에 베개 세 개를 괴고 침대에 누워, 관절염 통증을 줄이고자 부드러운 목 보호대를 대고, 차

가운 발은 뜨거운 물주머니로 따뜻하게 하고, 활자에 초점을 맞추려고 콧등에 돋보기를 걸치고, 특별히 주문제작한, 바른 자세를 유지시켜주는 휴대용 책상에 책을 올려놓는다. 엄마는 자신이 잘 알고 있는 인물들의 삶, 특히 여주인공인 앤 앨리엇의 인생에 몰두하고 있다. 엄마와 베아, 그리고 나는 모두 즐거워하며 《설득》에 나오는 여주인공의 집인 켈린치 홀이 마치 여기로 옮겨 온 것 같다는 둥, 착한 노처녀이자 오랫동안 고생한 분별력 있는 앤이 금방이라도 문을 두드릴 것 같다는 둥 수다를 떤다.

피트와 롤라는 싸운다, 엄청.

무대에서는 아직도 매일 저녁 뮤리엘의 인생을 연기하는 데이지는, 연기가 끝나면 형사 데이지로 변신해 스핑크스 같은 수수께끼의 인물로 변한 아빠를 졸졸 쫓아 미행하며 온 뉴욕을 돌아다닌다. 보리스는 '밤으로의 긴 여로'에 취미를 들였는데, 사실 데이지는 그 말이 무슨 뜻인지도 모른다. 데이지는 역할에 충실하기 위해, 형사놀이를 위한 대담한 의상을 챙겨 입었다. 그런데 (비록 내가 탐정들이나, 스파이 놀이를 하던 데이지의 당시 생활에 대해 아무것도 모르긴 하지만) 오히려 그런 분장이 데이지를 더 눈에 띄게 만들 것도 같다. 그루초 막스 스타일의 안경, 눈썹, 코, 콧수염으로 위장하거나, 번쩍거리는 빨간 드레스 차림에 긴 금발 가발을 뒤집어쓰거나, 남성 정장을 입고 서류가방을 들거나, 아니면 중산모를 쓰고 지팡이를 짚거나. 물론 뉴욕은 거의 벗다시피 한 사람과 미친 사람, 각종 특이한 사람들이 성실한 시민, 보수적인 시민들과 아무렇지도 않게 섞여드는 곳이니, 행인들이 떼거지로 지나가더라도 데이지에게 눈길 한번 안 줬을 것 같지만. 매일같이 새벽 세 시쯤이 되면, 이스트 70번가에 있는 아파트로 돌아온 보리스가 문을 열고 들어가 우리 딸의 시야에서 사라진다. 그러면 데이지는 트라이베카에 있는 자기 아파트로 돌아가 침대에 몸을 던지고, 딸아이가 나중에 들려준 표현에 의하면, 그대로 죽은 듯 잠이 들었다.

사이먼이 처음으로 웃었다. 롤라와 피트가 예뻐 죽겠다는 듯 온 얼굴에 웃음을 지으며 왕자님의 요람 위로 몸을 숙이자, 사이먼은 자신에게 열광하는 두 명의 추종자를 올려다보며 신이 나서 팔다리를 버둥거리며 깔깔 소리 내어 웃는다.

애비게일은 보잘것없는 내 여섯 편의 시집을 열심히 읽어 내려간다. 몽땅 다 캘리포니아 샌프란시스코의 의리 있는 피버출판사에서 출판해준 것들이다. 《잃어버린 발음Lost Diction》, 《하찮은 진실들Little Truths》, 《천상의 과장법Hyperbole in Heaven》, 《흑요석의 여인Obsidian Woman》, 《제기랄Dang it》, 《윙크, 깜빡거림 그리고 비틀림Winks, Blinks and Kinks》.

레지나는 자꾸 잊는다. 엄마도, 페그도, 애비게일도, 언제부터 레지나의 기억력이 감퇴되기 시작했는지 꼭 집어 말하지 못한다. 사실 가만 보면 다들 최근에 일어난 일들을 조금씩 잊어버리니까. 가끔가다 했던 질문을 또 묻고, 이미 했던 이야기를 반복하는 건 다들 마찬가지였지만, 레지나의 기억력 감퇴는 그런 것들과는 조금 느낌이 달랐다. 세 마리 백조는(조지가 아직 살아 있었을 때는 넷이었다) 그동안 그녀의 허영심이나 자아도취, 부산스러운 성격(레스토랑에 가면 테이블을 최소한 세 번 바꾸지 않으면 식사를 할 수 없었다)을 그런대로 참아주었다. 레지나는 어떻게 놀아야 재미있는지를 아는 친구였으므로. 그녀는 친구들을 위해 티파티를 열고, 이런저런 행사의 티켓을 얻어 왔다. 애교를 부리면서 엉뚱한 농담을 하기도 했고, 친구의 집을 방문할 때는 빈손으로 가는 법이 드물었다. 꽃이나 장식용 상자, 혹은 평생 다른 대륙을 여행하며 수집해놓은 촛대 하나라도 반드시 선물로 들고 왔다. 그러나 혈전증("이게 폐로 가면 난 죽는 거야.")에 걸렸을지도 모른다는 걱정은, 그렇잖아도 변덕스러운 그녀의 성격에 초고속 프로펠러를 추가로 달아준 거나 같았다. 약속, 대화, 열쇠와 지갑 그리고 안경을 놓아둔 장소, 나아가 사람 얼굴까지(백조들 얼굴은 말고 다른 사람들) 깜빡깜빡 잊는 일이 잦아지자, 이제 레지나는 그런 일이 있을 때마다 크게 당황하고 눈물을 쏟기 시작했다. 나머지 세 명이 "나이 들어서 그래."라든가 "늙은이 머리가 그렇지 뭘." 하고 농담으로 치부하는 일에 레지나는 유난히 충격을 받는 듯했다. 그래서 일주일에 서너 번은 병원으로 달려갔고, 틈만 나면 한때, 비록 결혼을 잘해서 그런 거긴 하지만, 국제 관계에서 빼놓을 수 없는 핵심 인물이었던 내가, 내가, 이 레지나가 이런 곳, 요양원에서 여생을 보내게 된 걸 도저히 *믿을* 수 없다고 샐쭉한 목소리로 중얼거렸다. *'이게 요양원이 아니면 뭐야?'* 레지나는 그 사실을 화가 나서 받아들일 수가 없었다. 그래서 서서히, 다른 사람들이 변화의 시작을 알아차리지도 못하게 아주 조금씩, 늙으신 팜므 파탈께서는 자기보다 훨씬 의연하게 노년을 받아들이고 있는 세 친구들과 거리를 두기 시작했다.

플로라가 이제는 심리전을 펼 줄 안다. "엄마, 웃긴 얘기 하나 해줄까?"

"됐거든, 플로라." 롤라가 대꾸한다.

"난 어쩔 땐 엄마를 너무너무 사랑하는데, 또 어쩔 땐 엄마가 너무너무 미워!"

엘렌 라이트가 다른 엄마들에게 전화를 걸어 앨리스의 이야기를 차분하게 전하고, 학부모와 자녀가 함께 참석하는 회의를 자기 집에서 열겠다고 통보한다. 나도 초대하지만, 나는 베아 핑계를 대며 정중히 거절하고, 대신 앞으로 아이들에게 더 큰 미덕(상호 이해, 따뜻한 동지애, 감

동적인 우정)을 종용하는 동사를 더 많이 사용해 글을 짓도록 하는 쪽
으로 수업 방향을 재조정하겠다고 약속한다. 그걸 실제로 어떻게 해
낼지는 나도 모르지만. 내가 아는 건 그 대화 모임이 앨리스가 왕따를
당했던 불미스러운 일을 상세하게 털어놓은 저 운명의 금요일 바로 이
틀 뒤인 일요일에 이루어졌다는 것 정도다. 엄마들과 딸들(앨리스의 아빠
가 모임 참석자 중 유일한 남성)이 회합을 하고 있을 시간에, 베아와 우리 엄
마, 그리고 나는 프랑스산 상세르 와인을 한 잔씩 마시며 우리집 주방
에서 베아의 환송 파티를 준비하고 있다. 마늘과 레몬, 올리브오일로
요리한 육즙 풍부한 로스트 치킨과 햇감자 샐러드, 롤라네 정원에서
따온 콩으로 만든 요리들. 한 다리 건너 전해들은 이야기가 완벽하게
재현될 수는 없겠지만 당시 상황은 내가 전하는 바, 그대로는 아니더
라도 그 비슷하게 전개되었고, 알다시피 목격자의 진술이라는 것도 신
뢰할 수 없는 것이므로, 그냥 내가 전하는 대로 받아들이는 수밖에.

바짝 신경을 곤두세운 여섯 엄마들이 부루퉁한 얼굴로 성질부리는
딸들을 데리고 앨리스네 집 응접실로 꾸역꾸역 들어온다. (소파 위에는
시카고 미술관에 있는 고야의 작품 〈엘 마라가토가 페드로 테 살디비아 수사를 위협〉 6
점 연작 시리즈를 포스터로 만든 것이 걸려 있는데, 누가 쳐다보기라도 했는지 모르겠지
만 어쨌든 복제품조차도 아주 훌륭한 작품이다.) 사회복지사 수련을 마친 후 지
금은 본든 진료소에서 관리자로 일하고 있는 엘렌 라이트는 짤막한
연설로 토론회를 여는데, 문제의 그 사건, 즉 *왕따* 사건을 전하면서 현
재형 동사를 사용한다. 엘렌은 왕따 만들기 행태가 애들 사이에 얼마

나 퍼져 있는지, 그것이 장기적으로 정신 건강에 얼마나 해악을 끼치는지 그 잠재적인 가능성과 여자아이들이 남자아이들보다 얼마나 더 교활하고 공정하지 못하게(나의 표현이다) 행동하는지를 설명한다. 그리고 이런 짓거리는 저절로 없어지지 않으며, 마을 공동체가 나서서 노력해야만 한다고 강조한다. 이 예기치 못한 사회학 강의를 장식한 무의미한 문장들에 나는 하등 책임이 없다. 라이트 부인은 그런 다음, 모인 사람들의 이야기를 듣고 싶다며 누구든 할 말이 있으면 말할 기회를 주겠다는 진심 어린 의지를 표명한다.

침묵이 뒤따른다. 엄마 아빠를 방패 삼아 그 사이에 폭 파묻혀 있는 앨리스에게 몇 사람의 노려보는 듯한 눈길이 머문다.

눈살을 찌푸린 여신 같은 제시카의 엄마 로콰트 부인은 벌어진 일의 대부분이 익명으로 진행됐는데, 자신의 딸 제시카가 그 일에 *관계됐는지를* 어떻게 아느냐고 의문을 제기한다.

엠마의 엄마인 하틀리 부인은, 어서 말을 하라고 자기 딸을 쿡쿡 찔러댄다. 그렇게 몇 번 찌르자 엠마는 얼굴이 빨갛게 달아오른 채, 어느 앙상블 멤버가 지어낸 말들을 털어놓는다. 이어서 그 앙상블 구성원들의 이름을 댄다. 제시카와 애슐리, 조앤, 니키, 그리고 엠마 자신이다. 하지만 *일부러 그런 건* 아니고, *그냥 애들이 하는 바보 같은 장난일 뿐*이었다고 변명한다.

니키와 조앤은 번갈아 가며, 자기들도 누굴 해칠 의도는 아니었다고 짧게 놀라움을 표한다. 하지만 앨리스는 언제나 시카고 얘기만 하는 데다, 항상 책만 읽고, 자기가 우리보다 잘난 것처럼 행동하니까 우리는 *앨리스가 거만하다고 생각할 수밖에 없고, 그래서…*

애슐리의 엄마인 라슨 부인은 걱정 어린 표정을 하고 기어들어가는 목소리로, 얼굴이 잔뜩 굳은 딸에게 순진하게 묻는다. *앨리스랑 너랑은 친한 친구 사이인 줄 알았는데.*

친구 맞아요!

그간 죄책감에 시달리던 페이튼이 갑자기 *거짓말*이라고 소리치더니, 이제는 누구에게도 새롭지 않게 되어버린 진실들을 꺼내놓기 시작한다. 옆에서 버그 부인은 딸의 열성적인 태도를 가라앉히려고 소리 지르지 말라고 작게 주의를 주지만, 페이튼은 아랑곳없이 애슐리가 사진을 찍은 다음 그걸 공개했고, 잭을 내세워 속임수를 쓴 것도 애슐리이며, 자신은 하자는 대로 했을 뿐으로 지금은 후회한다고, 너무너무 후회된다고 외친다. 그러고도 페이튼의 차례는 아직 안 끝난다. 그게 다가 아니라고 한다. 페이튼은 털어놓기가 너무 무서웠는데, 애슐리가 '코븐coven'(마녀들의 집회―옮긴이)이라는 클럽을 만드는 바람에 겁을 먹었기 때문이라고 한다. 클럽에 가입하기 전 아이들은 모두 칼로 자기 몸을 베어 그 피로 맹세문에 사인을 하기로 약속했는데, 그래서 자기도 다른 회원들에게 충성을 약속했고 그 어둠의 동맹에 대해 영원히 비밀을 지키겠다고 서약했다는 것이다. 그 증거로 페이튼은 자신의 왼쪽 다리 허벅지에 난 작은 상처를 보여준다.

악마 숭배 의식이 의심되는 중세풍 제의祭儀로 이야기가 흘러가자,

어른들이 동요하기 시작한다. 화학과 교수라서 다원자 이온 공식 도출의 험난한 봉우리와 골짜기에서 헤매는 의대 지망생들을 지도하는 것에나 익숙한 불쌍한 라이트 씨는, 이렇게 사태가 전개되자 말도 못하게 불편해하며 자기 손톱만 치열하게 들여다보기 시작한다. 로콰트 부인은 피의 맹세가 D. H. 로렌스보다 더 불경스럽다고 생각하는지라, 놀란 숨을 헉 들이킨다. 평생 죽고 못 사는 친구 니키와 조앤의 엄마들은 나란히 앉아 동시에 고개를 떨군다. 뒤이어 코븐 회원들에게 경악에 찬 질문이 쏟아진다.

애슐리는 울기 시작한다.

앨리스는 그냥 보고만 있다.

엘렌은 앨리스를 지켜본다.

앨리스가 이 시점에서 어떤 생각을 했을지 모르지만, 아마 본든의 사춘기 마녀들의 정체가 폭로된 것에 어느 정도 만족해했을 것이다. 그런데 이와 동시에, 앨리스도 이곳에 계속 머물러야 한다는 문제가 남는다. 친구라는 이름의 악마 같은 여자애들과 함께 이곳에서 앞으로도 계속 지내야 하는 것이다.

논평 : '어둠의 장난'이 진실을 말해준다. 그게 뭐냐고? 남자아이들은 남자아이답게 항상 난폭하고, 제멋대로 굴고, 발길질하고, 나무에 매달릴 것이라는 사실이다. 그럼 여자아이들은 항상 여자아이답게 굴 것인가? 순하고, 남을 잘 돌봐주고, 착하고, 수동적이고, 교활하고, 남

을 음해하고, 못되게 구는 게 여자아이다운 거라고?

우리는 엄마 뱃속에 있을 때 다 똑같은 형상으로 출발한다. 우리 모두 최초의 무의식 상태인 양수의 바다에서 헤엄칠 시기에 이미 생식기를 가지고 있다. 우리 중 일부에게 Y염색체가 끼어들어 생식기를 건드려 고환을 만들지 않으면, 우리는 모두 여자로 태어날 것이다. 생물학에서 인류 기원의 신화는 우리가 알고 있는 것과 반대다. 아담은 이브로부터 나와 아담이 된 것이다. 그 반대가 아니고. 남자는 은유적으로 말해 여자의 갈비뼈다. 여자가 남자의 갈비뼈가 아니고. 대개의 경우 XX는 난소, XY는 고환이다. 역사적으로 유명한 그리스의 의사 갈레노스는 여성의 생식기는 남성 생식기를 뒤집은 모양이고 남성 생식기는 여성 생식기를 뒤집은 것이라고 보았는데, 이러한 시각은 몇 세기 동안 정설로 받아들여졌다. "여자의 것을 바깥으로 뒤집고, 남자의 것을 이를테면 안으로 뒤집어 반으로 접으면, 어느 모로 보나 둘이 똑같다는 것을 알게 될 것이다." 물론 그때도 바깥에 달린 것이 안에 달린 것보다 항상 우위였다. 안에 달린 것은 두말할 것 없이 열세였다. 도대체 왜 그런지는 나도 모르겠다. 내가 생각하기에는 밖으로 나와 있는 것은 참으로 취약하다. 사실 거세 콤플렉스가 이해되기도 한다. 만약 내가 생식기를 바깥에 달고 다녔다면, 그 섬세한 물건에 신경이 쓰여 몹시 불안했을 것이다. 사람의 배꼽과 마찬가지로, 고대의 생식기 모형도 '안으로 들어간 것'과 '밖으로 튀어나온 것'으로 나뉘었는데, 이 이론은 '들어간 것'이 갑자기 '튀어나온 것'이 되어 우리를 경악하게 할 수도 있는 가능성을 시사했다. 특히, 원래 '튀어나온 것'을 가진 사람처럼 행동하면 그렇게 될 수도 있다는 것이었다. 안에 숨겨진, 접힌 부분이 어느 날 갑자기 튀어나올 수도 있다는 논리였다. 16세기 문학의 거장 몽테뉴는 '들어간 것, 튀어나온 것' 이론에 동조하며 이렇게 말했다. "남자와 여자는 같은 틀에서 주조되며, 교육과 쓰임새가 다르다는 것을 제외하고는 별반 다를 것이 없다." 그러면서 몽테뉴는 유명한 마리 제르맹 에피소드를 다시 또 들려준다. 몽테뉴의 이야기에 따르면 마리 제르맹은 스물두 살까지는(다른 버전에 따르면 열다섯 살까지) 여성인 마리였는데, 어느 날 갑자기 무리하게 움직이다가(돼지를 쫓아 도랑을 건너뛰다가) 남성의 생식기가 튀어나왔고, 그렇게 해서 남성 제르맹이 탄생했다. 불가능한 일이라고 말할 것이다. 있을 수 없는 일이라고. 그런데 XY인데 아무리 봐도 XX처럼 생긴 유전적 특징을 가지고 태어난 가족이 있는 일가가 푸에르토리코에 하나 있고 텍사스에도 하나 있다. 바꿔 말하면, 유전형질이 표현형질에 가려질 수 있다는 것이다. 어쨌든, 사춘기까지는 그럴 수 있다. 그러다가 나중에서야 여자아이들이 남자아이가 되고 또 성인 남자로 자라난다. 카를라가 카를로스가 되는 것이다! 사랑스러운 딸이 외과 수술 도구 없이도 사랑스러운 아들이 된다. 분명한 건, 자궁 안의 태아 성감별은 전혀 믿을 게 못 된다는 것이다. 이런 줄 알았는데 저런 것으로 드러날 수 있으며, 실제로 그런 일이 일어나기도 한다.

이렇게 말하고 싶을 것이다. 미아, 요점이 대체 뭐냐고. 긴장을 풀고,

깊이 호흡할 것, 이제 곧 수사학적인 이야기로 들어갈 테니. 이는 《국가론》에서 소크라테스가 "말장난"이라고 부른, 같음과 다름에 대한 질문이다. 소크라테스는 질문자 글라우콘에게, 그들이 "'다른 성질'이란 무엇이고 '같은 성질'이란 무엇인지에 대해 질문하지 않고 넘어갔기 때문에, 또한 우리가 다른 성질에 다른 과업을 부과하고 같은 성질에 같은 과업을 부과하면서 우리 자신이 무엇을 얻을 목적으로 그러한 정의를 내리는지 의문을 제기하지 않고 넘어갔기 때문"에 이러한 "논쟁적인 말장난"에 빠지는 거라고 말한다. 이 서양철학의 위대한 아버지는 자신의 이상향에 걸맞은 남녀 문제를 정립하려고 애쓰다가, 결국 이러한 결론에 다다른다(내가 보기엔 다소 억지춘향처럼 보이는 결론이지만, 어쨌든 결론에 다다르긴 한다). "그러나 유일한 차이점이 여자는 아이를 낳고 남자는 아이를 낳게 한다는 것뿐이라면, 그것이 우리 논점에 부합하는 차이점이라고 인정할 수 없다." 여기서 논점은 이것이다. '여자들이 남자들과 동일한 교육을 받고 국가에서 남자와 같이 통치할 권한을 부여받아야 하는가.'

대부분은 똑같지만 어떤 부분은 다르다, 특히 아래쪽의 '낳고 낳게 하는' 부위가 다르다고? 혹은 종이 다르다고? 토머스 래커는, 맙소사, 이 주제에 대해 아예 책을 한 권 쓰기까지 했다. '들어간 것-튀어나온 것' 이론이 무너지자, 18세기 언제쯤에 이르러 여자는 더 이상 '성기가 안으로 들어간 남자'가 아니게 되었다. 우리는 완전히 '다른 종'이 되었다. 우리의 뼈, 신경, 근육, 장기, 조직 등등은 남자들과 전혀 다른 성질의, 아예 다른 기계장치이며, 이 생물학적 이종異種은 너무나 연약한 존재라는 것이었다. 폴 빅토르 드 세제는 1786년에 이런 말도 했다. "모든 인간에게 똑같이 지성이 주어지는 것은 사실이나, 그렇다고 그것을 똑같이 사용하는 것은 전혀 도움이 되지 않는다. 실제로 여자에게는 이러한 두뇌 활동이 큰 해를 불러올 수 있다. 여성의 천성적 연약함 때문에 여자들의 강도 높은 두뇌 활동은 다른 기관을 소진시키고 그에 따라 그 기관들이 적절한 역할을 수행하는 것을 방해한다. 무엇보다, 여성의 지나친 두뇌 사용으로 가장 소진되고 망가질 위험에 처한 기관은 생식기관이다." '머리를 쓰면 난소가 오그라든다'는 이 이론은 든든한 뒷받침을 받고 오래도록 지속되었다. 《미국의 신경증》의 저자 조지 비어드 박사는, 아래쪽의 기능에만 집중해 아기나 쑥쑥 낳는 "움막에 사는 북미 원주민 여자들"과 다르게, 현대 여성은 두뇌 활동으로 불구가 되었다고 주장하며, 이를 뒷받침하는 근거로 고등교육을 받은 자궁들의 크기를 측정한 결과 전혀 교육을 받지 않은 자궁들의 절반밖에 안 되었다는, 저명한 동료 학자의 연구 결과를 내세웠다. 1873년에는 에드워드 클라크 박사가 저명한 비어드 박사의 뒤를 이어, 친절하게도 《교육에서의 성 : 여자아이들에게 주는 공평한 기회》라는 제목의 저서를 출간했다. 이 책에서 클라크는 생리 중인 여자아이들은 교실에 못 들어오게 해야 한다고 주장하며, 다른 곳도 아닌 *하버드*에서 시행된, 지적인 여자들을 대상으로 한 임상 연구 결과를 이에 대한 탄탄한 근거로 제시했다. 지나친 지적 활동이 이 연약한 존재들에게 불임과 빈혈, 히스테리를 안겨주고 심하면 미치게도 만들었다는 것이 그 결론이었다. 어쩌면 내 문제가 이것이었는지도 모른다. 책을 너무 많이 읽어서 뇌가 폭발했나 봐. 1906년에 해부학자 로버트 베넷 빈은 남자의 뇌량(좌뇌와 우뇌를 연결시켜주는 신경섬유)이 여자의 뇌량보다 크다면서, "뇌량이 유달리 크면 지적 활동이 유달리 많음을 의미할 수도 있다"는 가설을 제기했다. '지적인 사고=큰 뇌량'이라고?

하지만 요즘에 그런 말도 안 되는 논리를 주장하는 사람이 어디 있느냐고 그러겠지. 과학은 달라졌다. 입증할 수 있는 사실에 근거한 과학이 대세다. 그런데도 남편의 동료들은 고집스럽게도 뇌의 질량과 두께를 재고, 뇌 내의 혈행을 스캔하고, 쥐와 원숭이에게 호르몬을 주입하면서, 하여튼 남녀 성차라는 것은 엄청난 것이며 진화로 미리 결정되어 있고 거의 불변이라는 논제를 철저히 증명해내려는 노력을 불철주야 전개하고 있다. 인간에게는 각각 남자의 두뇌와 여자의 두뇌가 있으며, 남녀는 생식 기능만 다른 게 아니라 수많은 측면에서 서로 다른 역할을 수행한다고 그들은 주장한다. 모든 인간이 지성을 부여받는 것은 사실이나, 남녀는 각각 *다른 종류의 지성*을 부여받는다는 얘기다. 한 예로, **막스 플랑크 연구소**에서 포스트닥터 과정을 수료한 저명한 신경생리학자 레나토 사바티니 박사는 우리와 그들의 다른 점을 줄줄이 나열한 다음, 이렇게 결론 내린다. "연구자들의 견해에 따르면, 이것이 세상에 [남성] 수학자와 조종사, 캠핑 가이드, 기계공, 건축가, 자동차경주 선수 등이 여자보다 많은 이유가 될 수 있다." 아가씨들이여, 너희가 아무리 공부해봤자 리카티의 미분방정식은 풀지 못할 거다. 왜냐고? 여기서 또 원주민 움막집 여자 이론이 '원주민' 부분만 쏙 빼고 다시 등장한다(요새는 아메리카 원주민의 움막을 악마적이거나 이상적인 모습으로 형상화하는 것이 더 이상 허용되지 않는다. 그래서 우리는 이제 모독할 수 없는 대상만 언급해야 한다). "원주민 남자들은 사냥을 했다. 원주민 여자들은 집 근처에서 식재료를 채집하고 아이들을 돌봤다." 하지만, 걱정 마시라. 우리의 존귀하신 교수님께서 우리 여자들에게 이르시기를, 너희들이 비록 미개척지의 지도자는 못 되지만, "남자들은 독립심, 정복욕, 공간 지각 능력과 수학 능력, 계급주의와 관련된 공격성, 기타 등등의 특징을 강하게 보이는 반면, 여자들은 여러 가지 중에서도 특히 동정심과 언어 능력, 사교 능력, 안정 추구의 성향이 두드러지니까." 이 교수님의 논리에 입각해서 보면, 우리의 우세한 '언어 능력'은 여자들이 왜 그리 오랫동안 문학계를 지배해왔으며, 그러는 동안 남자들은 왜 단 한 명도 그 분야에서 두드러지지 못했는지를 설명해준다. 나는 학계와 언론에서 현대문학의 거성을 인용할 때면 여성의 숫자가 단연 압도적이라는 것에 독자 여러분도 주목했으리라고 확신한다.

한 가지 기쁘게 말할 수 있는 건, 나의 (아니, 한때 내 것이었던) 보리스는 아마 사바티니 박사에게 동조하지 않을 것이라는 거다. 나의 옛 남자는 생쥐들에 파묻혀 지내고 또 진화론과 유전자 연구에 그렇게 애정을 쏟으면서도, 유전자가 환경의 영향을 받아 형질이 발현된다는 것, 두뇌란 유연하고 역동적인 형질을 지녔다는 것, 그래서 시간이 지날수록 *외부 환경*과의 유기적 작용으로 발달하고 변화한다는 것을 잘 알고 있다. 그는 또한, 우리가 가진 공통점들에도 불구하고 사람은 쥐가 아니며 인간의 고등 수행기능이 우리가 어떤 인간이 될지에 결정적으로 작용할 수 있음을 알고 있으며, 어느 날 유용한 과학으로 칭송되는 것도 당장 다음 날이면 형편없는 과학으로 전락할 수 있음을 알고 있다. 1982년에 발표되어 세상에 충격을 안겨준 빈 박사의 연구 결과를 보면, 뇌량, 즉 사람 두뇌의 두 반구체를 연결해주는 그 섬유질 부분, 특히 팽대膨大라고 불리는 부분이 여자가 남자보다 실제로 *크다*는 연구 결과가 그러한 경로를 밟았듯이 말이다. 이 연구는 곧 〈뉴스위크〉지에 떠들썩하게 보도됐지만, 여자가 지적으로 우월하다는 말(인간의 역사상 이러한 개념은 한 번도 정식으로 제시된 적이 없다) 대신에 더 큰 팽대를 가진 우리 여성들이 좌뇌와 우뇌의 소통이 더 잘 이루어진다고 했고, 이를 〈뉴스위크〉지는 "여자의 직관"이라고 보수적으로 표현했다. 그러더니 한국 남녀를 대상으로 그 성가신 것을 또 연구한 결과, 남자의 팽대가 더 크다는 결론이 도출되었다. 한국 사람들은 특별한 종족인가 보다. 그러더니 또 다른 연구에서는 남녀 간에 차이가 없다고 나왔다. 또 다른 연구 결과들이 속속 등장했다. 약간 크다는 둥, 약간 작다는 둥, 아니면 똑같다는 둥, 별의별 얘기가 다 나왔다. 1997년에는, 뇌량에 대한 49건의 연구 논문을 검토해 평론서를 낸 저자 비숍과 월스턴이 이런 결론을 제시했다. "여자들이 팽대가 더 크고, 따라서 남자들과 다른 사고를 한다는 속설은 근거가 없는 주장이다." 어머나, 어떻게 이런 일이! 그러나 과거의 통념은 대중들 사이에서 여전히, 아직도 떠돌고 있다. 한 얼간이는 같잖은 사이비과학 이론을 떠들어대면서 뇌량에다 '뇌의 보호막'이라는 별명을 붙였다.

남자와 여자 사이에 다른 점이 전혀 없다는 게 아니다. 그 차이가 어떤 차이를 만드느냐, 그리고 우리가 그것을 어떤 틀로 해석하느냐가 중요하다는 것이다. 시대마다 다름과 같음에 대한 과학적 연구, 생물학, 이데올로기, 이데올로기적 생물학 연구는 계속 있어왔다. 이는 결국 우리를 원점으로 데려다놓는다. 되바라진 소녀 시인들, 그들의 무모한 장난, 그리고 '어둠의 장난'으로.

작금의 시대 상황에서 보자면 '어둠의 장난'으로 추천할 만한 것이 아주 많은데, 모두 다 환원주의적이고 단순한 것들이다. 매우 특별하지만 의심스러운, 여성 뇌의 별개성으로 설명해볼까, 아니면 수천 년 전 "원주민 여자들은 집 근처에서 식재료를 채집하고"에서 진화한 유전자로 설명해볼까, 그것도 아니면 사춘기에 넘쳐흐르는 위험스러운 호르몬으로 설명할까, 아니면 비밀조직 여자아이들의 공격적이고 분노에 찬 충동을 나타내는 사악한 사회학습으로 설명해볼까? 필경 우리의 애슐리 역시 XX 염색체의 소유자임에도 불구하고, 앞에서 언급된 그 잘나신 박사님의 분석과는 다르게 "사회적 권위" 그리고 "계급주위와 관련된 공격성"에 깊은 관심이 있겠지. 나의 옛 친구 줄리아가 그랬던 것처럼. 내가 오래전 초등학교 6학년 학생이었을 때, 누가 내 책상 위에 쪽지를 올려놓고 간 기억이 난다. 읽어보았더니 잡지에서 오려낸

글자를 이어 붙인 것이었다. "모두들 너를 싫어해. 너는 완전 거짓말쟁이니까." 그때 이런 생각을 한 기억이 난다. 내가 거짓말쟁이였던가? 도서관에서 나한테는 너무 어려운, 글자가 아주 작은 책들을 빌려 읽기는 했지. 그렇다고 걔네들이 한 말이 옳다는 뜻이 되나? 그 쪽지는 내 머릿속을 진흙탕처럼 휘저어놓았다. 죄책감과 나약함과 함께. 나도 우러름 받고 사랑 받고 싶은데 내가 과연 그럴 만한 사람일까 하는 의심을 불러일으킨 것이다. 그런데 나는 겁쟁이에 울보라서 그런 의심들이 나를 망치게 내버려두었다. 거짓말쟁이라니! 나는 거짓말쟁이와는 거리가 한참 멀었다. 나약해빠진 내면을 감춰주는 계략과 광대 가면과 드라큘라 얼굴에 영광 있으라! 갑옷을 입고 긴 창을 들어라. 독사 같은 인간들로부터 보호해준다면야 한갓 허위쯤은 언제든지 환영한다.

자명한 공리 중에도 거짓인 것이 많다. 하지만 잔인성이 인간사의 한 면이라는 말은 예외로 하자. 우리는 더 철저하게 파고들어야 한다. 그들이 맹세를 하기 위해 베었던 상처에서 나는 피 냄새와 비밀 엄수에서 느끼는 두려움과 흥분이 일으킨 전율, 아이들이 코븐에서 발견한 극적으로 과장된 위험의 냄새를 맡을 수 있을 정도로 바싹 다가가야 한다. 그 아이들이 앨리스에게 상처를 주면서 느낀 쾌감을 느낄 수 있을 정도로 가까이 다가가야 하고, 또 앨리스가 옛날의 내가 그랬던 것처럼 자신의 나약함, 그리고 착하게 보이려는 욕구에 스스로 방어할 송곳니를 뽑아버렸다는 사실을 알아챌 만큼 접근해야 한다.

나는 자신에게 속삭인다. 그런데 넌 더 이상 열두 살이 아니야. 네

송곳니는 가장 날카롭지는 않을지 몰라도 충분히 다시 자라났고, 이제 네가 하고픈 대로 행동할 수 있어. 나는 일곱 통의 전화를 돌렸다. 일곱 엄마들에게 내가 일주일간 수업을 쉬고 싶은데, 그 기간 동안 아이들이 각자 그간 있었던 일을 시나 산문으로 써 와야 한다고 전했다. 최소한 두 쪽 이상으로. 나머지 수업은 아이들이 써 온 글들을 어떤 방식으로든 다루면서 진행할 것이라고 했다. 내 말에는 설득력이 있었다. "그 일을 다시 끄집어내는 것"을 우려하여 투덜거리는 말도 들렸지만, 결국에는 내 말에 반대하는 엄마는 한 명도 없었다. 심지어 이 추잡한 소동에 진심으로 충격을 받은 듯한 로콰트 부인도.

사랑하는 엄마,

아빠가 호텔로 옮겨 갔어. 어떻게 된 건지 잘 모르겠는데, 일단 목요일에 저녁 식사를 같이 하기로 했고, 아빠가 그때 다 이야기하겠다고 약속했어. 솔직하게 다 털어놓겠다고. 내가 아빠더러 엄마한테 편지 쓰라고 했고 아빠도 그러겠다고 했는데, 전화 통화할 때 아빠 목소리가 너무 슬프게 들렸어. 기운이 하나도 없는 것처럼. 도무지 아빠 속을 알 수 없지만, 그래도 뭐든 알아내는 대로 소식 전할게, 엄마. 이제 일주일하고 반만 지나면 나도 본든에 가, 우리 귀여운 엄마. 그때 엄마 집에 짠 하고 나타나서 완전 힘차게 안아줄게!

사랑을 담아, 엄마의 데이지 걸

A. 보리스가 **일시정지**를 쳤다.

B. *일시정지*가 보리스를 찼다.

C. 둘의 관계는 지속되고 있으나, 일시정지하는 처소가 너무 작다고 판단, 호텔로 옮겼다.

D. 둘은 상호 합의 하에 갈라섰다.

E. 해당 사항 없음.

A가 B보다 낫고, B가 C보단 나았다. 그리고 B보다는 D가 나았다. E 는 미지수, 또는 'X'였다.

A, B, C, D 그리고 X를 놓고 속으로 곱씹고 괴로워하길 수차례. 돌아온 탕아 아닌 돌아온 배우자가 내 발아래 엎드리거나 무릎을 꿇고 죽도록 사죄하는 만족스러운 환상을 가지고 마음껏 상상의 나래를 펼침. 그 프랑스 여자에게 배우자가 상처 받는, 조금 덜 만족스러운 상상들. 너덜너덜 누더기가 되어버린 내 마음의 모순된 상태에 대한 자기 성찰의 시간도 가짐. 울지는 않음.

그러다가 수요일 밤 아홉 시 반쯤, 소파에 드러누워 나지막하게 소리 내어 토머스 트러헌을 읽고 있을 때였다. 얼굴에는 초록색 머드팩을 바르고 있었는데, 나 같은 늙은 얼굴(그렇게 꼭 집어 표현한 건 아니었으나, 상표에 적혀 있는 '잔주름'이라는 완곡어법이 제조자가 의미하는 바가 뭔지 명백히 알려주었다)을 부드럽고 깨끗하게 정화해준다고 제조사가 약속했기에 사 온

재료였다. 그때 옆집 남자, 성질 고약한 피트가 우리에게 잘 알려진 욕 두 마디, 성교를 뜻하는 형용사와 여자 성기를 뜻하는 명사를 합친 욕을 계속해서 큰 소리로 내뱉는 것이 들렸다. 피트가 한 번씩 그 욕을 내뱉을 때마다, 마치 한 대씩 얻어맞는 것처럼 몸이 굳어갔다. 나는 안뜰을 향해 난 유리문으로 다가가 거기 서서 작고 수수한 이웃집을 내다보았지만, 이웃집 창에는 사람 그림자도 얼씬하지 않았다. 밖이 완전히 깜깜한 것은 아니었고, 진한 청색 하늘에 점점 짙어지는 구름이 여기저기 어두운 흔적을 남기고 있었다. 나는 문을 열고 잔디밭, 후텁지근한 여름 공기 속으로 발을 내딛었다. 사이먼이 우는 소리가 들리더니 곧바로 현관문이 시끄러운 소리를 내며 닫혔다. 이어서 달려 나가는 피트의 그림자가 비치고, 차 문을 부서져라 닫는 소리, 시동 걸리는 소리, 엔진 돌아가는 소리, 타이어가 바닥을 긁는 소리가 차례대로 들리면서 도요타 코롤라가 텅 빈 거리로 질주하더니 왼쪽으로 급회전하며 모습을 감췄다. 아마도 마을로 가는 거겠지. 잠시 후, 이웃집 창문 저편으로 롤라가 사이먼을 안고 거실로 나오는 게 보였다. 롤라는 머리를 아이에게 푹 숙인 채 팔에 안은 아이를 흔들어 얼렀고, 플로라는 마치 몽유병자처럼 그 둘의 뒤를 졸졸 따라갔다. 그들은 완전한 하나였다.

나는 잠시 움직이지 않고 가만히 서 있었다. 한낮의 온기가 남아 있는 잔디를 맨발로 밟고 그렇게 서 있는데, 말할 수 없는 슬픔이 몰려왔다. 문득 우리 인간이란 존재가 불쌍하게만 느껴졌다. 마치 내가 갑자기 하늘로 날아가, 19세기 소설에 등장하는 전지적 시점의 화자처럼, 결점 많은 인류가 만들어내는 광경을 내려다보면서 상황이 이와는 달랐으면 하고 바라는 것 같았다. 완전히 달라지기보다는, 우리 중 몇몇은 때로 고통을 조금은 피할 수 있을 만큼만이라도 상황이 바뀌었으면 하는. 이 정도면 물론 소박한 소원이라고 할 수 있다. 유토피아적 환상이 아니라, 몇 가닥 회색으로 센 붉은 머리를 설레설레 저으며 깊이 한탄하는, 온전한 정신의 화자가 바라는 소원. 비열함과 폭력과 옹졸함과 상처가 끝없이 반복되는 것을 한탄하는 것은 옳은 일이기에. 그래서 나는 옆집 문이 열리고 그 집에서 빠져나온 나의 이웃 세 명이 잔디밭을 가로질러 이쪽으로 올 때까지 계속 한탄하다가, 그들을 내 집에 들였다.

플로라가 모키도 데려왔기 때문에, 실상은 셋이 아니라 넷이었다. 신데렐라가 그려진 속바지만 입은 플로라는 잔디밭을 가로질러 내게 다가오는 동안 절실한 목소리로 모키에게 괜찮아, 걱정할 것 없어, 울지 마, 다 괜찮아질 거야 하고 속삭였다. 플로라는 옆의 허공을 쓰다듬고 한 번 키스하더니 우리가 모두 집 안에 들어서자마자 소파로 냉큼 달려가 뱃속에 있는 아기처럼 몸을 둥글게 말고 앉아서 눈을 꼭 감았다. 나는 플로라가 가발을 안 쓰고 있다는 것을 알아챘다. 나는 플로라 옆에 앉은 다음, 롤라에게 의자를 가리키며 앉으라고 눈짓을 보냈다. 그리고 롤라가 관절염 심한 할머니처럼 천천히 의자에 앉는 것을 지켜보았다. 롤라의 얼굴엔 표정이 없었다. 두 뺨도 젖어 있지 않았고, 눈동자에 충혈된 부분도 없었다. 눈물을 흘린 흔적은 없었지만, 마치 먼 길을 달려온 사람처럼 깊은 숨을 들이쉬고 내쉬느라 가슴팍이 오르락내리락했다. 나는 플로라의 등에 살며시 손을 올려놓았다. 플로라가 한쪽 눈을 살짝 뜨더니 내 얼굴을 살피며 이렇게 말했다. "아줌마, 초록색이네요."

나는 잽싸게 얼굴로 손을 가져가다가 그제야 내가 얼굴에 미용제품을 바르고 있다는 것이 생각났다. 얼른 달려가 머드팩을 지우고 돌아오니, 무엇보다 롤라가 많이 지쳐 있는 모습이 눈에 들어왔다. 롤라는 페이즐리 무늬의 합성섬유로 된 얇은 목욕가운을 입고 있었는데, 목 부분이 벌어져 오른쪽 가슴이 거의 다 드러나 보였다. 엉망으로 뭉친 금발은 얼굴을 뒤덮어 두 눈을 다 가렸지만, 롤라는 가운을 여미거나 머리를 쓸어 올리려고 하지도 않았다. 뭔가를 하기엔, 손을 들어 올릴 기운도 없는 듯 기진맥진한 상태였다. 사이먼이 칭얼거리며 머리로 엄마 팔을 밀어댔지만, 롤라는 꿈쩍도 하지 않았다. 나는 롤라의 품에서 아기를 빼앗아 안고 이리저리 흔들면서 방 안을 서성거리기 시작했다. 롤라가 내 쪽으로 고개도 돌리지 않은 채, 결의에 찬 목소리로 말했다. "오늘 밤 안 돌아갈 거예요. 피트가 집에 돌아왔을 때 저 집에 있고 싶지 않아요. 오늘 밤만큼은 싫어요." 내 침대에서 자고 가라고 말하자, 롤라가 대꾸했다. "우리 다 같이 거기서 자면 되겠네요, 넷이서. 킹사이즈 침대죠?"

우리는 넷이서, 아니면 어떻게 세느냐에 따라 다섯이서, 다 같이 한 침대에서 잠을 잤다. 버다 부부가 은닉해둔 알코올 도수 높은 술들 중에서 위스키를 꺼내 스트레이트로 두어 잔 따라서 롤라에게 먹인 후, 나는 사이먼을 재워 침대에 뉘였다. 발 달린 파란색 내리닫이 잠옷을 입은 통통한 공 같은 갓난아기는 무의식적으로 조그만 입술을 오므렸다 벌렸다 하면서 쌕쌕 숨을 쉬었다. 나는 치워뒀던 아이들 담요를 찾아와 에어컨의 찬 바람이 닿지 않도록 아기를 꽁꽁 쌌맸다. 그 다음엔 잠에 취한 플로라를 옮겼다. 내가 담요를 둘러주자 플로라는 코 고는 소리를 한 번 내더니 곧바로 몸을 뒤집고는 깊은 잠에 빠졌다. 나는 돌아와서 롤라와 잠시 나란히 앉아 있었다. 롤라는 피트 얘기는 하지 않으려 했다. 내가 무슨 일로 의견 충돌을 일으켰는지 묻자, 롤라는 바보 같은 일로 싸운 거라고, 자기들 싸움은 항상 아무것도 아닌 것, 전혀 중요하지 않은 걸로 일어난다고 대꾸했다. 자기는 너무 지쳤고, 피트한테 지쳤고, 자신한테 지쳤고, 심지어 아이들한테도 지쳤다고. 나는 거의 아무 말도 하지 않았다. 그 순간의 나는, 대화 상대가 아니라 허공의 공기와 같은 존재, 말을 담아두는 장소 같은 존재밖에는 되지 않을 것임을 깨달았다. 롤라가 불쑥, 하던 이야기를 마치지 않고 말머리를 돌렸다. 어렸을 때 학교에 입학한 지 3년이 지나도록 한 마디도 제대로 하지 않았다는 이야기였다. "집에서는 말을 했어요. 부모님한테나, 오빠 동생들한테. 근데 학교에서는 아무한테도, 한 마디도 하지 않았어요. 유아원에 다닐 때는 어땠는지 기억이 잘 안 나지만, 유치원에 대한 기억은 조금 남아 있고요. 프로더마이어 선생님이 나한테 몸을 숙이고, 그 큰 얼굴을 바짝 갖다 대고는, 왜 대답을 안 하느냐고 물었던 게 생각나요. 선생님은 그게 무례한 짓이라고 했어요. 그건 저도 알고 있었죠. '선생님은 이해하지 못할 거예요'라고 말하고 싶었어요. 그냥, 말을 할 수가 없었어요." 롤라는 자기 손을 내려다보았다. "엄마 말로는, 내가 1학년 올라가고 나서 언젠가부터 학교에서 속삭이는 정도로 말을 하기 시작했대요. 엄마는 날아갈 듯이 기뻐하셨어요. 내 아이가 말을 속삭이다니. 그러더니 그때부터 아주 조금씩 더 큰 소리를 내기 시작했나 봐요."

롤라가 침대에 들어가 아이들 옆에 자리를 잡고 난 뒤, 나는 침대 가장자리에 걸터앉아 롤라의 머리를 20분쯤 쓰다듬어주었다. 데이지보다 겨우 두 살 위잖아, 나는 속으로 중얼거렸다. 나는 그때의 롤라를, 학교에서는 말을 할 수가 없었던 조용한 소녀를 떠올려보았다. 집이 아닌 곳, 집 밖의 어딘가 낯선 장소에서 말을 해야 하는 불안감. 다른 많은 것들과 마찬가지로 그것에도 이름이 있다. 선택적 함묵증. 어린아이들에게서 많이 나타나는 증상이다. 그러자 내가 입원했던 병원에서 만난 한 젊은 여자 환자가 떠올랐다. 그 여자의 이름을 기억해보려 애썼지만 좀처럼 생각나지 않았다. 아무튼 그 여자도 말을 안 했다. 단 한 마디도. 가는 몸매와 핏기 없는 피부에 금발이었던 그 여자는 낭만주의 시대의 결핵에 걸린 창백한 사람들을 연상시켰다. 그 여자와 다시 마주친 건 그녀가 굳은 자세로 복도를 어슬렁거리고 있을 때였다. 허리를 구부정하게 수그리고 빛바랜 긴 머리로 베일처럼 얼굴을 가린 채 돌아다니며, 얼굴에 바짝 들이댄 채 들고 다니는 손잡이 달린 플라스틱 물통에 침을 뱉어댔다. 어떤 때는 조용히 뱉어냈지만, 어떤 때는 폐에서부터 점액질을 끌어모으는 것처럼 요란하게 뱉곤 해서 주변에 있던 다른 환자들을 키득키득 웃게 만들었다. 한번은 휴게실에 있는 소파 뒤로 휙 숨더니 남의 눈에 안 띄게 몸을 잔뜩 웅크리는 걸 본 적이 있는데, 그러고 나서 잠시 후 물통에 요란하게 토하는 소리가 들렸다. 안에 있는 건 내보내고. 밖에 있는 건 밖에 그대로 두고. 나를 가두고 봉인해줘, 아무것도 들어오지 못하도록 단단히. 눈을 감겨줘. 입을 막아줘. 문에 빗장을 질러. 블라인드를 내려. 나를 나의 말 없는 성소에, 내 광기의 요새에 가만 내버려두란 말이야. 불쌍한 여자, 그녀는 지금 어디 있을까?

나는 플로라 옆에 남는 공간을 확보해서 누웠으나, 하룻밤 투숙객들이 내는 꿈나라 콘서트 음향이 만만치 않았다. 내 귀들이 고생이 많다! 마침내 잠이 들었다. 코 막힌 아기 사이먼이 빽빽대는 콧소리, 플로라가 손가락을 빨다가 쩝쩝거리는 소리, 그리고 롤라가 내는 불규칙한 중얼거림과 외마디소리. 롤라는 조그맣게, 격한 목소리로 "안 돼!"라고 몇 번씩 소리치기도 했다. 내 몸은 그들과 한 침대에 누워 있었지만, 마음은 습관처럼 보리스와 시드니, *일시정지*, 쓰다가 중단해버린 섹스 다이어리에 대한 생각으로 오락가락 배회했다. 끝내주는 오르가슴을 느끼며 잠에서 깨어나게 해준 수많은 꿈에 대해 써볼까도 생각했고, 아니면 내가 '초식남'이라고 불렀던 F. G.에 대해서 글을 써볼까도 생각해봤다. 그는 야금야금 한 입씩 뜯어서 오물거리며 씹어 먹는 반추동물 같았는데, 내 몸뚱이가 마치 대단히 맛있는, '저 푸른 초원'이라도 되는 양 아래위로 샅샅이 누비곤 했다. 그 다음에는 잠시 동안 환경이 인간에게 미치는 영향과 달리 유전자가 미치는 영향은 백분율까지 정확히 계산할 수 있다는 생물발생학적 헛소리를 두고 잔뜩 짜증을 내면서 머릿속에서 가차 없는 반박문을 쓰기 시작했던 것 같다. 그러나 마지막으로 기억나는 것은, 이것이 내 기분을 상당히 풀어줬는데, *트러헌으로 돌아간 것*, 그리고 겨우 몇 시간 전에 소리 내어 수차례 읽었던 '물속의 그림자'라는 그의 시였다. 트러헌의 그 시는 모키에 대해 이런저런 생각을 하다가 자연스레 떠올랐던 것 같다. 보이지는 않지만 혹시 모키가 우리 사이에 누워 있지는 않을까, 강건하고 기운 넘치는 긴 머리의 이 소년은 항상 천천히 떠다니지만, 아버지의 폭발 후 누군가의 위로가 필요하지는 않았을까, 작달막하고 통통하고 이제 가발을 쓰지 않는 여작가님이 모키의 머리를 쓰다듬고 키스해줘야 하지 않을까, 하고 생각하다가 떠오른 시였다.

오 벼랑 끝에 서 있는 그대여,

나와 아주 가까이 있는 그대를 갈라진 틈새로

놀라움을 안고 바라보니: 거기 누구의 얼굴들을,

누구의 발들을, 누구의 몸뚱이들을 그대는 입고 있는가?

나는 당신에게서 벗들을,

또 다른 나를 본다.

그들은 다른 이들인 것처럼 보였지만, 그러나 우리도 그러한 것을;

그 그림자들은 우리의 나머지 반쪽들인 것을.

피트의 목소리에 잠이 깼다. 그가 직접 내 방에 왔다는 건 아니고, 전화로 나를 깨웠다는 얘기다. 화가 난 음성이 아니라 화를 가라앉힌 목소리로, 예의 바르지만 굳은 말투로 "내 아내"를 바꿔달라고 했다. 침대는 비어 있었다. 손님들이 안 보였지만 주방에서 인기척이 났다. 플로라는 우스꽝스러운, 말도 안 되는 노래를 흥얼거리고 있었다. 접시끼리 부딪히는 소리, 어떤 물체가 다른 물체에 툭 부딪히는 둔탁한 소리가 나더니, 토스트임이 틀림없는 냄새가 났다.

롤라가 침실에서 전화를 받는 동안, 나는 사이먼을 안고서 플로라가 아침 식사의 두 번째 코스인 잼 바른 토스트를 먹는 것을 감독했다. 플로라는 여전히 노래를 흥얼거리며 검정색과 흰색 타일 바닥을 한 칸씩 가로질러 건너다니면서, 토스트를 한 입 베어 물고는 허공에 대고 흔들기를 반복했다. 아기가 내 파자마 윗도리에 우유를 토했다. 게워낸 우유의 희미한 냄새, 옷을 적시고 내 몸까지 축축하게 만든 토사물, 품에 꼭 안은 꿈틀거리고 발버둥치는 아기의 몸뚱이가 나의 딸 데이지 걸, 나의 까다롭고 성미 급한 갓난아기 데이지를 안고 얼러주던 옛날을 떠올리게 했다. 데이지가 태어나고 처음 몇 달간 나는 아기를 안고 몇 시간이고 서성이며 자그마한 귀에 대고 달래는 말들을 속삭였고, 잔뜩 굳은 가슴팍과 팔다리에서 긴장이 빠져나가는 게 느껴질 때까지 마치 음악 같은 아이 이름을 계속 불러주었다. 나는 아이를 딱 하나만 낳았고, 아이를 기르는 건 결코 쉽지 않았다. 롤라는 아이가 둘이었다. 우리 엄마도 둘을 낳았다. 침실에서 나온 롤라는 문간에서 걸음을 멈추더니 알 수 없는 미소를 지었다. 나는 '욕설 대마왕 피트'가 용서를 빌었고 그 때문에 저런 미소를 짓는 건지, 아니면 법석 떠는 사이먼을 안고 있는 지금의 내 모습이 웃겨서 미소를 짓는 건지 궁금했다. 두 아이를 한 팔에 하나씩 끼고 무거운 걸음으로 잔디밭을 가로질러 재수 없고 불쌍하지만 이제 술에서 깬 남편에게 돌아가기 전에, 말 없는 롤라는 이렇게 말했다. "어떤 건 죽어도 안 변해요. 늘 똑같아요. 지금쯤이면 제가 철이 들었어야 하지 않나 싶죠? 그래도 그 사람 조금 놀랐어요. 내가 집에 안 들어가서 겁먹었나 봐요. 고마워요, 미아."

썰렁하게 자리가 남아도는 킹사이즈 침대에 혼자 누운 마마Mama 미아는 하얀 시트를 내면의 대사와 추억으로, 단어와 생각과 아픔과 고통의 회전목마로 채운다. 데이지의 엄마, 미아. 상실의 어머니, 미아. 한때 보리스의 아내였던 여자. *그러나 오 가혹한 변화여, 이제 당신은 갔소. 오 마음속의 밀턴. 오 뮤즈여. 오 미아, 시인의 젖가슴을 가진 여자, 파르르 화를 내는 백치 미녀여, 더 이상 비통해하지 마오!* 골칫거리를 걷어내고, 오점을 남기지 말고, 이 상황에서 벗어나, 자신을 위해 유치한 노래를 부르며 그 커다랗고 삐걱거리는 돛단배 같은 침대에서 왕도 없이 항해해 나아가시오. 당신에게는 불륜의 여왕도, 웃음 띤 얼굴의 음유시인도 필요 없고, 오직 왕만이 어울리니까.

목요일 오후, 보리스가 다음과 같은 이메일을 보내왔다. 주석 포함 :

미아,

[연애 상대였던 프랑스 여자의 실제 이름]하고는 끝났어. 나는 지금 루스벨트 호텔에서 지내고 있어. 지난 2주간 그 어느 때보다 내 인생에 대해 진지하게 고민해봤어. 내게는 암흑기 같은 시간이었어. 심지어 밥한테 전화까지 했다니까. (밥은 록펠러 재단에서 연구 중인 정신과 의사 친구. 여기서의 '심지어'는 B. I.가 얼마나 극단적으로 절제된 표현이 가능한 인물인지를 보여주는 훌륭한 사례다. 그는 정신과 상담을 받아보라는 제안을 항상 고집스럽게, 그리고 맹렬하게 거부해왔다. 그러니 밥에게 전화를 걸었다는 것은 절박함의 증거다.) 이제 와서 보니 내가 나 자신의 일부, 내 과거의 일부에서 벗어나고 싶어서 너무 섣부르게 행동했던 것 같아. 그 덕분에 당신이 고생했지. (주: 어머니와 아버지, 슈테판 얘기를 하는 것. 그리고 보리스가 과학자임을 잊지 말자. 그의 문체는 요점만 툭 부려놓는 경향이 있다. 직업병인가 보다.) [프랑스어 하는 불여시]와 사귀고 있을 때, 나도 모르게 당신 얘기를 많이 하게 되더라고. 그건, 말 안 해도 알겠지

214

만, 그 여자와 나 사이에 문제가 됐어. 그리고 집에서의 내습관, 아니, 제대로 된 습관이 없는 것을 그녀는 마음에 안 들어 했어. (주: 재떨이마다 담배꽁초를 수북이 쌓아놓는 것, 〈네이처〉나 〈사이언스〉, 〈브레인〉, 〈지네틱스 위클리〉등 최근에 읽고 있는 잡지들이 집 안 이곳저곳에 널려 있는 것, 바닥에 옷가지를 그냥 떨어뜨려놓는 습관을 말하는 것이다. 또한, 포스트닥터 학위가 세 개나 있으면서 식기세척기와 세탁기, 빨래건조기의 달인이 될 능력은 없다고 우기는 것을 말한다.) 나는 내가 멀리서 바라보면서 그녀를 이상화했다는 것을 깨달았어. 이 점에선 그녀도 마찬가지였을 거야. (더 이상 비현실이 현실을 가로막지 않게 되었나 보다.) 함께 일하는 것과 함께 사는 것은 다른 것이더군. (당연하지, 이 사람아.) 당신이 보고 싶어, 미아. 얘기도 나누고 싶고. 그동안 내내 당신을 그리워했어. 오늘 저녁엔 데이지랑 같이 식사하기로 했어.

보리스

나는 현실이 A나 B, 아니면 D와 일치하는 것으로 결론 내렸다. C와 X는 후보 대상에서 제거된 것으로 보인다.

지금까지 일어난 일들에 비추어 이 심각한 장문의 서한이 말도 안 되게 감정적으로 느껴진다고 한다면, 나도 그 의견에 반박은 못 하겠다. 하지만 당신은 이 남자와 30년간 같이 살지 않았으니까. 보리스는 양심적으로 정직한 사람이다. 나는 그가 쓴 말 한 마디 한 마디가 깊은 생각 끝에 나온 것이며 진실한 말이라는 걸 알 수 있었다. 하지만 그가 다소 무뚝뚝한 사람이라는 것 또한 알고 있다. 어떤 사람들의 경우 정말로 감정이 없어서 그렇게 보일 수도 있지만, 보리스는 그런 경우에 해당되지 않는다. 편지 전체는 다음 세 문장으로 압축된다. "내게는 암흑기 같은 시간이었어", "심지어 밥한테 전화까지 했다니까", 그리고 "당신이 그리웠어."

나는 답장을 보냈다.

보리스, 나도 당신이 그리웠어. 그런데 당신 편지만 봐서는 누가 누구를 버린 건지 애매모호한데? 내 입장에서는 그게 중요하다는 걸 당신도 충분히 이해하겠지. 만약 *일시정지*가 당신을 길거리로 내쫓았기 때문에 당신이 나와의 결혼 생활을 재고하는 거라면, 나로서는 말도 안 되는 얘기야. 그와 반대로, 예전의 나와의 관계가 그리워졌기 때문에 당신이 그 여자와의 관계를 끝내려고 하는 거라면 몰라도. 그리고 지금 말한 두 가지 경우에도 물론 두 사람이 합의 하에 헤어지기로 했느냐에 따라 또 달라지는 거고.

미아.

흥분되는 일들은 대개 한꺼번에 일어난다. 한쪽에서 동요가 일면 다른 한쪽에서도 비슷한 소동이 일어나고 있을 때가 많다. 이러한 현상은 논리적인 설명이 불가능하다. 양쪽 사건에 상관관계가 있어서 이러한 현상이 벌어지는 것은 아니다. 어느 저명한 미국 소설가(폴 오스터—옮긴이)의 표현을 빌리면, 그저 "우연의 음악the music of chance"(오스터의 소설 제목이기도 함—옮긴이)일 뿐이다. 한가롭고 별 볼 일 없는 기나긴 시간이 오래 이어지다가 갑자기 어수선한 일이 일어나곤 하는데, 그래서 그런지 피트가 아내와 아이들을 놔두고 한밤중에 타이어로 길바닥을 긁으며 집을 나갔던 바로 그날 아침, 이와 똑같이 극적인 이별이 롤링 메도스에서도 일어나고 있었다. 그런 일이 있었다는 것을 나는 여느 날처럼 엄마에게 놀러 갔다가 알게 되었다. 레지나가 긴 머리를 "전문가의 손길로 탄생된 틀어 올린 머리"로 손질하러 미용실에 갔다가, 그 길로 여행가방 두 개를 싸고, 세 마리 백조에게 더 이상 요양원의 감금 생활을 견딜 수 없다고 선언하고는, 롤링 메도스의 아파트 문을 쾅 닫고 지체 없이(혹은 레지나의 섬세한 다리가 낼 수 있는 한 최대의 빠르기로) 복도를 향해 탈주를 감행한 것이다. 엄마와 페그는 (애비게일은 몸이 좋지 않아 그 자리에 없었다) 도망자를 쫓아 요양원 현관까지 나갔고, 거기에서 도

대체 어떻게 된 일이냐고 레지나를 엄히 문초했다. 사연인즉, 레지나의 세 딸이 레지나에게 떠나지 말고 그냥 있으라고 말렸다는 거였다. 레지나는 금시계와 그 가슴 큰 여자 바텐더 건으로 나이젤과의 관계를 끝냈잖아? 엄마와 페그는 금세, 레지나 본인도 어디로 떠날지 전혀 모르고 있다는 결론을 곧바로 내렸다. 레지나의 탈출은 말 그대로 그냥 도피였다. 목적지도 없는. 게다가 레지나는 웨스터버그 박사가 어쨌느니 하며 횡설수설하기까지 했다. 그녀의 주장에 의하면 웨스터버그 박사가 자기를 협박했고, 그래서 "여기 남아 있게" 되면 그 사람이 레지나를 "저기 정신병원에 남겨지게" 할 거라는 얘기였다. 15분 동안의 설득 끝에 엄마와 페그는 레지나를 요양원의 아파트로 되돌려 보내는데 성공했다. 눈물 젖은 장면이 연출되긴 했지만, 결국에는 레지나도 자신의 운명을 받아들이고 친구들에게 얌전히 있겠다고 약속했다.

그리고 제2장 : 내가 도착하기 겨우 두어 시간 전, 엄마는 레지나의 상태를 살펴보고자 문을 두드렸다. 레지나는 엄마를 집 안에 들이기를 거부했다. 뿐만 아니라, 적들, 특히 웨스터버그 박사의 침입에 대비해 문 앞에 가구를 밀어다놓고 바리케이드를 쳤다고 했다. 그 얘기를 전하면서 엄마는 슬픈 얼굴로 고개를 저었다. 내가 엄마에게 해줄 수 있는 일은 위로밖에 없었다. 피해망상이 생기면, 당사자에게 그 두려움이 근거 없는 거라고 아무리 설명해줘도 소용이 없다. 나는 그게 어떤 건지 잘 안다. 나도 미쳐봐서 안다. 그리하여, 불합리한 생각을 하고 있는 친구를 합리적으로 설득해보려다가 결국 엄마는 간호사에게 연락해 2706호에서 일어나고 있는 일을 보고했다. 레지나가 사악한 존재로 묘사한 웨스터버그 박사를 포함한 의료팀이 호출을 받고 달려왔고, 이어서 잠긴 문을 열고 문 앞의 가구들을 치웠다. 그런 다음 레지나를 '검사' 받게 하려고 미니애폴리스에 있는 한 병원으로 보냈다.

이야기를 마치고 난 엄마의 시선은 나를 보고 있는 게 아니라 멍하니 허공을 향해 있었다. 엄마는 몹시 슬퍼 보였다. 마치 슬픔이 우리를 끈질기게 따라다니는 것 같았다. 나는 옆에서 엄마의 손을 꼭 잡고 아무 말도 하지 않았다.

"아무래도 레지나는 돌아오지 않을 것 같구나." 엄마가 말했다. "어쨌든 여기로는 오지 않겠지."

내가 엄마의 야윈 손가락을 꼭 쥐자, 엄마도 내 손가락을 쥔 손에 힘을 주었다. 창밖으로 건물 안뜰의 벤치에 개똥지빠귀 한 마리가 내려앉는 것이 보였다.

"레지나는 참 용기가 있었지." 나는 엄마가 과거형으로 이야기를 하고 있다는 사실에 주목했다.

개똥지빠귀 또 한 마리가 내려앉았다. 한 쌍이었군.

엄마는 해리 외삼촌 이야기를 꺼냈다. 모든 상실은 해리 외삼촌에게로 귀결되었다. 엄마가 해리 외삼촌 이야기를 전에도 많이 했지만, 이번에는 이런 말을 했다. "해리 오빠가 안 죽었더라면 나는 어떻게 됐을까. 내가 지금과는 어떻게 다른 사람이 됐을까 궁금하구나." 이어서 엄마는 내가 이미 아는 이야기를 되풀이했다. 오빠가 죽은 후 부모님을 위해 완벽한 딸이 되기로 마음먹고, 부모님께 절대로, 다시는 힘들어할 일을 안 만들어드리겠다고 그렇게 애를 썼지만, 뜻대로 되지 않았다고. 그러더니, 전에는 한 번도 들려준 적이 없는 말을, 들릴락말락 한 목소리로 속삭였다. "때로는 부모님이 오빠 대신 내가 죽었더라면 하고 바란 게 아닌가 싶어."

"엄마." 나는 짐짓 질책하는 목소리로 엄마를 불렀다.

엄마는 개의치 않고 말을 이었다. 아직도 해리 오빠 꿈을 꾸는데, 항상 좋은 꿈만 꾸는 게 아니고 집 안 어딘가에서, 이를테면 책꽂이나 의자 뒤에서 해리 오빠의 시체를 발견하기도 하는데, 그때마다 엄마는 오빠의 시체가 왜 보스턴의 묘지에 묻혀 있지 않고 여기에 있는 건지 어리둥절해한다는 것이다. 한번은 꿈에 아버지가 나타나서는, 도대체 네 오빠에게 무슨 짓을 한 거냐고 다그쳤다고 했다. 엄마는 베아와 내가 어렸을 때, 병이든 사고든 어떤 일이 일어나 우리를 빼앗아 갈까 봐 한동안 공포에 떨었다고 했다. "나는 너희들을 어떤 아픔도 겪지 않게 보호해주고 싶었어. 지금도 그래. 하지만 그럴 수는 없는 거겠지?"

"응, 그럴 수는 없지." 내가 대꾸했다.

그러나 엄마의 우울한 기분은 오래가지 않았다. 나는 보리스가 연락을 해왔다고 털어놓았고, 그 얘기는 엄마를 기운 차리게 함과 동시에 걱정하게 만들었다. 우리는 몇 가지 예측 가능한 일들을 저울질해보고 내가 남편에게 원하는 게 뭔지 이야기를 나눠봤는데, 나는 내가 그에게 원하는 게 정확히 뭔지 모르고 있다는 사실을 깨달았다. 우리는 데이지의 연기자 생활로 화제를 옮겨, 그 직업이 굉장히 불안정하긴 하지만 그 아이가 아주 잘 해내고 있다는 데 동의했다. 그 다음엔 베아가 전화를 걸어왔고, 나는 엄마가 동생의 재치 있는 말에 웃음을 터뜨리는 것을 지켜보았다. 엄마와 저녁 식사를 하면서 나도 농담으로 엄마에게 큰 웃음을 선사했다. 헤어질 때 엄마는 나를 꼭 안아주었다. 나는 엄마의 우울한 기분이, 물론 영원히는 아니지만 그날 저녁만큼은 말끔히 걷혔다는 걸 감지할 수 있었다. 열두 살의 해리 외삼촌은 엄마의 어린 시절의 망령으로, 엄마의 부모님이 품은 희망과 살아남은 자의 슬픔으로 인한 엄마의 죄책감을 투사한 보이지 않는 형상으로 영원히 그곳에 있을 것이다. 나는 언젠가 사진에서 본 여섯 살 때의 엄마 모습을 떠올려보았다. 엄마의 머리칼은 붉은색이었다. 흑백사진으로는 색깔을 알 수 없지만, 나는 상상 속에서 엄마의 머리카락을 빨간색으로 칠했다. 꼬마 로라는 해리 옆에 서 있다. 해리보다 머리 하나는 작다. 둘 다 네이비블루 색상으로 끝단을 두른 하얀색 세일러복을 입고 있다. 똑같이 웃음기 없는 얼굴이지만, 내가 흥미를 느낀 것은 엄마의 얼굴이었다. 공교롭게도 미래 지향적인 시선으로 앞쪽을 바라보고 있는 사람은 엄마였으니까.

다음 내용은 바로 다음 날, 가공할 속도로 발전하는 21세기 신기술에 힘입어 빠른 속도로 소통하는 것이 가능했던 B. I.와 M. F.가 A, B 혹은 D의 시나리오 등등을 가지고 나눈 서신 대화이다. 주석은 없음.

B. I. : 미아, 어떻게 된 건지가 그렇게 중요해? 그 여자와는 끝났고 내가 당신을 보고 싶어 한다는 것으로 충분하지 않아?

M. F. : 입장 바꿔 생각해봐. 내가 당신이고 당신이 나였다면, 당신한테 그게 안 중요했을 것 같아? 당신이 어떤 마음가짐으로 임하고 있는지가 중요한 문제라고, 이 남자야. 프랑스 여자한테 거절당한 마음이 상처 입고 불행하고 생각보다 더 의지할 데 없이 외로웠던 나머지 충실한 옛 아내와 화해 절차를 밟는 게 낫지 않을까 생각하는 남편. 혹은 자기 잘못을 깨달은 배우자가 자기의 어리석음을 뒤늦게 알아차리고(하, 하, 하) 깨달음을 얻음. *낡아빠진 옛 마누라*도 시골 동네에서 보니까 괜찮게 보이는구나 하는 생각.

B. I. : 우리, 비정한 냉소주의는 생략하면 안 될까?

M. F. : 그게 없었으면 내가 버틸 수 있었을 것 같아? 계속 미친 상태로 있었을걸.

B. I. : 그 여자가 먼저 관계를 끝냈어. 하지만 그전에 이미 망가져 있었지.

M. F. : 나도 망가졌었는데, 당신은 병문안을 딱 한 번 왔지.

B. I. : 병원 측에서 나더러 오지 말라고 했어. 가려고 했지. 근데 거기서 허락을 안 해줬다니까.

M. F. : 지금 뭐 하자는 시츄에이션이야?!

B. I. : 희망.

날이 밝았지만 나는 '희망'을 주는 얘기를 할 수 없었다. 꿈꿨던 반전의 순간이 마침내 도래하였으나 내 마음은 돌처럼 비정했으니. 그날 아침에 대단하신 B.에게 보낸 나의 대답은 이랬다. "내게 구애해봐."

그러자 B.는 이렇게 썼다. 고상한 낭만주의 스타일로, "오케이".

미스터 노바디에게서는 한동안 소식이 없었고, 나는 슬슬 걱정되기 시작했다. 그동안 노바디와 나는 놀이라는 주제의 공을 가지고 주거니 받거니, 각자 로비 활동을 하고 있었다. 놀이를 가지고 논 셈이다. 그가 먼저 끝없는 언어기호의 놀이, 끝도 없고 해답도 없이 돌고 도는, 해체와 결합이 전부 텍스트 안에만 존재한다는 자크 데리다 스타일의 속구를 던졌다. 나는 그에 맞서 프로이트가 주장한, 정신분석의와 환자 사이에 위치한 무시무시한 공간인 전이轉移란 한 사람이 어느새 다른 사람이 되는 놀이터spielplatz(독일어로 '놀이터'—옮긴이)이며, 그 놀이터는 정신병과 현실 세계의 중간 영역이라고 주장하는 '기억하기, 반복하기, 그리고 풀어내기'라는 제목의 글(프로이트가 어떤 환자를 분석하는 과정에서 분석자 자신의 전이/역전이를 인정한 내용을 적은 글—옮긴이)을 언급하여 한 방 먹였다. 그러자 노바디는 자신의 멋들어진 어록에서 하나 골라 인용하는 것으로 반격을 날렸다. "뮤즈의 신들을 오락거리나 기분전환용으로만 사용하는 것이 신들에 대한 모독이라고 말하는 사람이 있다면, 그 사람은 내가 아는 즐거움과 놀이, 기분전환의 가치를 모르는 것이다. 나는 한 술 더 떠, 그것 말고 다른 용도로 사용하는 것이 어리석다고까지 하겠다." 나는 도널드 위니콧(아동의 발달에서 놀이의 중요성을 강조한 영국의 정신분석의—옮긴이), 그리고 1934년에 이미 사망했으나 나의 새로운 경외 대상으로 떠오른 레프 비고츠키(상징놀이가 유아의 추상적 사고 발달에 중요하다고 주장한 소련의 정신과 의사—옮긴이)로 반격했는데, 장광설을 잘

만 늘어놓던 나의 유령은 그 후로 여태까지 묵묵부답.

시간이 너무 많이 흐른 것 같다는 판단을 내리고, 나는 편지를 썼다. "별일 없지? 당신 생각을 하고 있어. 미아."

북클럽이 대세다. 최근에 북클럽들이 우후죽순, 아니 곰팡이가 피듯 번져나갔는데, 거의 여성들이 장악하다시피 해온 문화 형태라 할 수 있겠다. 사실 요즘에는 픽션을 읽는 것이 여성스러운 행태로 간주된다. 많은 여자들이 픽션을 읽는다. 대부분의 남자들은 안 읽는다. 여자들은 여성 작가와 남성 작가가 쓴 픽션을 고루 읽는다. 대부분의 남자들은 안 읽는다. 행여나 남자가 소설을 읽을 경우, 그 사람은 책 표지에 남자다운 제목이 씌어 있기를 바란다. 그러면 어쨌든 마음이 조금 놓이나 보다. 생식기가 안쪽에 있는 사람이 만들어낸 상상 속의 세상에 푹 빠져들다가 바깥에 달린 거시기가 어떻게 될지도 모르잖아. 더불어, 남자들은 자신이 픽션 분야에 무지하다는 것을 떠벌리기를 좋아한다. "나는 픽션을 안 읽지만, 마누라는 읽더라고." 현대문학의 창조물은 아무래도 뚜렷한 여성적 향기를 발산하나 보다. 사바티니 박사가 한 말을 떠올려보라. 우리 여자들에게는 수다의 재능이 있다지 않은가. 그러나 사실을 말하자면, 여자들은 17세기 후반에 소설이 탄생했을 때부터 소설의 열렬한 소비자였고, 그 당시에도 소설을 읽는다는 것은 은밀함의 정취를 풍겼다. 연약한 여자의 머리는, 내가 이 책의 앞

부분에서 실컷 쏟아놓은 불만을 기억하겠지만, 문학, 특히 정열과 배신, 미친 수도승과 난봉꾼들, 들썩거리는 젖가슴과 조폭 두목들, 파괴하는 자와 파괴당하는 자들이 잔뜩 등장하는 소설에 노출되면 쉽게 손상될 수 있다니까 뭐. 젊은 숙녀들이 오락거리로 소설을 읽는 것은 외설적인 이야기에 뺨이 분홍빛으로 물든다는 것을 의미했다. 이런 논리다. 독서는 사적인 취미, 즉 비공개적인 장소에서 일어나는 행위다. 젊은 처자가 책 한 권을 들고 조용한 곳으로 빠져나가, 아마도 부녀자의 처소일 텐데, 거기서 비단 이불 위에 비스듬히 누워서 작가가 펜대를 놀려 생산한 짜릿함과 으스스함을 한껏 들이키다가, 어느새 양손 중 하나, 책을 붙잡고 있는 데 별로 필요하지 않은 한쪽 손이 어딘가로 슬금슬금 움직일 수도 있다. 한 마디로, '한 손 독서'는 우려의 대상이란 뜻이렷다.

토요일 오후 다섯 시, 롤링 메도스 북클럽은 도서실에 모여 조그만 샌드위치와 그것보다 더 작은 잔의 와인을 차려놓고 반어법적인 관찰자, 인간 감정의 날카로운 분석가, 다른 세상에서 온 듯한 놀라운 문장가, 변태 수도사들은 없애버리고 자신이 생각하기에 보상 받아 마땅한 미덕은 작품 속에 그대로 유지한 작가, 바로 《설득》의 저자인 소설가 제인 오스틴에 대해 토론을 벌였다. 사랑과 혐오를 동시에 받은 오스틴은, 비평가들에게 끊임없이 흥분하며 욕할 거리를 제공했다. "제인 오스틴의 책을 한 권도 보유하고 있지 않은 도서관은 훌륭한 도서관이다. 다른 책이 한 권도 없더라도 말이다." 마크 트웨인께서 이렇게 말씀하셨지. 토머스 칼라일은 제인 오스틴의 작품들을 두고 "참담한 쓰레기"라고까지 표현했다. 그녀는 오늘날에도 "편협함"과 "밀실 공포증"이 있다고 비난받고 있고, 여성용 소설 작가라고 폄하되고 있다. 시골의 삶은 글로 쓸 가치도 없다는 건가? 여자들이 겪는 노고는 전혀 중요하지 않다는 뜻인가? 플로베르가 이런 작품을 썼다면? 물론 괜찮다고 했겠지. 불쌍한 것들.

롤링 메도스 북클럽의 토론 자리에서 이 작품에 대한 소개의 말을 몇 마디 해달라고 부탁받은 것을 기억하실는지. 여기저기 조금씩 다듬고, 나의 문체를 자극적인 것에서 적당한 톤으로 조율하고, 거기에다 위대한 제인은 문학적으로 두 시대를 넘나드는 대단한 사람이라는 둥 소설이 나아갈 새로운 길을 개척했다는 둥 장황한 부가적 찬사만 덧붙이면, 위에 적은 내용만 보고도 내가 그 자리에서 뭐라고 말했는지 어느 정도 감을 잡을 수 있을 테니, 여기서 굳이 주절주절 읊지는 않겠다.

토론 참가자 : 남은 백조 세 마리. 빼곡하게 토론거리를 메모한 책으로 무장한 우리 엄마. 다른 때보다도 더 허리가 굽어 보이고 엄청나게 연약해 보이는, 용을 정교하게 수놓은 블라우스 차림의 애비게일. 온화하고 성격 좋은, 오늘도 역시 밝은 표정의 페그. 여기에 새로운 숙녀 셋이 합류했다. 턱이 뾰족하고 눈초리는 턱보다 더 날카로운 베티 피터

슨은 축하 카드 속지에 들어가는 재미난 문구를 지어내는 작가로 일하면서 집에 부수입을 가져다줬다고 한다. 로즈메리 스네즈루드는 8학년 영어 교사로 일하다 은퇴했고, 도로시 글래드는 애플 가에 있는 작은 모라비아 종파 교회에서 사역했던 글래드 목사의 미망인이다.

무대장치 : 나는 소파요, 광고라도 하듯 딱 소파스러운 재질로 천갈이를 한 소파 두 개가 서로 마주 보는 위치에 놓여 있고, 그보다 외양은 훨씬 평범하지만 역시 마주 보게 놓인 1인용 소파 두 개가 더 있었는데, 이 소파들은 기다란 타원형의 커피 테이블 주위를 빙 둘러 배치되었으며, 커피 테이블의 다리 하나가 불안정해서 조금 스치기만 해도 테이블이 흔들거린다. 가장 먼 쪽 벽에 창문이 세 개나 있고, 창밖으로 안뜰과 정자가 보인다. 책꽂이에는 책들이 꽂혀 있는데, 대개는 기운 없는 모양새로 옆으로 누워 있거나 아니면 칸막이를 벗 삼아 두서없이 삐뚜름한 자세로 기대어 있다. 그 책들 중에 도서실이라는 명칭에 걸맞은 수준의 장서는 거의 눈에 뜨이지 않는다. 건물은 전체적으로 조용하고, 근처 복도를 지나가는 사람들이 내는 삐걱거리는 발소리, 가끔가다 터져 나오는 기침 소리가 때때로 침묵을 깰 뿐이다.

논제 : 아직 젊은 앤 엘리엇이 허영심 많고 어리석으며 낭비벽 심한 아버지 월터 경과 허영심 많고 차가운 언니 엘리자베스, 그리고 의도는 좋고 마음도 따뜻하지만 뭔가를 크게 오해하고 있을 가능성이 큰 나이 든 친구 러셀 부인의 설득에 넘어가 미치도록 사랑하지만, 그리고 장래성은 있어 보이지만 가난한 웬트워스 대령과 헤어진 것이 과

연 옳았을까? 눈치 챘을지 모르지만, 북클럽 회원들은 대개 소설 속 인물들을 소설 밖의 인물들과 똑같이 취급한다. 전자는 알파벳으로 만들어졌고, 후자는 근육과 조직과 뼈로 이루어졌다는 사실이 그들에게는 그다지 중요하지 않다. 내가 그걸 못마땅하게 여길 거라고? 지금도 계속되고 있는 문학이론 논쟁을 견뎌냈고, 언어학 과정을 정식으로 밟았으며, 데리다의 죽음을 동시대에 목격했으나 어떻게든 *인간의 종말*fin de l'homme에서 살아남았고, 삶을 해석학적으로 살아왔고, 아포리아aporia(방치해 둘 수 없는 논리적 난점—옮긴이)를 탐구해봤으며, 디페랑스différance(데리다가 '차이'와 '지연'이라는 단어를 조합해 만든 조어—옮긴이)를 놓고 고심했고, 'Sein'과 대비해 'sein'은 어떤 다른 의미를 지닐까 고민했고, 뿐만 아니라 그 복잡한 프랑스인의 짜증나는 '작은 a 대對 큰 A' 문제를 가지고 골머리를 썩혔으며, 그 밖에도 평생 온갖 지적인 난제들을 붙잡고 씨름해야 했던 나니까 말이다. 하지만 그 추측은 틀렸다. 책이란 그것을 읽는 사람과 읽히는 내용 간의 합작이며, 가장 좋은 경우 그 둘이 조화를 이루면 그 결과물은 최고의 러브 스토리와도 같기 때문이다. 자, 이쯤해서 토론으로 돌아가보자.

페그는 좋은 쪽으로 해석한다. 결국에는 앤이 웬트워스를 차지하니까 문제될 게 없다는 것이다.

애비게일은 강한 반론을 제기한다. "흘려보낸 세월은 어쩌고! 흘려보낼 시간이 있는 사람이 어딨어?" 그 단호한 의사표시에 놀란 테이블이 한쪽으로 기운다. 유리잔이 스르륵 미끄러진다. 그것을 로즈메리 스네즈루드가 잡는다. 유리잔은 안 떨어진다.

세월의 낭비와 관련된 불편한 침묵이 뒤따르고, 다른 침묵 가운데 는 나의 침묵, 흘려보낸 세월과 못다 한 일들과 못다 쓴 말들을 아쉬 워하는 침묵도 있다.

도로시 글래드가 문학작품 밖의, 전혀 즐겁지(glad) 않은 시나리오를 제시한다. "웬트워스가 바다에서 죽었을 수도 있잖아! 그럼 앤은 죽을 때까지 다른 사랑을 만나지 못했을 거야."

나는, 그런 난파 사건은 책에 나오지 않으니 원문대로 가자고 제안 한다.

엄마는 보이지 않는 저울을 꺼내 들고, 가족에 대한 의무와 사랑을 향한 열정을 저울질한다. 가족과 억지로 떨어지는 고통을 상상해봐. 그것도 고려해야지. 앤이 취할 수 있는 쉬운 해답은 존재하지 않아. 어 머니가 없는 앤에게 레이디 러셀과 관계를 끊는다는 것은 자기 엄마와 절연하는 것과 똑같은 일이었을 테니까.

로즈메리 스네즈루드가 엄마 편을 들어준다. 스네즈루드 철학에 따 르면, 인생의 모든 중대 결정은 "곤혹스럽기" 마련이라는 것이다.

베티 피터슨이 준남작 작위의 승계자이며 비도덕적인 사촌(엘리엇 가 문의)을 이야기에 끌어들인다. "만약 앤의 친구가, 지금 그 친구 이름은 잊어버렸지만 하여튼, 그 뱀같이 사악한 사촌에 대한 정보를 앤에게 알려주지 않았더라면 그놈에게 꿰었을지도 몰라. 레이디 러셀은 완전 히 속아 넘어갔잖아."

애비게일은, 점점 짜증이 차오르는 얼굴로, 욕망을 억누르는 것은 그 사람을 불구로 만드는 것이나 마찬가지라고 주장한다. 이 말을 아주 강하게 전달하면서, 덤으로 커피 테이블 위를 약하게 쿵 내리친다. "그런 짓은 영혼을 망가뜨린다고!" 테이블이 동조하며 끄덕거린다. 그러나 페그는 혀를 쯧쯧 찬다. 영혼을 망가뜨린다는 말은, 세상의 밝은 면만 보는 사람에게는 기분 잡치게 하는 험한 말이니까.

엄마는 친구 애비게일을 진득하게 바라본다. 애비게일이 말하는 망가진 대상이 앤의 영혼이 아님을 알고 있는 것이다. 허리가 굽은 애비게일은 몸을 부들부들 떤다. 나는 용무늬 블라우스 속 팔이 얼마나 앙상한지 문득 알아챈다. 혹시 애비게일이 느끼는 감정의 힘이 연약한 그녀의 뼈를 부서지기 직전까지 흔들어대면 어쩌나 하는 비이성적인 걱정까지 든다. 나는 대화의 방향을 나에게 아주 중대한 문제, 즉 남자와 여자 그리고 불변성의 문제로 돌린다. 토론 참가자 여러분은 앤이 웬트워스 대령의 친구인 하빌 대령과 나눈 남녀의 차이에 관한 대화를 어떻게 생각하십니까?

"그래요, 우리는 당신들이 우리를 잊듯이 그렇게 빨리 당신들을 잊지 않아요. 그건 어쩌면 우리의 장점이라기보다는 우리의 운명이에요. 우리는 집에 갇힌 채 조용히 살아가고, 그러면서 우리의 감정에 괴로워하지요. 하지만 당신들은 노력해야 해요. 언제나 당신들은 직업과 추구하는 일과 이러저러한 일들로 인해서 즉시 세상으로 돌아가야 하고, 끊임없는 일과 변화

를 겪다 보면 감정이 곧 희석되기 마련이지요."(제인 오스틴,《설득》)

방에는 나를 제외하곤 75세 이하의 여자가 한 명도 없었다. 교사 두 명과 전업주부 세 명, 시간제로 축하 카드 속지에 들어가는 재미난 문구를 지어내는 작가 한 명은 전부 '기회의 땅'에 태어난 사람들이었지만, 그 기회라는 것은 그들의 음부陰部에 심하게 좌우되는 것이었다. 언젠가 엄마가 내게 이런 말을 한 것이 기억났다. "학업을 계속해서 최소한 석사 학위는 따야지 하고 늘 생각했는데, 시간이 너무 없고 돈도 충분치 않았어." 주방 식탁에 프랑스어 문법 책을 펴놓고서 입술을 달싹거리며 소리 없이 동사 변화를 외우던 엄마의 모습이 갑자기 떠올랐다.

하빌 대령은, 아주 점잖은 태도이긴 하나, 앤의 이야기에 대한 반박으로 대포를 발사한다.

"…여자의 변덕에 대해서 한마디라도 언급하지 않은 책은 내 평생 한 번도 본 적이 없어요. 노래 가사와 속담들도 다 여자의 변덕에 대해서 말하지요. 하지만 어쩌면 당신은 그것들을 쓴 사람이 모두 남자들이라고 말하겠군요."

"아마 그럴 거예요. 네, 맞아요. 책에 나오는 예를 인용할 필요는 없겠어요. 남자들은 여자들이 누리지 못한 온갖 혜택을 누리면서 자기들의 이야기를 해왔으니까요. 교육은 비교할 수도 없으리만치 거의 다 남자들의 소유였어요. 펜은 남자들의 손에 있었고요. 그러니 책으로는 그 무엇도 입증할

수 없을 거예요.*(같은 책)

　물론 이 말을 새긴 펜은 오스틴의 손에 쥐어진 것이었다. 얼마나 또 박또박 쓴 글씨였던지. 오스틴의 필적에는 그녀의 문체가 지닌 명확함과 정확함이 똑같이 담겨 있다. 그런데 독자들이여, 그 펜은 지금 내 손에 들려 있으며, 나는 이 기회를 놓치지 않고 내 마음대로 이야기를 써나갈 작정이다. 글로 옮겨진 말은 그것을 쓴 사람을 얼마든지 보이지 않게 감출 수 있음을 당신도 곧 깨닫게 될 것이다. 내가 여자를 가장한 *남자*인지 당신이 어찌 알겠는가. 글의 여기저기에 온통 페미니스트적인 주장을 잔뜩 지껄여놓은 것으로 봐선 그럴 리 없다고 말하겠지만, 정말 확신할 수 있는가? 데이지가 사라 로렌스 대학에 다녔을 때 그곳에 페미니스트 교수가 한 명 있었다. 결혼해서 집에 처자식이 있고 요크셔테리어 강아지도 한 마리 기르는, 엄연한 남자 교수였는데도 여성들을 위해 난리 블루스를 쳤고, 제2의 성의 옹호자라는 숭고한 역할을 자처했더랬다. 그러니 여러분이 모두 미아라고 알고 있는 여자가 사실은 모튼이라는 그 대학교수일지도 모르는 일이다. 바로 여러분 자신의 1인칭 화자인 나, 미아가 익명이라는 가면을 쓰고 있을지도 모른다는 말이다.

　아무튼 다시 우리의 이야기로 돌아가자. 예상했겠지만, 롤링 메도스의 여자들은 전부 앤의 편이다. 우리를 비추는 영원한 햇살인 페그마저도, 자신에게는 "훌륭한 자녀"가 다섯이나 있지만 때때로 온갖 감정에 시달릴 때마다 신경을 쏟을 만한 다른 것이 있기를 바란 적이 있다고 인정한다. 그러더니 우리의 낙관주의자 페그가 나서서 자신에게도 "엄청 지치고 기분이 우울한" 날이 있었으며, 자기가 경험한 바로는 여자가 남자를 잊는 것보다 남자들이 여자를 잊는 재주가 훨씬 뛰어나더라고, 깜짝 놀랄 만한 폭로를 던진다. 아내가 "세상을 떠나고" 고작 몇 개월도 안 됐는데 후다닥 새장가를 드는 게 바로 남자들 아니던가? (보리스는 내가 세상을 떠날 때까지 기다리는 것조차 하지 않았다고 한 마디 하고픈 걸 꾹 참았다.)

베티가 재미난 말을 인용한다. "나는 여자다. 나는 천하무적이다. 나는 힘들어 죽겠다!"

웃음이 뒤따른다.

로즈메리가 여자들은 기다리고, 그리워하고, 희망한다는 법칙의 예외를 제시한다. 레지나!

키들거리는 웃음소리.

엄마는 동료 백조의 변론에 나선다. "그래도 레지나는 재미는 봤잖아!"

애비게일은 고개를 끄덕이고 엄마를 애정이 담긴 눈길로 바라보더니 약간 쉰 목소리로 큰소리를 친다. "우리도 그렇게 재미 봤으면 큰일 났을 거란 법 어딨어!"

누가 감히 그런 소리를 하겠는가? 나는 분명 아니다. 엄마도, 도로시도, 베티도, 로즈메리도 아니고, 심지어 페그도 그런 소리 못 한다. 물론 페그는, 우리도 지금 재미 보고 있지 않느냐, 지금, "바로 이 순간?" 하고, 경쾌한 말 한 마디를 던지기는 했지만. 이러한 카르페 디엠의 분위기는 실제로 방 전체를, 문자 그대로는 아니더라도 비유적으로, 밝혀준다.

그 후, 만족에 겨워 고개를 끄덕이며 조용하게 와인을 홀짝인다. 그리고 일곱 시에 영사실에서 〈어느 날 밤에 생긴 일It Happened One Night〉을 상영한다는, 삼천포로 빠지는 일정이 뒤따랐고, 클라크 게이블은 멋지다는 호들갑, 그리고 옛날 영화들이 훨씬 좋았다며, 세상에나, 요즘에는 대체 무슨 일이 생긴 거냐는 수다가 이어졌다. 나는 할리우드 영화들이 이제는 열네 살짜리 남자아이들, 즉 교양 수준이 한참 달리는 관객만을 대상으로 만들어지기 때문에 영화에서 활기 넘치는 대사가 나올 일말의 희망조차 없어졌다고 말해주었다. 그런 대사는 방귀, 구토, 정액으로 대체되었다.

그런 다음 애비게일 옆에 앉아 잠시 동안 손을 꼭 잡아주었다. 애비게일이 나더러 자기 집에 들러달라고 했다. 그냥 하는 소리가 아니었다. 급히 의논할 문제가 있으며, 며칠 내로 만나서 이야기해야 한다고 했다. 내가 알았다고 약속하자, 애비게일은 보행 보조기구를 앞으로 끌어당겨 힘겹게 일어선 다음 자기 아파트를 향해 조심스럽게 한 발 내딛고 또 다른 발을 내딛으며 아주 오랜 시간이 걸리는 고행의 절차를 밟기 시작했다. 어느새 북클럽 모임이 파했다. 문학이라는 영역에 포함되지 못할 인간사는 없다는 말로 내가 모임의 대미를 장식하기도 전에 끝나버렸다. 예술에는 **법칙이 없으며**, 예술에 법칙과 법과 성역이 있다고 생각하는 얼간이나 어릿광대들은 설 자리가 없으며, 또한 '넓은' 것이 '좁은' 것보다 월등하고 혹은 '남성적인' 것이 '여성스러운' 것보다 매력적이라는 선언은 빈약한 논거에서 하는 소리라고, 철학사를 들먹이며 설교할 필요도 없었다. 편견이 작용하지 않는 한 예술에서 표현이 허락되지 않을 의견이란 없으며, 말로 표현할 수 없는 이야기란 없다. 매력은 느끼는 것과 이야기하는 것에 있고, 그게 전부다.

데이지가 보낸 편지 :

엄마, 안녕! 아빠랑 저녁 잘 먹었어. 아빠는 좀 좋아진 것 같아. 적어도 면도는 하고 왔거든. 아빠는 정말, 정말로 난처한 상황에 빠진 것 같아. 아빠가 공연한 "막간극"이 어땠었는지 엄마가 그 실상을 봐줬으면 좋겠대. 아빠가 "일시적인 정신이상"에 대해서도 언급했어. 엄마가 걸렸던 그거 얘기냐고 물었더니, 아빠도 걸렸을지 모른다고 그러던데? 엄마, 아빠의 진정성이 내게는 진짜 절실하게 와 닿더라. 두 분이 등 돌리고 있는 건 정말 최악이야, 나한테는. 엄마도 알지?

사랑해요. 뽀뽀,

데이지가

그러나 난 아직 데이지의 아빠 품에 달려들 수가 없었다. 우리의 이야기를 곰곰 생각해보면서 사물을 보는 데는 여러 관점이 있다는 것을 나는 깨닫게 되었다. 간통은 특별하지도 않고 용서 받을 수도 있는 일이다. 배신당한 배우자의 분노도 마찬가지다. 우린 마냥 순진하기만 한 존재는 아니다. 그렇지 않은가? 나는 변덕스럽고 신의가 없는 남편이 주연배우로 나선 프랑스산 희극을 직접 관람한 사람이다. 케케묵은 표현을 빌려 얘기해보자면 '용서하고 잊을' 때가 되지 않았나? 용서와 잊는 것은 별개의 문제다. 건망증을 끌어들일 수는 없는 일이다. **일시정지**의 기억, 또는 막간극의 기억을 떠안고 보리스와 함께 산다면 그게 무슨 소용이 있겠는가? 지금 우리 사이가 좀 달라졌을까? 뭐라도 달라질까? 사람들은 변할까? 예전과 똑같아지는 것을 나는 원하고 있는 것일까? 똑같아지는 것이 과연 가능할까? 나는 결코 그 병원을 잊을 수 없다. **뇌의 파편들**. 좋든 나쁘든 보리스와 서로 얽혀 있었기에 그가 떠난 것이 나를 폭발하게 만들었고, 그래서 울부짖는 나를 그 정신병원으로 보낸 것이다. 그리고 그때 느낀 그 공포는 내가 늙어가는 데다가, 거부당하고, 인정받지 못하며, 더 이상 사랑스럽게 보이지 않을 거라는 두려움이 아니었을까? 이는 내가 확실하게 기억하는 것보다도 더 오래전에 시작되었을지도 모를 두려움이다. 몇 달 동안 나는 분노와 비탄에 빠져 허우적거렸다. 그러나 이 여름 동안 내 마음은 나도 모르는 사이에 점차 바뀌기 시작했다. S 박사는 그것을 알았다(그건 그렇고 난 그녀가 무척 보고 싶었다). 데이지의 편지를 읽으면서, 나는 아직은 확실하지 않은 어떤 생각이 부지불식간에 일기 시작하는 것을 느꼈다. 문장 사이에서 떠오르는 생각들이 나의 양쪽 관자놀이 사이의 어딘가에 튼튼하게 자리를 잡아 가는 것 같았다. *내 안의 어떤 부분이 보리스가 영원히 떠나버렸다는 생각에 적응해가고 있었다.* 이렇게 말해 놓고서, 그 누구보다도 놀란 사람은 다른 사람 아닌 바로 나 자신이었다.

다가오는 월요일에는 이제 대단원의 막을 올려야 한다. 마음이 불안 정한 상태의 일곱 소녀들, 그리고 자신의 두려움을 감추려고 애쓰는 한 시인이 예술협회의 테이블에 둘러앉는다. 무기력함이 일곱 소녀의 몸을 감싸고 있어, 보이지는 않지만 효능이 강한 가스가 방 안에 퍼져 순식간에 그들을 모두 잠들게 할 것 같았다. 페이턴은 팔짱을 낀 채, 고개를 숙였다. 조앤과 니키는 여느 때처럼 나란히 자리를 잡고 무거 운 침묵 속에 앉아 있는데 아이라인을 그린 눈꺼풀이 아래를 향해 있 었다. 제시카는 책상에 팔꿈치를 얹고 두 손으로 뺨을 괴고는 멍한 표 정을 짓고 있었다. 엠마, 애슐리와 앨리스 모두 활기가 없어 피로해 보 였다.

나는 잠시 그들을 한 명 한 명 돌아보다가 갑작스러운 충동으로 노 래를 불렀다. 그들에게 브람스의 자장가를 독일어로 불러준 것이다. "구텐 아벤트, 구테 나흐트, 미트 로제 베다흐트…"(잘자라 내 아기, 내 귀여 운 아기, 아름다운 장미꽃…) 내 목소리는 꽹이지만 귀는 좋다. 목소리가 가 늘게 떨려 나와서 내 노랫소리가 우스꽝스럽게 들렸다. 놀라 당황하는 아이들의 표정을 보니 웃음이 나왔다. 아이들이 나를 따라 웃지는 않았지만 적어도 그들의 피로증후군만은 몰아냈다. 이제 내가 이야기를 시작해야 할 때였고, 나는 말했다. 요점은 한 이야기에 일곱 명의 인물이 등장하는데, 서술하는 화자가 누구냐에 따라서 일곱 개의 이야기가 될 수 있다는 것이었다. 똑같은 사건이지만 등장인물 하나하나는 각자의 방식으로 해석하게 되며, 행동의 동기도 약간씩은 다르게 마련이다. 우리의 과제는 참된 이야기를 이해하는 것이었다. 이야기의 제목도 정해주었다. "코븐Coven(마녀들의 집회. 소녀들이 만든 모임의 이름이기도 함—옮긴이)." 제목이 주어지자 아이들 사이에서 한 차례 웅성거리는 소리가 났다. 그동안 빼먹은 수업을 보충하려면 이번 주에는 매일 만나기로 했다. 오늘은 모든 아이들이 '코븐'에 대해 각자 작성한 원고를 함께 읽고 이야기를 나눌 것이다. 이어지는 나흘 동안에 우리는 서로의 역할을 바꾸어 다른 사람의 시각으로 그 이야기를 쓰기로 했다. 예를 들면 제시카는 엠마가 되고, 조앤은 앨리스, 제시카는 애슐리, 나는 니키 등. 아이들의 눈이 커졌고, 걱정스러운 듯한 눈길이 책상 위를 오갔다. 이번 주말이 되기 전에 우리는 전체 학생이 작가로 참여하는 하나의 이야기를 지을 작정이었다. 함정은, 우리가 그 내용에 다소간이라도 동의해야 한다는 것이다.

솔직히 말해서 이 작업이 얼마나 효과가 있을지는 나도 모른다. 위험부담도 있다. 주석 : 지금은 이름이 널리 알려진 한 심리학자(필립 짐바르도—옮긴이)가 1971년 스탠퍼드 대학에서 실험을 했다. 모두 대학생들인 젊은 남자 집단이 수감자나 간수의 역할을 맡았다. 간수들이 수감자들을 고문하기 시작한지 몇 시간 지나지 않아 실험은 중단되었다. 그 잔혹극이 실제처럼 다가왔던 것일까? 연기 행위가 개인적인 일에 영향을 미치는가? 이 일곱 소녀들은 얼마나 영향을 받았을까?

나는 그간에 일어났던 일들을 짤막하게 요약했다. 수업을 진행하면서 내가 의구심을 느꼈던 일, 크리넥스에 대한 곤혹스러움, 그리고 어떤 음모가 꾸며지고 있다는 것을 어렴풋이 알아챘다는 것. 또한, 내가 어렸을 때 이와 비슷한 문제에 얽힌 적이 있었다는 사실도 언급했다. 당시 내가 어떤 배역을 맡았는지는 말하지 않았다. 이 글을 읽고 있는 친구 여러분이여, 당신들은 사춘기 초기 아이들의 산문이 얼마나 따분한지 겪어보지 않았을 것이다. 산문은 시보다 더 끔찍하다. (마법의 저주를 운문으로 묘사하려고 하는 아이는 아무도 없다.) 어설프고 가끔 비문법적인 서술 때문에 글의 조화가 깨졌다고 말하는 정도면 충분하리라. 모두들 읽고 나서는, "난 한 번도 그런 말 안 했어!", "그건 네 생각이지 내 생각이 아니었어!", "그건 전혀 그런 식이 아니었어!"라는 후렴들을 큰 소리로 읊었다. 언제 그리고 어디서 그리고 누가 그랬는지 하는 사소한 말다툼은 전혀 중요하지 않다. "망할 놈의 크리켓을 그 따위로 친 건 너지, 내가 아니란 말야!", "우리 엄마한테 물어봐. 엄마는 네가 팔에 피를 줄줄 흘리면서 목욕탕에서 나오는 걸 본 사람이니까. 기억나?" 그럼에도 불구하고, 그 플롯에 대한 정당성이 다시 제기되고 있었다. 소녀들 모두 처음에는 앨리스를 좋아했다. 그러나 시간이 흐르면서 앨리스는 친구들이 마땅치 않게 생각하는 방식으로 자신의 존재감을 드러냈다. 그녀는 역사 수업 시간에 애벗 선생님의 '귀염둥이'가 되었고, 선생님이 질문할 때마다 늘 손을 들고 있다가 답을 맞혔다. 앨리스는 본든의 가게가 아니라 미니애폴리스의 **백화점**에서 옷을 사 입었다. 앨리스는 내내 책만 읽었고, 그것도 '지겨운' 책만 골랐다. 애슐리의 이야기를 보면, 앨리스는 학교 연극에서 스타 역할을 따내는 '횡재'를 얻은 이후 '속물덩어리'로 변했다. "앨리스에게 복수하려고" 함께 음모를 꾸민 마녀들 사이에서 '잔재미'나 얻자고 시작한 일이 어쩌다 보니 영문도 모르는 사이에 저절로 거칠어졌다. 애슐리 버전의 이야기로 봐서는 이 사건에 특정한 행위를 유도하는 요인은 없었다. 그저 마법의 주문과 아주 흡사한 감정의 소용돌이가 소녀들을 이리저리 휘둘리게 만들었던 것이다. 어려서 베아와 나는 이런 행동에 딱 들어맞는 표현으로 쓰던 말이 있다. "우연하게 고의로." 내가 이 말을 입에 올리자 모두 수줍어하며 미소를 지었다. 물론 앨리스만은 예외였다. 그녀는 책상 위를 뚫어져라 쳐다보고 있었다.

앨리스가 마지막으로 자신이 쓴 이야기를 낭독했다. 하기 싫은 이야기였지만 말해야 했다. 그 소녀는 《제인 에어》나 《데이비드 코퍼필드》 같은 작품에 등장하는 스타일의 여자 주인공으로 자신을 설정했다. 바로 내가 그 나이 때 아주 좋아했던 학대 받는 고아 주인공들 말이다. 앨리스는 그 이야기에 매우 공을 들였다. 비록 형용사와 과장법을 남용하고 몇몇 단어의 철자가 틀렸지만, 마녀 그룹에 속하고 싶었던 강

241

한 욕망과 왕따가 된 고통을 조리 있게 표현했다. 나는 앨리스가 읽는 것을 들으며 그 이야기에 등장하는 주인공이 마녀 그룹의 구성원들에게 환심을 사지는 못했지만, 그 사실을 알게 된 것은 앨리스에게 분명히 요긴한 일이 되리라 생각했다. 그 희생자는 자신의 입장에서 사건들을 잘 설명했다. 앨리스가 자신의 분신을 6월의 그날 밤 내가 침대에 누워 있을 때 경험했던, 하늘이 무너질 듯 몰아쳤던 기념비적인 폭풍우의 도움을 적절히 받은 고딕풍의 글쓰기로 묘사한 것만 보아도 알 수 있었다. 확실히 앨리스가 제시카의 집에서 '얼쩡거리는' 동안, 마녀 그룹의 소녀들은 연합전선을 펴서 앨리스가 말을 걸더라도 쳐다보지도 대답하지도 않기로 작정했다. 앨리스의 존재가 보이지도 들리지도 않는 것처럼 행동하기로 했던 것이다. 30분 동안이나 이런 취급을 받자, 우리의 여주인공은 도망쳐 나와 "하늘에서 번갯불이 번쩍번쩍하며 콰르릉거리는" 가운데 "억수같이 내리는 빗속으로 뛰어들어 머리카락이 바람에 휘감기는 가운데 엉엉 울었다". 이 비극적인 인물이 집에 도착했을 때는 "흠뻑 젖어 뼛속까지 추위가 밀려들어 이가 달달달 맞부딪쳤다". 앨리스는 마녀 모임의 마이둥 이야기를 즐겁게 받아들이지 않았을지 모르지만 확실히 그 이야기를 쓰는 즐거움은 확보했다. 문학에 심취한 인물, 앨리스는 7학년으로 올라가려고 하는 아주 평범한 앨리스를 위해 구원의 역할을 하고 있었다. 앨리스는 다음과 같은 말로 이야기를 끝맺었다. "결코 전에 내가 그렇게 깊고 참을 수 없는 절망을 결코 느끼지 않았다면."

나는 웃지 않았다. 그렇게 기억하고 있다.

불쌍한 페이턴은 이미 후회가 가득한 얼굴로 울면서 코를 훌쩍거렸다.

제시카는 앨리스를 쳐다보지 않았지만 굴욕감을 억누르며 작은 목소리로 사과했다.

니키와 조앤은 어색한 듯 몸을 꼼지락거렸다.

애슐리와 엠마는 여전히 변함이 없었다.

나는 그들에게 숙제를 할당하고 나서 수업을 끝냈다. 난 애슐리와 앨리스에게 서로의 역할을 바꾸도록 했고, 페이턴과 조앤, 니키와 엠마를 묶어주고, 일곱은 홀수라 짝이 안 맞는 바람에 나와 제시카가 한 조가 되었다. 이로써 제시카는 대체로 주변 상황에 무지한 시 창작 수업 교사의 입장에서 이야기를 쓰는 역할을 맡았다.

보리스가 구애했다.

미아에게

나는 그저 고통으로 가득한 명청이었소.

보리스

(참조 : 영화 〈오명〉에서 캐리 그랜트가 연기한 T. R. 데블린이 잉그리드 버그먼이 연기한 앨리시아 휴버먼에게 영화가 끝날 무렵에 건네는 대사. 그 남자 주인공은, 내가 정

확하게 기억하고 있다면, 극약을 먹고 늘어진 사랑하는 사람을 안고 계단을 내려가면서 이 말을 한다. 보리스와 나는 적어도 그 영화를 일곱 번쯤은 함께 본 것 같다. 그때마다 B. I.는 데블린이 가련하고 아름다운 휴버먼을 진정 애틋한 마음으로 안고 가면서 대사를 치는, 이 짧고도 깔끔한 변명 장면에서 매번 눈물을 그렁그렁 매달았다. 이 한 줄의 구애 편지에 마음이 흔들리지 아니한 것은 아니었다. 아니, 얼버무리고 그냥 넘어가지는 않겠다. 그렇다, 나는 감동받았다. 그래도 캐리 그랜트가 맡은 역할에 보리스를 들어앉히고, 나를 잉그리드 버그만의 위치에 가져다놓을 생각은 없다. 나는 곱슬머리의 쉰다섯 살 먹은 얼치기 시인을 안고 할리우드 영화에 주로 등장하는 거창한 계단을 내려가느라, 아랫배가 둥그스름한 데다 안경을 쓴 신경과학자가 힘들어서 숨을 헐떡거리며 신음하는 모습을 떠올리면 달콤한 환상은 저만치 달아나고, 정말 깬다. 그러나 내가 하려는 말은 이게 아니다. 가끔씩은 우리 모두 자신이 판타지의 주인공이 되는 환상을 품어야 한다. 우리 자신이 이제까지 입어보지 못했으며 앞으로도 입어볼 일이 없을, 상상에서나 있을 법한 날개옷을 만질 수 있는 기회인 것이다. 이것은 우리의 퇴락한 삶에서 때를 빼고 광을 내는 효과를 발휘한다. 가끔 우리는 하나의 꿈을 넘어 다른 꿈을 선택할 수도 있고, 그 선택을 통해서 일상의 불행에서 잠깐 벗어날 수도 있다. 마침내는 우리는 자아라고 부르는 불안정한 상황을 구성하고 있는 가상의 매듭을 풀 수도 있다. 다만, 우리 가운데 아무도 그러지 못할 뿐이다.)

베아로부터, 보리스/미아 사건의 경과보고를 듣고 나서 :

꼭 명심해, 베이비 휴이, 우리 모두 바짝 긴장하고 있어야 돼.

B.

노바디로부터, 마지막으로 :

신장결석.

수준 높은 나의 파트너이자 건강이 부실한 미스터 노바디는 결석으로 인한 극심한 통증 때문에 나와의 대화 배틀에서 중도 하차했다. 그가 조속한 시일 내에 회복되기를 바란다.

나는 애비게일의 아파트 문을 노크하고 나서 그녀가 문을 열어주러 나타나기까지 걸리는 상당히 긴 시간을 기다리는 법을 터득했다. 그 즈음, 나는 애비게일을 거의 정기적으로 방문했다. 혼자 갈 때도 있었고 엄마와 함께 가기도 했다. 애비게일이 낙상한 이후로 엄마와 나는 우리 공동의 친구에 대한 걱정이 많아졌다. 그녀는 하루하루 증발하듯 몸피가 줄어들고 있었지만 마음은 여전히 굳세었다. 사실 우리가 애비게일에게 끌리는 것은 그녀의 강직함이었다. 이는 보통 사람들에게 바람직하게 받아들여질 수 있는 성격은 아니다. 그러나 애비게일의 꽂꽂함은 미국 중서부 지역에서만 볼 수 있는 특이한 사회 풍토에 저항하는 가운데 형성된 것처럼 보였다. 애비게일은 평온하게 바느질을 하고 수를 놓고 아플리케를 하면서도 한결같은 자세로 굴하지 않았다. 이제는 나도 '프라이빗 가드너'에 대한 이야기를 들어서 알고 있다. 애비게일은 그가 태평양전쟁(제2차 세계대전)에 참전하기 직전 충동적으로 결혼했다. 그러나 종전과 함께 집에 돌아온 남편은 전쟁도 데리고 왔다. 끊임없이 악몽에 시달리고, 욱하는 성질머리에다 필름이 끊길 때까지 술을 마시는 버릇이 들어 집에 돌아온 이 남자에게는, 애비게일이 "사랑하고 존경하고 순종하기로" 맹세한 그때 그 소년과 닮은 구석이란 눈을 씻고 찾아봐도 없었다. 당시 상황에 대한 애비게일의 기억을 들어보면 이랬다. "나는 그가 어디서부터 시작하려고 하는 건지 정말 몰랐다." 그러던 어느 날, 애비게일에게는 천만다행히도 이 배우자가 무단이탈을 해버렸다. 1년 후 그 제대군인 아저씨에게서 위스콘신의 밀워키에 와서 함께 살자는 내용이 담긴 참회의 편지 한 통을 받았다. 생각만 해도 "얼음덩이가 등줄기를 훑고 내려가는 것처럼 오싹"했기 때문에 애비게일은 일언지하에 그 제안을 거부하고 이혼을 청구했다. 그리고 초등학교 미술교사로 거듭났다.

자수를 가르쳐준 사람은 애비게일의 어머니였다. 그러나 그녀가 바느질 모임에 참석하기 시작한 것은 결혼 생활에서 낭패를 보고 난 이후였고, 애비게일은 자수가 곧 "그녀의, 그녀에 의한, 그녀를 위한 일"임을 깨달았다. 그때부터 그녀의 '이중생활' 시작됐다. 몇 년 동안 애비게일은 수많은 작품을 만들어냈다. 작품은 전통적인 것과 인습을 파괴하는 주제들이 고루 있었으며, 애비게일은 이것들을 '진품'과 '모조품'으로 불렀다. 모조품들은 판매를 했다. 애비게일은 그동안 하나씩 하나씩 나에게 진품들을 보여주고 있었다. 그때마다 애비게일의 작업 내용이 범상치 않다는 것이 점점 더 뚜렷해졌다. 그녀의 작품이 모두 악의적이거나 성적인 본능을 다룬 것은 아니었다. 피를 잔뜩 빨아먹은 크고 작은 모기들을 꼼꼼하게 수놓은 작품.《그레이 해부학Gray's Anatomy》(영어권 국가에서 널리 읽히는 의대 본과 해부학 교재-옮긴이)의 책장 속에서 바로 뛰쳐나온 듯한 인물이 장기들을 드러낸 채 춤추며 기뻐하는 작품. 여자 거인이 달을 물어뜯고 있는 작품. 여자들의 속옷(코르셋, 속바지, 속치마, 스타킹, 팬티스타킹, 예전에 사용하던 구식의 두툼한 브래지어, 가터벨트가 달린 거들, 아기 인형 잠옷)이 수놓인, 보고 있으면 이상하게도 가슴 저미는 슬픔을 안겨주는 커다란 식탁보 하나. 그리고 베개에 십자수로 수를 놓은 애비게일의 아주 작은 자화상이 눈길을 끌었다. 몇 년 전에 그녀가 의자에 앉아 눈물을 떨구며 작업한 것이었다. 흐르는 눈물은 반짝이는 스팽글 장식으로 남겨졌다.

애비게일이 문을 열었다. 내 친구는 여전히 조그마해 보였다. 그녀의 머리가 조금씩 흔들리고 있었고, 턱에까지 그 떨림이 끊임없이 이어졌다. 그녀는 빨간 장미 무늬로 뒤덮인 검은색 블라우스와 통이 좁은 검은색 바지로 예쁘게 차려입고 내 앞에 서 있었다. 짧고 성긴 머리카락은 귀 뒤로 빗어 넘기고, 작은 안경을 쓰고 내가 늘 그렇게 그녀의 눈을 바라봤던 것만큼이나 깊은 눈빛으로 집중해서 나를 쳐다보고 있었다.

그날 오후, 애비게일과 나는 모종의 준비를 했다. 그녀는 소파에 기대 앉아 나에게 자신의 죽음에 대한 이야기를 했다. 그녀는 조카딸 하나 말고는 아무도 없었다. 그 조카딸은 다정하기는 했지만 애비게일의 '은밀한 즐거움'에 대해서는 전혀 이해하려고 하지 않았다. "그 애는 나한테 있는 돈을 상속받게 될 거야." 그리고 그녀는 나의 첫 시집에 나오는 시 한 수를 인용했다. *우리는 레이스 가득한 배가 실어다줄 기적을 너무도 원하고 있지.* "그게 바로 미아와 나야. 우리는 한 꼬투리 안에 있는 콩 두개야." 그녀가 말했다. 우리 둘의 모습을 주방 조리대 위의 콩깍지 속에 든 둥근 초록색 콩알로 상상해야 했지만 그래도 기뻤다. 그때 애비게일은 갑자기 생물에서 기계장치로 은유 대상을 바꿨다. "나는 꺼질 준비가 된 자명종이란다, 미아. 그리고 내가 꺼지면 아무리 해도 시계가 다시 움직이는 일은 없을 거야. 나는 내가 똑딱거리는 소리를 듣고 있단다." 애비게일은 자신의 유언을 적법한 절차를 거쳐 처리해두었다고 했다. 나는 '은밀한 즐거움'을 물려받기로 되어 있으며, 그 작품들을 가지고 내가 원하는 대로, 무엇을 하든 마음대로 해도 좋다고 했다. 서류들은 그녀의 작은 책상 첫 번째 서랍에 들어 있었다. 서랍 열쇠는 작은 리모주 도자기 세트 안에 들어 있었다. 애비게일은 지금 열쇠를 꺼내 서랍을 열어보라고 했다. 거기에 나한테 보여주려고 하는 물건이 들어 있었다. 서랍을 열자 바로 맨 위에 보이는 마닐라지 봉투에 든 사진 한 장.

턱시도를 입은 두 젊은 여인이 어깨를 걸고 서서 웃고 있었다. 한 사람은 검은 머리, 내 짐작이 맞다면 애비게일이었고, 옆에 있는 사람은 금발이었다. 금발 여인의 오른쪽 손가락에는 담배가 들려 있었다. 주위 사람들을 의식하지 않는 듯, 경쾌하고 의기양양한 그들의 모습이 부럽기만 했다.

애비게일이 고개를 들었다. 그리고 고개를 끄덕였다. 고개를 몇 번 끄덕이더니 입을 열었다. "그녀는 네 엄마와 같은 이름을 가졌어. 로라가 그녀의 이름이지. 나는 그녀를 사랑했단다. 우리는 뉴욕에 있었어. 그때가 1938년이었지."

애비게일이 미소를 지었다. "이 젊고 건방진 애송이가 나야. 믿기지 않지, 응?"

"아니요. 딱 봐도 알겠는걸요." 내가 대답했다.

작별 인사를 하려고 그녀를 껴안았을 때, 장미 무늬 셔츠 아래로 뼈가 느껴졌다. 그 뼈는 닭 뼈보다도 크지 않은 것 같았다. 나의 친구 애비게일은 더 이상 혼자 힘으로는 똑바로 설 수도 없고, 쇠약한 몸은 떨리고 있었지만, 1938년도에 뉴욕에 있던 로라라는 이름의 소녀를 사랑했던 사람, 뛰어난 재능을 지닌 여성, 아이들의 미술 교사이자 예술가였다. 자신에게 어울리는 성서의 한 절이 무엇인지 알고 있는 예술가. 애비게일이 나에게 들려준 마지막 말은 시편 72장 6절이었다. "그는 벤 풀 위에 내리는 비같이, 땅을 적시는 소낙비같이 내리리니."

다른 사람이 된다는 것은 상상력만으로 춤을 추는 일이다. 상상력만으로 춤을 출 수 없는 사람이라면 분명 대단치 않은 존재이다. 소리를 질러라! 엉덩이와 어깨를 흔들며 춤추고, 발뒤꿈치를 차고 힘차게 도약하라. 그것이 나의 교육이론이며, 나의 철학이자 신조이며, 나의 표어였다. 나의 소녀들은 그렇게 되려고 노력하고 있었다,고 말할 수 있겠다. 그들의 '나'는 얽히고설키게 되었다. 그리고 그들은 다른 역할, 다른 몸, 다른 가족, 다른 장소에 위치하게 된 자신들의 상황이 뜻하는 바를 찾고자 애썼다. 그들의 성취는 각양각색이었으나, 그건 당연히 그러리라 예상되던 바였다.

미아 역할을 하는 제시카가 썼다. "나는 그 소녀들의 문제에 대해 어느 정도 감은 잡고 있었다. 그러나 그들은 나에게 말하지 않았다. 나는 내가 7학년으로 올라가던 때와 나에게 일어났던 그 엉망진창의 사건이 생각났다. 그러나 그것은 오래, 오래, 오래전의 일이었다…."(충분히 공감)

조앤 역할을 맡은 페이턴이 썼다. "나는 1학년 때부터 니키의 가장 친한 친구였다. 그리고 나는 기본적으로 그녀가 하는 행동을 그대로 따라한다. 나는 니키가 자해를 하면서도 두려워하지 않는 모습을 보고, 나도 그렇게 하기로 마음먹었다. 그렇게 하는 것이 끔찍하게 싫었는데도 말이다."

페이턴 역할을 맡은 조앤 : "나는 멋진 소녀가 되고 싶다. 그러나 나는 성숙하지 않았다. 나는 스포츠를 더 좋아한다. 그리고 나는 쿨하게 보이고 싶다는 이유로 앨리스를 해코지하는 데 동의했다."

엠마 역할을 맡은 니키 : "나는 애슐리라면 나 자신을 뿌듯하게 여길 수 있게 해줄 것 같아서 그녀에게 알랑거린다. 그리고 애슐리는 문제를 일으키는 것에 대해 정말 개의치 않기 때문에 그 애랑 함께 있는 게 재미있다. 애슐리가 나에게 죽은 쥐의 꼬리 토막을 삼키라는 결정을 내렸을 때, 그 짓이 무척 역겨웠지만 나는 그렇게 했다. 나는 애슐리의 노예 같다. 애슐리는 사람들에게 모험을 해보라고 부추기고 나는 거기에 굴복하는 것을 좋아한다. 내 여동생은 근육퇴행위축증을 앓고 있다. 나는 그것 때문에 걱정이 많은데, 친구들과 같이 있으면서 어리석은 짓을 하면 그 생각을 하지 않는 데 도움이 된다."

니키 역할을 맡은 엠마가 썼다. "나는 엄마의 화를 돋우는 검은 옷을 입고, 미친 사람처럼 화장을 하고 거들먹거리고 거칠게 행동하는 것이 좋다. 앨리스에게 나쁘게 한 것은 거들먹거리는 방법 가운데 하나였다."

앨리스 역할을 맡은 애슐리가 썼다. "나는 앨리스, 미스 퍼펙트다. 나는 시카고를 좋아한다. 그곳은 많은 가게들과 박물관들이 있고 우리 엄마가 나를 예술 어쩌구저쩌구하는 이곳저곳으로 데리고 다녔던 곳이며, 지금은 더 이상 갈 수 없게 된 장소이기 때문이다. 나는 애슐리의 친구였지만, 그 애에게는 내가 너무 세련된 것이 아닌가 하는 생각이 든다. 나는 무남독녀이다. 엄마 아빠는 나한테 값비싼 옷을 사주고, 세인트폴에서 하는 발레 공연도 보여주고 해서 나를 버릇없이 키운다. 나는 다른 아이들이 모르는 단어를 사용해서 그 애들이 자기 자신을 멍청하다고 느끼게 만든다. 나는 너무 도덕적이어서 재밌게 노는 법을 모른다. 그리고 나는 누군가가 아주 사소한 이야기만 해도 그때마다 아주 속이 상해서 울 것만 같다. 내가 그렇게 겁쟁이만 아니었다면, 그 애들이 나한테 아무 짓도 할 수 없었을 것이다."

애슐리가 된 앨리스가 썼다. "나는 앨리스를 미워한다. 그 애가 연극에서 샬린이었기 때문이다. 그 때문에 나는 질투심으로 불탔다. 앨리스는 내 속임수를 알아채지 못했다. 그래서 내게는 그 일이 단지에서 사탕을 꺼내는 것만큼이나 쉬웠다. 나는 앨리스를 좋아하는 척하면서 그 애가 눈치 채지 못하도록 심하게 상처를 줄 수 있었다. 우리 집 남매들은 언제나 서로 차고 때리고, 문을 쾅쾅 닫고, 그러는 바람에 우리 집은 난장판이다. 그리고 나는 우울증으로 약을 먹어야 한다. 우리 엄마는 항상 나보고 그 약을 먹지 말라고 소리친다…."

수업 시간 내내 서로 비난하고, 부정하고, 기가 막혀 말을 제대로 못하는 소동이 벌어지는 바람에 발표는 간간이 끊겼다. 애슐리의 질환이, 그것이 무엇이든지 간에, 앨리스의 이야기를 통해 드러난 것이 지금까지는 가장 걱정스러운 부분이었다. 앨리스도 애슐리도 서로 상대방의 진심을 꿰뚫어 보거나 동병상련의 감정을 느낄 수 없었다. 하지만 앨리스가 고의로 그랬건 자신도 모르게 그랬건 간에, 어쨌거나 애슐리의 비밀을 폭로하자 소녀들은 모두 페이턴이 이렇게 소리 지를 때까지 숨을 죽이고 있었다. "하지만 애슐리, 네 입으로 그랬잖아. 앨리스가 우울증을 앓고 있다고, 네가 아니라." 1인칭 주어를 바꾸는 게임이 자체적으로 다시 실시되었다. 애슐리는 이미 그 게임을 시작하고 있는 것으로 보였다.

1. 냉장고에 주스와 우유가 있나 챙겨보고 떨어지기 전에 사다놓는 것 잊지 않겠음.
2. 〈미들마치〉를 끝까지 읽겠다고 약속함(《황금의 잔》도 마찬가지).
3. 당신이 글을 쓰고 있을 때 방해하지 않겠음.
4. 당신하고 더 많이 이야기를 나누겠음.
5. 달걀 요리 외에 다른 요리도 배우겠음.
6. 당신을 사랑 하겠음.

보리스

나는 이 목록을 여러 번 되풀이해서 읽었다. 솔직히 1번부터 5번까지는 믿을 수가 없었다. '믿는다'는 말의 사전적 의미를 새로 쓴다면 모를까. 나의 관심은 6번에 쏠려 있다. 왜냐하면 보다시피 보리스는 나를 사랑했기 때문이다. 그는 이미 오랫동안 나를 사랑해왔다. 따라서 나는 그가 의도적이었다고 믿지만, 보리스에게 그럴 의도가 있었느냐 없었느냐의 문제가 아니라, 중요한 것은 그가 자신을 속이면서까지 불장난을 할 것이냐 아니냐의 문제였다. 그가 불꽃처럼 격정적인 막간극에서 정말로 영원히 벗어날 수 있을 것인가, 아니면 *일시정지*의 망령이 우리의 남아 있는 나날들을 계속 따라다니게 놔둘 것인가? 더 어려운 일은, 마음이 흔들려 한번 문을 박차고 나갔던 보리스를 어떻게 해야 다시 그 짓을 못하도록 막을 것인가? 보리스에게 답장을 쓸 때, 이 문제를 정확히 따져 물어야 할 일이다.

레지나는 롤링 메도스로 돌아왔으나, 독립 주거지역에서는 지낼 수 없었다. 비록 알츠하이머라고 확진을 받은 것은 아니지만, 요양원 내 다른 구역에 있는 알츠하이머병 환자용 특별병동으로 배치되었다. '그 사건' 이후(대부분 호의적이었지만 결코 한없이 관대하지는 않았다) 담당자들은 그녀의 상태를 장담할 수 없다고 결정했다. 레지나는 관찰 대상이 되었다. 엄마와 나는 아무런 장식도 없는 작은 방에서 레지나를 만났다. 그녀는 파란 침대보가 덮인 초라한 병원 침대 위에 앉아 있었다. 그 방은 이스트 강이 안 보인다는 것만 빼면 페인 휘트니 거리의 그 병원에서 내가 입원해 있던 방과 거의 비슷했다. 그녀의 아름답고 멋졌던 긴 백발이 흐트러져 얼굴을 덮고 있었다. 엄마가 문을 열고 들어서자, 레지나는 엄마의 이름인 "로라!"를 외치며 친구에게 팔을 뻗었다. 두 사람은 서로 부둥켜안고 오랫동안 몸을 앞뒤로 흔들었다. 포옹을 풀고 나자, 레지나는 내가 누구인지 알아내야겠다는 눈초리로 나를 쳐다보았다. 나는 이 추락 백조가 내 이름을 잊어먹어서 그런다는 것을 알았다. 내가 누구인지조차 깡그리 잊어버렸을지도 모른다. 그러나 우리 엄마는 나라는 존재가 레지나의 기억 창고에서 행방불명 중이라는 것을 알아차리자마자 내가 누구인지를 설명해줘서 그녀를 난처한 상황에서 구제해줬다.

두 여인은 이야기를 나누었다. 레지나가 주로 이야기를 하는 쪽이었다. 그녀는 자기가 겪은 시련에 대해 긴 수다를 늘어놓았다. 각종 검사들, 친절한 의사와 형편없는 의사, 대통령 이름과 재임 기간에 대해 끊임없이 질문하더라는 것, 여기저기를 콕콕 찔러보고 느낄 수 있는지 묻더라는 등등. 레지나는 갑자기 울음을 터뜨리고 엉엉 울다가 금방 정상으로 돌아오고 몇 초도 안 돼 옛날을 더욱 간절히 그리워하기 시작했다. 건너편의 독립 주거지역에 있을 때는 멋지지 않았어? 그쪽에 있던 자신의 아파트에는 온갖 '예쁜 것들'이 있었다며, 친구들의 집은 걸어서 몇 발짝이면 서로 오갈 수 있었다는 거다. 어머나! 그 접란, 누가 화분에다 물 좀 줬나 몰라? 그리고 지금 '미친' 사람들과 '침을 질질 흘리고 바지에 오줌을 싸서 더러운' 사람들과 함께 유배당한 그녀를 보라. 그녀가 건너편 쪽으로 돌아올 수만 있다면. 나는 엄마가 뭔가 말하려고 입을 열었다가 그냥 다무는 것을 보았다. 레지나가 몹시도 싫어했던 그 '집'을 천국으로 기억하고 싶어한다면, 우리 엄마가 굳이 그 환상을 깨는 역할을 해야만 할까? 우리가 떠나려 할 때 그 늙은 여인은 고개를 흔들어 헝클어진 머리채를 뒤로 넘기고 밝게 웃었다. 그녀는 우리에게 키스를 퍼부으며 높고 떨리는 목소리로 크게 말했다.

"또 와, 로라. 그럴 거지? 네가 너무 보고 싶을 거야. 잊지 말고 다시 와야 해."

나는 문이 완전히 닫히기 직전에 마지막으로 레지나를 한 번 더 돌아보았다. 그녀는 풀이 죽어 있었다. 마치 극적인 이별이 그녀에게 남아 있던 기운을 모두 빼앗아 간 듯싶었다.

복도로 나오자 엄마는 걸음을 멈추었다. 그녀는 두 손을 가슴에 얹고 눈을 감고 조용히 숨죽여 말했다. "마음이 아프구나."

"뭐가, 엄마?"

"늙어간다는 것."

롤라, 피트, 플로라와 사이먼이 출연하는 연속극은 롤라 본인도 시인한 바와 같이 대체로 변화 없는 하루하루를 반복해서 방영했다. 그러나 상황이 안 좋은 방향으로 흐르고, 뭔가 달라진 것도 같았다. 달라진 부분은 바로 돈이었다. 나는 크라이슬러 빌딩 모양의 귀걸이를 좋아하고 롤라의 장신구 사업 계획을 들어줘서 그녀를 즐겁게 해주고는 있지만, 형편은 그리 낙관적이지 않았다. 그 불쌍한 젊은 여성은 금속공예에 쏟을 시간이 거의 없었다. 그리고 모든 것을 고려해볼 때 성공할 전망도 없어 보였다. 그때 뜻밖에 소설, 그중에서도 18세기와 19세기 소설에나 나올 법한 일이 일어났다. 세인트 조셉 대학에서 50년 동안 회계원으로 일했던 알뜰살뜰한 롤라의 대모가 사망하면서, 이

나이 지긋한 독신녀가 자신의 대녀에게 웨지우드 도자기 풀세트와 10만 달러를 유산으로 남긴 것이다. (공평하게 생각하시라. 이런 일은 20세기와 21세기의 *삶*에도 늘 있어온 일이다. 다만 20세기와 21세기의 *소설*에선 자주 일어나지 않았을 뿐.)

그런 연유로 적어도 당분간은 롤라의 수중에 돈이 넉넉했다. 더 중요한 것은 그 돈이 피트의 것이 아니라 그녀의 것이란 사실이었다. 같은 시기에 미니애폴리스의 한 작은 공방에서 롤라의 작품을 받아서 팔아주겠다고 했다. 그 공방은 건축물 귀걸이, 특히 피사의 사탑을 유난히 좋아했다. 겹경사가 나서 이웃집에는 기쁨이 그득했다. 나는 코븐의 마녀들과 힘겨운 한 주를 보내고 나서 이웃들과 금요일 저녁에 축하 파티를 열었다(이 이야기는 나중에 보고하겠다. 시간 순서에 의한 서술 기법은 지나치게 과대평가를 받는 경우가 종종 있다). 엄마, 페그, 롤라와 두 아이가 참석했다. 애비게일도 초대했으나, 내가 살고 있는 버다 가족의 집에서 몇 미터 안 되는 거리를 차로 모시러 간다고 해도 나들이하기에는 너무 건강이 안 좋다고 사양했다.

롤라는 매우 기뻐했다. 엄마가 그날 저녁 대부분의 시간을 사이먼을 데리고 놀아주었다. 엄마와 사이먼은 아주 흥에 겨웠다. 그 작은 도련님이 노래를 불렀다. 엄마가 사이먼에게 노래를 들려주면, 사이먼이 이어서 노래를 불렀다. 음정이 제멋대로여서 이상하게 들렸지만 사이먼은 그래도 계속 노래했고, 플루트를 연주하는 듯한 소리를 내며 즐거움에 들떠 있었다. 플로라는 가발을 쓰지 않고 천방지축으로 뛰어다니며 모키에게 귓속말을 하고 케이크도 많이 집어 먹었다. 나는 플로라를 칭찬하고 흥을 돋워주었다. 그 애가 어린 남동생에게 밀려 귀여움을 받지 못한다는 생각을 갖지 않도록 신경을 써주려고 했던 것이다. 페그의 얼굴도 활짝 피었다. 가족들의 흥겨운 모임에서 그녀는 자기 몫을 충분히 했다. 그녀가 있어서 이미 달콤해진 행사에 설탕이 추가된 격이 되었다.

나는 피트가 혹시 여행 중이냐고 롤라에게 물었다. 아니라고, 남편은 집에 있다고 했다. 피트가 남자라고는 달랑 자기 혼자뿐이라 자기가 있어봤자 분위기만 어색해지니 혼자라도 즐겁게 놀고 오라며 등을 떠밀었다는 것이다. 페그와 엄마에게 아이들을 맡기고 롤라와 나는 킹사이즈 침대에서 함께 밤을 보냈던 침실로 들어갔다. 롤라는 돈이 생기니 기분이 다르다고 말했다. "아무 노력도 하지 않고 얻은 돈이지만, 내 돈이 생기고 보니 내가 어쩐지 더 중요하고 자유롭게 느껴져요. 피트도 더 행복해하고 있어요. 피트가 한숨 돌리는 것 같아서 걱정도 많이 줄었어요. 그런 데다 그 공방에서도 갑자기 내 작품에 관심을 보이고 좋아하네요. 그래서 피트는 내가 만드는 장신구가 그저 쓸모없는 쇳조각이라는 생각도 접은 것 같아요."

우리는 나란히 서서 창밖을 내다보았다. 나는 이곳의 경치와 여름 하늘에 매료되었다. 특히 해가 질 무렵의 여름 하늘은 파랑과 보라 그리고 핑크빛으로 물들곤 했다. 들판 위로 구름이 지나가고 있었다. 나무숲과 창고와 저장고는 해거름이 지나면서 차차 어두운 지평선 아래로 잠겼다. 반복되는 자연의 변화. 그리고 인생무상. 그때 롤라가 문득, 내가 집으로 돌아가면 보고 싶을 거라고 말했다. 나도 그녀가 그리워질 것 같다고 대답했다. 롤라는 나와 보리스의 관계에 진전이 있는지 궁금해했다. 나는 보리스가 구애를 해온 얘기를 들려주었다. 롤라가 웃음을 보였다. 옆방에서 엄마와 페그의 웃음소리, 플로라의 비명 소리, 그리고 곧이어 사이먼이 시끄럽게 우는 소리가 들렸다.

그래도 롤라와 나는 이야기를 계속했다. 잠시 후에, 말없이 창밖을 바라보던 롤라가 사이먼을 달래려고 파티가 벌어지고 있는 옆방으로 발길을 돌렸다.

호모 호미니 루푸스 *Homo homini lupus.* 인간은 인간에게 늑대이다. 나는 저 위대한 늙은 염세주의자 지그문트 프로이트의 작품에서 이 문장을 발견했다. 그러나 그것은 분명히 고대 로마의 극작가 플라우투스의 말에서 유래한 것이다. 슬프지만 사실이다. 멀리 갈 것도 없이 저 어린 소녀들을 보라. 그 작은 아이들조차 지위와 찬사에 욕심을 내고, 무자비한 계략을 꾸며내고, 공격적인 환희에 휘둘리는 것을 보라. 그들의 '나'가 그 주 내내 계속 한 아이에서 다른 아이로 역할 바꾸기를 하는 동안, 나는 때때로 누가 누구의 역할을 하고 있는지 갈피를 잡지 못했다. 그러나 그들이 서로에게 동일시되는 것에는 아무런 문제가 없었다. 몇 가지의 폭로가 더 추가 되었고, 내가 '코븐'이라고 이름 붙인 그 이야기는 구체화되기 시작했다. 애슐리는 몰락했다. 그 애는 자신의 거짓말로 인해 나락으로 곤두박질쳤다. 애슐리가 자신의 거짓말을 들키지 않았다면 일말의 진정한 자책감이라도 느꼈을지 의구심이 들지만, 어쨌든 그 애의 권위는 심각한 손상을 입었다. 그러나 애슐리는 살아남았고, 그 마녀 그룹 내에서의 새로운 역할에 적응해나가기 시작했다. 수요일에 애슐리는 자신의 희생양에게 정식으로 사과했다. 진심이었든 아니었든, 그 덕분에 그 애는 다른 사람들 사이에서 평판이 올라갔다. 엠마는 아픈 여동생에 대한 얘기가 노출되는 바람에 대략난감이었지만, 그러나 소녀들이 무시 받는 언니로서가 아니라 건강한 언니로서 엠마를 많이 동정해주었으므로 태도를 누그러뜨렸다. 엠마는 그 이야기와 그 안에서의 자기 역할에 대해 바로잡겠다고 자청했다. 나는 용기 있는 행동이라고 생각했다. "앨리스가 울었을 때 나는 행복했다."라고 쓴 제시카의 자아도취적인 평범한 이야기는 공격을 많이 받았다. 그 애는 자신이 남보다 낫다고 여기는 버릇이 있다는 것을 깨달았다. 제시카는 아무런 생각도 없이 사악한 음모에 푹 빠졌다. 한 주 동안의 일정이 계속되면서 다른 소녀들이 점점 더 즐거워하는 것만큼이나 페이턴 역시 점점 덜 울고 맡은 역할을 즐기게 되었다. 연극이 주는 치료적 효과. 실제로 목요일쯤 되어서는 원고 내용에 암묵적인 합의가 이루어져가는 것이 확실해 보였다. 아이들은 기꺼이 자신들의 멜로드라마에 몸을 던졌다. 앨리스는 낭만적인 여주인공으로서의 품위를 상당 부분 잃었다. 그러나 앨리스의 고통을 이제는 모든 사람이 알게 되었다. 금요일이 되자 앨리스는 니키에게 "맙소사, 앨리스, 너도 못된 짓 하는 거 좋아하게 됐구나!"라는 소리를 듣게 될 정도로 기를 쓰고 가해자 무리에 끼어들었다. 조앤은 물론 니키가 한 말에 동의했다.

금요일에 소녀들이 각자 집으로 가져간 이야기들은 사실과 달랐다. 그것은 그들이 공동의 교과서처럼 삼을 수 있게 각색된 이야기였다. 하나의 사상을 유지하고자 사람들의 활동과 행사들을 흐리게 하고 감추고 왜곡하는 국가의 역사와 다를 바 없었다. 소녀들은 자기 자신을 미워하게 되는 걸 바라지 않았다. 자기혐오가 결코 유별난 일은 아니지만 그들이 그들 사이에 일어났던 일에 대해 도달한 의견 일치는 앞에서 인용한 프로이트가 제안한 것보다 훨씬 더 유연했다. 사건이 마무리될 즈음이 되자 이 마녀들의 모임과 만난 것이 나로서는 커다란 행운이었다는 생각이 들었다. 일곱 명 모두가 나를 껴안고 찬양 일색의 말들을 읊어주었다. 선물도 하나 받았다. 연보라색 리본으로 묶은 보라색 상자에 향기로운 비누 하나, 물결 모양의 병에 담긴 핸드 로션, 커다란 욕실용 크리스털 용기가 들어 있었다. 뭘 더 바라겠는가?

그때 데이지가 지나가는 바람처럼 불쑥 나타났다. 서부영화의 대사 분위기가 나는 이 진부한 표현은 그럼에도 불구하고 배 아파 낳은 나의 사랑스러운 자식을 표현하기에 더 없이 안성맞춤이다. 이 소녀는 바람 같은 데가 있다. 데이지에게는 실로 큰 힘을 안 들이고 물건을 뒤죽박죽 만드는 재주가 있다. 그 아이가 지퍼가 열려 뒤죽박죽된 내용물이 다 보이는 커다란 가죽 가방을 어깨에 둘러메고 짧은 티셔츠에 남자 조끼, 밑단을 자른 청바지, 부츠, 밀짚모자 그리고 엄청나게 큰 선글라스 차림으로 택시에서 뛰어내리자, 일시에 흥분되고 소란스러운 기운이 휘몰아쳤다. 한 마디로 작은 토네이도. 데이지는 아름다웠다. 보리스와 나 사이에서 어떻게 이런 예쁜 자식이 나왔는지 수수께끼다. 그러나 유전자의 조합에는 하나하나 나름의 이유가 있는 법. 우리 부부 둘 다 매력 없게 생기지는 않았으니까. 보다시피 우리 엄마는 내가 아직도 예쁘다고 믿고 있다. 그러나 데이지는 진짜 예쁘다. 그래서 데이지가 옆에 있으면 쳐다보지 않고는 못 배긴다.

그 애는 사랑이 흘러넘치는 작은 악마이기도 하다. 지금까지도 그래왔지만, 껴안고 키스하고 코를 비비고 쓰다듬는 데 명수다. 우리는 문간에서 어깨에 팔을 두르고 서로를 풀어줄 때까지 몇 분 동안 껴안고 키스하고 코를 비비고 쓰다듬었다. 그리고 종종 그렇게 느껴왔지만, 그 순간에야 내가 얼마나 그 애를 보고 싶어했는지, 내가 얼마나 우리 딸을 애타게 그리워했는지 깨달았다. 그리고 기쁘게도, 나는 눈물을 왈칵 쏟거나 그러지 않았다. 눈가가 촉촉하게 젖었을지는 모르지만, 그걸로 끝이었다.

우리는 엄마의 집에서 저녁을 보냈다. 우리가 무슨 얘기들을 나눴는지 조금밖에는 생각나지 않지만, 데이지가 들려주는 이야기에 귀를 기울이던 엄마의 얼굴에 생기가 돌았던 것만은 기억한다. 데이지는 우리에게 자신이 여주인공 뮤리엘로 나오는 그 연극, 제 아빠를 미행하던 밤들, 보리스가 쓸쓸하게 혼자 머물던 루스벨트 호텔 앞에서 맞닥뜨려 "대체 무슨 일이야, 아빠?"라고 말을 걸기 전까지는 보리스가 자신에게 '미행'이 따라붙었다는 사실을 알아채지 못했던 이야기를 들려줬다. 그리고 엄마가 레지나에 대해 새로운 소식을 듣고 알려줬던 일이 생각난다. 딸들 중 하나가 와서 레지나를 구해냈다. 레티가 도착해서 자기 엄마를 신시내티로 옮길 준비를 하고 있다는 것이다. 거기에는 레티의 가족이 사는 집에서 아주 가까운 곳에 '요양원'이 있었다. 엄마는 그 일이 잘 풀릴지 모르겠다고 걱정했지만, 알츠하이머 병동에 있는 "끔찍한 감옥 같은 방"보다는 그 편이 확실히 낫다.

그 바로 다음 날, 우리는 애비게일이 심한 뇌출혈을 일으켰다는 이야기를 들었다. 애비게일은 아직 살아 있었다. 그러나 우리가 알고 있던 그 여자는 이제 더 이상 여기에 없다. 사라져버렸다. 애비게일은 자기가 지금 어디에 있는 건지, 자기가 누구인지조차 몰랐다. 자명종은 꺼졌다. 그 노인은 기력이 다해 죽어가고 있다. 우리도 그 사실을 알고 있지만, 애비게일은 우리보다 훨씬 더 잘 알고 있었던 것이다. 그들은 연이어 하나씩 죽어가는 세상에 살고 있다. 우리 엄마가 말했던 대로 이 사실이 더 가슴 아프다.

이틀 후에 재활센터에 있는 애비게일을 몇 분 동안 면회했다. 엄마는 오고 싶어하지 않았다. 나는 그 까닭을 이해했다. 인생에 생기를 불어넣어주는 기능을 모두 앗아가버리는 유령이 애비게일과 너무도 가까운 곳에 와 있는 것을 보고 싶지 않았던 거다. 애비게일은 옆으로 누워 있었다. 애비게일의 척추가 굽어 머리가 거의 무릎까지 닿았다. 그래서 침대를 조금밖에 차지하지 않았다. 애비게일의 눈은 계속 깜빡거리고 있었지만 눈동자가 텅 비어 있었다. 숨소리도 거칠었다. 내 친구의 성긴 회색 머리카락은 감지 않아서 기름기가 돌았고, 빗질도 안되어 있었다. 평소의 애비게일이라면 무척 싫어했을 꽃무늬 환자복을 입고 있었다. 나는 그녀의 머리를 뒤로 넘겨 빗겨주었다. 나는 그녀에게 말을 걸었다. 나는 모든 것을 기억한다고, 때가 되면 그 서랍에서 유품을 가져다가 어느 갤러리가 될지는 모르지만 세계를 다 뒤져서라도 그 '은밀한 즐거움'이 담긴 작품들을 전시하기 위해 최선을 다하겠다고 말해주었다. 나는 떠나기 전에 그녀의 귀에 대고 나지막하게 노래를 불렀다. 내가 데이지에게 불러주곤 했던 자장가인데, 브람스의 자장가는 아니고 다른 노래였다. 그때 간호사가 내 뒤에 있는 문으로 갑자기 들어와 깜짝 놀랐다. 내가 당황해서 비틀거리며 뒤로 물러나자, 간호사는 사무적인 목소리로 경쾌하게, 더 머물러 있어도 좋다고 말했다. 그러나 그때 나는 더 머물 수가 없었다. 이틀 후 애비게일은 세상을 떴고, 나는 그 소식에 안도했다.

나는 미스터 노바디에게 애비게일과 그녀의 작품, 그리고 오래전의 동성연애 사건에 대해 적어 보냈다. 내가 왜 그에게 이런 이야기를 하는지 모르겠지만. 아마 나는 좀 거창한 답을 기대했던 것 같았다. 나는 원하던 답장을 받았다.

우리의 일부는 겨우 일시적으로 풀려나는 상자 속에서 살아야 하는 운명을 타고난다. 완전히 저주받은 영혼, 뒤틀린 감정, 막힌 가슴, 억눌린 생각을 가진 우리, 격노 혹은 기쁨 혹은 심지어 광란을 터뜨리기를, 그 급물결 속으로 쏟아져 들어가기를 열망하는 우리. 그러나 우리가 갈 곳은 아무 데도 없다. 아무도 우리를 있는 그대로 받아주려 하지 않고 우리를 남모르게 승화시키는 즐거움을 빼면 할 일이 아무것도 없기 때문에 이 세상에서 갈 곳이 아무 곳도 없는 것이다. 우리가 할 수 있는 것이라고는 빛을 발하는 문장, 운율과의 키스, 종이나 캔버스에 형상화한 이미지, 마음속의 칸타타, 세속으로부터 격리된 자수, 지옥이나 천국이나 연옥이나 그 세 곳이 아닌 곳에서 온 어둡고 꿈꾸는 듯한 바느질밖에 없다. 그러나 우리에게는 '어떤 소리와 분노', 즉 허공 속의 심벌즈 부딪침 같은 것들이 틀림없이 있다. 누가 우리 광란의 무언극에 불과한 몸짓을 거부하겠는가? 우리, 관객 하나 없는 무대에서 왔다 갔다 하는 배우에 불과한 우리가 용기를 내어 주먹을 휘두를 수 있는가? 당신의 친구는 우리 가운데 한 명이었다. 결코 기름부음을 받지 못한 자, 선택받지 못한 자. 생활에서, 섹스에서도 평범할 수 없었고, 운명의 저주를 받았지만, 행복한 사람이라면 얼씬도 하지 않을 피난처 같은 곳에서 그래도 열심히, 수년 동안 한 땀 한 땀 바느질을 해왔다. 자기의 비탄과 양심과 울분을 꿰매왔던 것이다. 안 되는 이유는? 이유는? 안 되는 이유는? 이유는? 안 되는 이유는?

그의 글은 아주 처절했지만 나의 기분은 한결 나아졌다. 이상하게 기분이 더 좋아졌다. 왜? 처음이지만 나는 미스터 노바디가 미시즈 노바디만 못할 수도 있다는 생각이 들었다. 누가 아는가? 나는 더 이상 그가 레너드라고 확신하지 못했다. 하지만 나와는 상관없다는 것을 깨달았다. 그는 네버랜드, 절대 없는 곳에서 들려오는 나의 목소리였다. 바로 어디가 아니라 '왜'라고 묻는 나의 목소리였던 것이다. 나는 그런 방식이 좋았다.

내가 정말 바보 같은 짓을 또 하면 나를 벽에 못 박아줘.

당신의 보리스

내가 이 메시지를 화면에 띄워놓고 읽고 있을 때 데이지가 내 뒤에서 있었다. 나는 그 애가 내 어깨에 손을 올려놓는 것을 느꼈다. "엄마, 뭐라고 말할 거야? 얘기해줘, 엄마."

"스태플러나 준비해야겠다."

"에이, 엄마. 아빠가 노력하고 있는 게 안 보여? 아빠가 미안하다고

266

하는 거잖아."

우리 딸은 내가 앉아 있는 의자를 뒤로 빼고는 내 무릎에 올라앉았다. 그 애는 아양을 떨며 나에게 사랑하는 늙은 아빠한테 용기를 줄 만한 대답을 주라고 졸랐다. 데이지는 내 귓불을 당기고 내 코를 쥐고 한국어, 아일랜드어, 러시아어와 프랑스어 등의 다양한 악센트를 써가며 나에게 애원했다. 그 애는 내 무릎에서 뛰어내려서는 탭댄스를 추고 팔을 흔들며 큰 소리로 늙어가는 커플의 재결합, 바로 한 엄마와 한 아빠, 해와 달 혹은 달과 해, 어린 시절의 하늘에 떠 있던 두 천체를 축원했다.

애비게일의 장례식 날에는 비가 내렸다. 나는 비가 오는 것이 옳다고 생각했다. 최근에 깎은 잔디 위로 비가 떨어졌다. 나는 그녀가 바늘로 수를 놓았다고 한 말이 떠올랐다. *오 내 인생은 바람이라는 것을 기억해다오.* 그날 오후 장례식장에 놓인 수많은 의자들에서 확연히 드러난 것이 있는데, 바로 롤링 메도스에는 여자들이 많다는 사실이다. 호색한 버슬리가 스쿠터를 타고 와 복도에 주차해놓고 나타나긴 했지만, 어쨌든 거기에 사는 사람들의 대부분은 여자였다. 나는 늙어 보이는, 하지만 그때 이미 나이가 70대였을 애비게일의 조카를 보았다. 우리 엄마는 추모사를 해달라는 요청을 받았다. 엄마는 원고를 무릎 위에 꼭 쥐고 있었다. 나는 엄마가 초조해한다는 것을 알았다. 엄마는 집에서 나서기 전에 여러 벌의 검은 의상을 입어보았다. 깃에 신경을 쓰고, 다림질은 잘 되어 있는지, 치마에 얼룩은 없는지 살펴보고, 그러다가 결국 애비게일이 항상 감탄했던 파란 블라우스에 면으로 된 테일러드 재킷과 바지를 입기로 결정했다. 머리숱이 거의 없고 엄숙한 표정을 짓고 있는 남자 목사는 우리 둘의 공동의 친구를 잘 알지 못하는 게 틀림없었다. 그가 거짓말을 해서 내 옆에 앉은 엄마의 몸이 뻣뻣해졌기 때문이다. 그가 애비게일을 묘사한 말 : "관대하고 친절한 영혼을 지닌 우리 신앙인들 가운데 충실한 한 분."

작고 우아한 우리 엄마는 조심스레 그러나 어렵지 않게 연단으로 걸어갔다. 연단에 자리를 잡은 엄마는 일단 그 자리에 서서 독서용 돋보기를 고쳐 쓰고 청중들에게 몸을 숙였다. "애비게일은 다재다능했습니다." 엄마의 목은 쉬었고 목소리가 떨리고 힘이 들어갔다. "하지만 그녀는 관대하고 친절한 영혼은 아니었습니다. 그녀는 재밌고, 솔직하고, 똑똑했습니다. 사실을 말하면, 그녀는 많은 시간 속을 끓이고 화를 잘 냈습니다." 내 뒤에서 두어 명의 여자가 웃는 소리가 들렸다. 우리 엄마는 추모사를 계속했고, 나는 말 마디마디에서 엄마가 고인에 대한 애정을 높여가는 것을 느낄 수 있었다. 두 사람은 애비게일이 그들이 읽고 있던 퓰리처상 수상작 소설을 "완전히 냄새 나는 쓰레기 더미"라고 비난해 동료 회원들을 깜짝 놀라게 한 날 북클럽에서 만났다. 에비게일이 한 말은, 그 작품의 내용에 딱히 반대하지는 않았지만, 다르게 말하고 싶었던 우리 엄마의 의견이기도 했다. 엄마는 계속해서 애비게일의 창조적인 능력과 그녀가 그동안 만든 많은 예술 작품들을 칭찬했다. 엄마는 애비게일이 만든 것을 예술이라고 불렀고, 애비게일을 예술가라고 불렀다. 데이지와 나는 그러한 할머니와 그러한 엄마를 둔 것이 자랑스러웠다. 나는 엄마가 애비게일을 위해 울지 않으리라는 것을 알았다. 나는 엄마가 아빠를 위해 울었다고 생각하지 않는다. 엄마는 진정한 금욕주의자였다. 해야 할 일이 없으면 사라지는 게 마땅하다. 백조들은 하나씩 죽어가고 있었다. 우리는 모두 하나씩 죽어가고 있다. 우리는 모두 죽음의 냄새를 맡는다. 그리고 우리는 그 냄새를 씻어낼 수가 없다. 우리가 죽음에 대해서 할 수 있는 일이란 빈사의 백조가 마지막으로 죽을 때 꼭 한 번 아름다운 목소리로 우는 것처럼 노래나 부르는 것밖에는 없다.

우리는 틀림없이 한동안 우리 서로를 기억할 것이다. 나와 데이지, 그리고 데이지 옆에 앉아 있는 밝은 표정의 페그 역시 기억할 것이다. 그리고 저기 서서 친구에게 바치는 추모사를 낭독하고 있는 우리 엄마도 기억할 것이다. 우리는 저 모습대로의 엄마를 기억하겠지. 엄마는 그날 돋보였고, 사람이 죽은 다음에 미덕의 귀감으로 둔갑시켜 무덤으로 가는 것이 옳다고 생각하지 않는다는 말을 해서, 평소 그렇게 생각하고 있었던 많은 사람들에게 동의를 받아내고 따뜻한 축하를 받았다. 그렇지만 우리는 스테인드글라스 창밖으로 비가 심하게 내릴 때 거기 장례식장에 있는 우리를 기억하게 될 것이다. 그리고 우리는 말은 하지 않아도 그때 모습 그대로 기억하리라.

시간은 우리를 혼란하게 한다, 그렇지 않은가? 물리학자들은 시간을 가지고 놀 줄 안다. 그러나 나머지 우리들은 불확실한 과거가 되는 쏜살같은 현재를 가지고 놀아야만 한다. 그러나 그 과거가 머릿속에서 뒤엉켜버리기 때문에 우리는 언제나 하릴없이 마지막을 향해 움직이고 있다. 그렇지만 우리는 마음속으로 우리가 아직 살아서 두뇌가 여전히 제 역할을 할 수 있는 동안, 아동기와 중년 그리고 아동기로 뛸 수 있고 우리가 선택한 시간에서 여기서 맛있는 음식 한 입, 저기서 시큼한 음식 한 입을 취할 수 있다. 그것은 결코 과거로 돌아갈 수 없고 다만 나중에 부활할 수 있을 뿐이다. 한때 미래였던 것이 지금은 과거가 되었지만, 그 과거가 다시 현재의 기억이 된 것은 '여기 그리고 지금' 글을 쓰고 있는 시간이다. 다시 나는 다른 곳의 나에 대해 쓰고 있다. 아무것도 그렇게 하는 것을 막지 못한다, 그렇지 않은가?

베아와 나는 링컨 스쿨(초등학교)의 건너편 스케이트장에서 스케이트를 지치고 있었다. 우리는 아빠가 우리를 데리러 오기를 기다리고 있었다. 우리는 아빠가 연둣빛 스테이션왜건을 타고 오는 것을 보았다. 집에 가면서 아빠는 휘파람으로 〈디 에리 캐널The Erie Canal〉을 불렀다. 베아와 나는 뒷자리에 앉아서 빙그레 웃으며 서로 쳐다보았다. 집에 가니 엄마는 침대에 누워서 프랑스 책을 읽고 있었다. 우리가 침대에 뛰어 올라가자 엄마는 우리 발을 만져본다. 우리 발은 무척 차갑다. **얼음**, 엄마는 **얼음**이라고 말한다. 그때 엄마는 우리의 네 발에서 양말을 벗기고 스케이트를 타서 차가워진 맨발을 스웨터 아래 엄마의 따뜻한 배에 올려놓는다. 실낙원Paradise Lost이 아닌, 천국의 발견Paradise Found.

슈테판은 소파에 앉아서 자기 말의 요점을 강조할 때면 하는 몸짓을 하고 있다. 나는 그를 쳐다보면서 걱정한다. 그는 역시 살아 있다. 그의 생각은 너무 빨리 앞서 나가고 있고, 나는 아직 무슨 일이 일어날지 모른다. 나는 미래에 대해 무지하다. 그런 상태, 그런 무지의 덩어리는 나로서는 만회 불가능.

F 박사가 나에게 힘을 주라고 말했다. 힘 줘요, 지금! 그리고 나는 좆 먹던 힘까지 보태어 힘을 썼다. 나중에야 그때 내 얼굴 혈관이 온통 터진 것을 알았다. 하지만 그때 내가 출산에 대해서 무엇을 알고 있었겠는가. 나는 힘을 주고 아이의 머리를 느낀다. 그리고 아이의 머

리가 나에게서 나오고 있다는 소리가 터져 나온다. 머리가 나오자 아이의 몸이 내 몸에서 갑자기 미끄러져 나와 나/아이, 한 몸에서 나와 둘이 된다. 내 벌어진 다리 사이로 나는 검은 머리카락이 약간 자란, 태아막에 싸인 붉은 이방인, 나의 딸을 본다. 나는 탯줄에 대해 전혀 기억하지 못한다, 그런가? 탯줄을 자른 줄도 모른다. 보리스는 거기 있다. 그는 울고 있다. 나는 눈물 한 방울 흘리지 않는다. 그는 흘린다. 아 참, 기억난다! 나는 그가 실생활에선 결코 울지 않았다고 말했다. 하지만 그것은 잘못 생각한 것이었다. 내가 깜빡했다! 그는 내 맘속에 딸이 태어난 뒤 지금도 바로 거기 서 있다.

나는 브루클린에 있는 여성들의 공동체인 AIM 갤러리로 걸어 들어가고 있다. '은밀한 즐거움'이라는 제목의 전시회 개막식에 참석하기 위해서다.

나는 톰킨스 플레이스에 있는 우리의 아파트에서 보리스 옆에 서 있다. *당신은 아플 때나 건강할 때나 그를 사랑하고, 그를 편안하게 하고, 그를 명예롭게 지키고, 당신 둘이 살아가는 동안 어떤 일이 있더라도 오직 그에게 의지할 것을 서약합니까?*

음, 당신은? 말해보시오, 당신 빨강머리 멍청이. 그때는 그랬다. 나는 *예스*라고 말했다. 나는 *그러겠습니다*라고 말했다. 나는 굳은 각오로 뭔가 말했다.

우리 엄마는 아흔을 넘겼다. 그리고 우리는 본든에서 축하 파티를 하고 있다. 엄마의 무릎에 문제가 생겼다. 그러나 엄마는 정신도 맑고,

보행 보조기구도 쓰지 않는다. 페그는 거기 있다. 우리 엄마는 나를 이렌느에게 소개한다. 나는 요즘 전화로 이렌느에 대한 이야기를 자주 듣고 있다. 나는 관심과 열의를 보여주고자 이렌느의 손을 잡고 흔든다. 그녀는 아흔다섯이다. "네 엄마와 나는 같이 아주 재미있는 시간을 보냈단다." 이렌느가 내게 말한다.

맘마 미아는 주방 테이블에서 시를 쓰고 있다. 조그마한 소녀, 데이지 걸은 유아용 침대에서 보채고 있다.

미아는 일시적인 정신이상으로 진단받아 지금 그 병원에 입원해 있다. 그녀는 제정신의 일시적인 단절, 뇌가 가볍게 고장 났다. 그녀는 공식적으로 *윈 폴*une folle(미친 여자—옮긴이)이다. 그녀는 *뇌의 파편*들이라는 노트에 글을 쓰고 있다.

7.

오, 집요한 존재여—

언어도

정체성도 없이

고통 외에 그 어떤 심상도

남기지 않는 백일몽이여.

이름이 필요하노라.

이 하얀 세상을 위한 한 단어가 필요하도다.

무엇이든 이 세상을 부를 단어가.

공허에서, 그리고 마음의 구멍에서

그림을 선택하고… 보라,

저기 저 벼랑 끝에서

꽃처럼 피어나는 유골.

21.

그대여, 한 번은 너무 쉽고

두 번은 너무 어렵도다.

소변과 식초

똥과 흑맥주.

이게 다 무슨 얘기더냐?

그녀는 다시 제정신이다. 그리고 버다 가족의 거실에서 수줍지만 열정적인 천재, 일생을 분노 속에 정주하지 못한 채 황당하게 보낸 덴마크의 철학자 키르케고르의 전기를 읽고 있다. 날짜는 2009년 8월 19일이다.

알다시피 나는 제정신으로 돌아왔다. 그 장례식을 치른 뒤 이틀밖에 지나지 않았다. 나는 그때, 엄마와 다섯 마리 백조와 롤라와 플로라와 사이먼과 본든의 젊은 마녀들과 보낸 그 여름의 나로 돌아왔다. 애비게일은 교외의 무덤에 누워 있다. 거기에는 아직 비석이 없다. 나중에 세워질 것이다. 어찌 됐든 그때의 내 기억은 생생하다. 데이지는 여전히 나와 함께 지내고 있었다. 지난날, 열여섯과 열일곱, 열여덟 살 때처럼 보리스 이즈코비치는 줄기차고 진지하게 나에게 구애를 하고 있었다. 그는 형편없지만 감명 깊은 시를 써 보내기도 했다. 그 시는 이렇게 시작되었다. "나는 미아라는 이름의 한 소녀를 안다/그녀는 자기의 운율을 알았다/그리고 의성어." 그의 시는 그 이후로 형편없는 수준으로 떨어졌다. 그러나 세계적으로 유명한 신경과학자에게 더 무얼 바라랴. 그런 몇 줄의 도입부 다음에 표현된 감상은, 데이지의 표현을 빌리면 "완전히 가슴 뛰게 하는 소리"였다. 아무리 그래도 우리 가운데 가장 냉정한 사람에게는 그 가슴 뛰게 하는 소리나 귀에 감기는 소리, 떠나고 죽은 연인들에 대한 저 옛날 유행가가 무슨 소용이랴. 황무지나 들판, 집 밖에서 배회하는 유령 같은 이야기에서 즐거움을 찾지 못하는 건 순박한 지진아들뿐이다. 우리 가운데 누가 제인 오스틴의 해피엔딩을 받아들이고 싶지 않다거나, 캐리 그랜트와 아이린 듄이 *이혼소동* 끝에 다시 합쳐서는 안 된다고 고집을 피우겠는가? 세상에는 비극도 있고 희극도 있다, 그렇지 않은가? 누가 나에게 묻는다면, 나는 거기에는 남자와 여자처럼 다른 점보다 같은 점이 더 많은 법이라고 대답하겠다. 희극은 알맞은 순간에 정확하게 이야기를 끝맺는 게 포인트다.

그리고 나는 당신이 아주 믿음직하다고 말하고 싶다. 당신은 나에게

검증된, 진실하고 아주 소중한 오랜 친구이자 충실한 독자이기 때문이다. 나는 당신에게 그 늙은 남자가 침입해 들어오고 있었다고 말하고 싶다. 그는 그 안, 내 안에 있는 것은 무엇이든 짓밟으면서 점점 가까이 오고 있었다. 그 핑계는 시간, 아주 간단하게, 시간이었다. 시간이 다 갔다는. 사랑받고 커서 괴짜에 친절하고 타고난 귀염둥이가 된 딸도 핑계였다. 또 나와 그 위대하신 B. 사이의 온갖 이야기와 다툼과 섹스, 즉 보리스의 시드니와 나의 실리어Celia(미아의 그곳을 가리키는 애칭—옮긴이) 사이에 놓여진 추억들도 빌미를 제공했다. 그리고 내 마음 깊은 곳에는 고통과 정신이상으로 나에게서 퍼내지 못했던 오래된 가슴 뛰게 하는 소리가 있었다는 것을 고백한다. 그러나 거기에는 보리스와 내가 함께 썼던 이야기도 있었다. 그 이야기 속에서 우리의 몸과 마음과 기억이 너무 얽혀서 어디서 한 사람의 이야기가 끝나고 어디서 다른 사람의 이야기가 시작되는지 알기가 어려웠다.

이제 2009년 8월 19일, 늦은 오후, 다섯 시 무렵으로 돌아가자. 플로라가 모키와 함께 와 있었다. 데이지는 춤추고 노래하는 멤버로서 그들 둘과 재밌게 놀고 있었다. 플로라는 손뼉을 치며 모키에게 똑같이 해보라고 응원하고 있다. 날씨는 좋지 않았다. 그런 날이 있다고 한다면, 기온이 35도나 되고 흐린 데다 비가 온 뒤 모기들이 윙윙대는 날은 그야말로 늪지대의 하루라 할 만했다. 나는 온통 소란스러워서 들고 있는 책에 집중하느라 끙끙댔다. 나는 마침내 키르케고르의 깨진 약혼에 이르렀다. 그는 그녀를 사랑했다. 그녀는 그를 사랑했다. 그는 약혼을 *깨뜨리고*는 괴이하고 격렬한 정신적 고통을 받기만 한다. 그것은 너무 슬프고 괴팍한 모험이었다. 나는 데이지가 노래를 중단한 것을 알아차리고 눈을 들어 쳐다보았다. 데이지가 창문 쪽으로 몸을 돌리고 있었다.

"차 한 대가 우리 집 쪽으로 오고 있어." 데이지가 창문 가까이 몸을 기울였다. "누군지 모르겠어. 엄마 누가 오기로 돼 있어? 어머나, 그 사람이 차에서 내리고 있어. 그 사람이 계단 쪽으로 걸어오고 있어. 그 사람이 계단에 올라왔어. 그 사람이 벨을 누르고 있어." 나는 벨 소리를 들었다. "아빠다. 엄마. 아빠가 왔어! 엄마 계속 대답 안 하고 있을 거야? 엄마 무슨 일 있어?"

플로라가 데이지의 허벅지를 붙들고 들떠서 뛰기 시작했다. "오?" "오?" 플로라가 환성을 질렀다.

"무슨 일 있는 거 맞아. 아빠가 알아서 이쪽으로 오게 놔두렴." 내가 말했다.

암전暗轉

277

옮긴이 후기

시리 허스트베트, 이름도 독특한 그녀. 프란츠 카프카 혹은 사뮈엘 베케트와 비견되는, 전 세계 20여 나라에서 작품이 번역 출간된 미국 작가 폴 오스터의 부인이라는 이유만으로도 자못 궁금한 존재였다. 왜 아니겠는가. 그렇게 만나게 된 그녀의 책은, 곳곳에 해독 불가능한 암호문이 숨겨진 '시크릿 가든'이었다. 그녀의 존재감은 깊고도 넓게 나를 지배하려 들었고, 불가해한 영역으로 나를 끌어들였다. 그리고 이 책의 번역을 다 끝낸 지금도 그녀는 여전히 나에게 신비로운 존재로 남아 있다. 그녀의 책을 다 읽어보기 전까지는 여전히 나의 시리 허스트베트를 기다릴 테다. 그녀는 그런 존재다.

《남자 없는 여름》의 두 주인공 보리스와 미아는 어쩔 수 없이 폴 오스터와 시리 허스트베트 커플을 떠올리게 한다. 부부가 모두 컬럼비아 대학교를 졸업했는데, 여주인공 미아도 컬럼비아 대학 출신이며, 두 주인공들의 나이도 폴과 미아의 나이와 거의 같다. 남자 주인공 보리스 이즈코비치의 은발은 폴 오스터의 멋진 플래티넘 화이트 헤어를 연상시킨다. 주인공들의 딸인 데이지처럼 작가 부부의 딸 소피아 오스터도 배우다. 그러나 캄 다운Calm down! 소설의 등장인물과 실제 인물과의 비교는 여기까지. 그럼 이제부터 소설의 여주인공 미아 프레드릭센의 이야기를 시작해볼까?

《남자 없는 여름》은 오랫동안 행복했던 결혼 생활이 어떻게 흘러가는지, 그 과정을 면밀하게 관찰한 작품이다. 30년간 지적인 교감이 가능한 친구와도 같은 이상적인 관계를 지속해온 미아와 보리스 부부. 어느 날 젊고 예쁜 직장 동료에게 꽂혀, 휴지기休止期가 필요하다고 부부 관계의 '일시정지'를 선언하고 떠나버린 남편 보리스 때문에 홀로 남게 된 미아는, 그 관계의 무너짐을 견디지 못하고 미쳐서 정신병동에 입원하고 만다. 일시적인 정신의 혼란이었으므로 곧 퇴원하였으나 남편의 '존재감'을 상실한 미아에게는 모든 것이 남루하고 비참하기만 하다.

관계의 위력은 대단한 법, 결국 부부가 사랑했을 때 함께 살았던 뉴욕에서, 젊은 날 떠나 온 미네소타의 작은 도시로 돌아간다. 그리고 새로운 집에서 새로운 일을 시작하며 새로운 인간관계를 시도하는 한편,

자신에게 일어난 일들을 냉정한 관찰자의 시선으로 끈기 있게 성찰해 나가는 과정이 바로 《남자 없는 여름》의 시작이요 끝이다.

소설의 고비마다 미아의 엄마가 속한 북클럽에서 읽는 제인 오스틴의 책 제목들이 등장하는 것에 주목하다 보면, 제인 오스틴의 책들을 모두 정복하지 못한 독자들은 자신이 읽지 못한 제인 오스틴의 작품에 관한 '나머지 공부'라도 하고 싶어질 듯. 하지만 중요한 것은 제인 오스틴이란 선배 여성 작가의 작품을 끌어다 해체해서 자신의 작품에 적확하게 꽂아 넣은 시리 허스트베트의 직관과 분석력, 순발력이다. 그렇다. 나는 그녀에게 '설득'되고 만 것이다.

사람은 의식적·무의식적 관계로 얽힌 세계에서 태어나고, 이는 한 개인의 정신 구조에 결정적인 영향을 미친다. 앞 문장에서의 '사람'이란 단어를 '사랑'으로 바꾸어도 크게 달라지지 않을 것 같다. 사랑은 이러한 모든 관계가 얽히고설킨 작은 우주다. 서로의 생각과 감정, 기억들이 서로 엮이게 되므로, 이 같은 관계에서 벗어나게 되면 그때부터 고통의 그늘이 드리워지기 시작한다.

미아가 남편과 얽힌 문제들을 하나하나 풀어나가는 과정을 보고 있으면, 과연 남녀 관계에서는 무엇을 두고 '성공'이라 하는지 궁금하지 않을 수가 없다. 사전을 보면 '성공 ; 목적하는 바를 이룸'이라고 풀이되어 있다. 대단히 짧다! 그런데 목적하는 바를 이루려면 밤낮으로 공부하듯 노력하면 되는 것일까? 99퍼센트의 노력과 1퍼센트의 재능으로 이루어지는 것은 결코 아니겠고. 단번에 답을 내리기란 불가하다.

이 책을 읽은 독자들이 자신에게 필요한 것을 여기서 조금이라도 얻어 갈 수 있다면 이보다 더 좋을 수는 없겠다. 마지막 책장을 덮는 그대의 손에 축복이 함께하기를 소망하며 마지막으로, 낡았지만 여전히 유효한 한마디! 사랑은 허다한 죄를 덮느니라….

2012년 6월

심혜경

남자 없는 여름
The Summer Without Men

첫판 1쇄 펴낸날 2012년 7월 4일

지은이 | 시리 허스트베트
옮긴이 | 심혜경
펴낸이 | 박남희
편집 | 박남주
디자인 | 이은주
마케팅 | 구본건
제작 | 이희수
관리 | 박효진

종이 | 화인페이퍼
인쇄 | 청아문화사
제본 | 정민제본

펴낸곳 | (주)뮤진트리
출판등록 | 2007년 11월 28일 제318-2007-000130호
주소 | 서울시 영등포구 양평동 2가 37-2 양평빌딩 301호
전화 | 02-2676-7117 팩스|02-2676-5261
E-mail | geist6@hanmail.net

ISBN 978-89-94015-48-4 03840

*잘못된 책은 교환해드립니다.